2008 年国家自然科学基金面上项目《"乡—城"人口迁移对城乡养老保障的影响研究》（项目批准号：70873089）的研究成果

教育部人文社会科学重点研究基地

武汉大学社会保障研究中心

中国新型农村社会养老保险制度研究

刘昌平　殷宝明　谢　婷　著

中国社会科学出版社

图书在版编目（CIP）数据

中国新型农村社会养老保险制度研究/刘昌平，殷宝明，谢婷著．—北京：中国社会科学出版社，2008.11
ISBN 978 - 7 - 5004 - 7328 - 2
（养老金研究系列丛书）

Ⅰ. 中…　Ⅱ. ①刘…②殷…③谢…　Ⅲ. 农村—养老保险—福利制度—研究—中国　Ⅳ. F842.67

中国版本图书馆 CIP 数据核字（2008）第 162617 号

策划编辑　卢小生（E - mail：georgelu@ vip. sina. com）
责任编辑　卢小生
责任校对　曲　宁
封面设计　高丽琴
技术编辑　李　建

出版发行　中国社会科学出版社
社　　址　北京鼓楼西大街甲 158 号　　　　邮　编　100720
电　　话　010 - 84029450（邮购）
网　　址　http：//www. csspw. cn
经　　销　新华书店
印　　刷　北京新魏印刷厂　　　　　装　订　丰华装订厂
版　　次　2008 年 11 月第 1 版　　　　印　次　2008 年 11 月第 1 次印刷
开　　本　710×1000　1/16　　　　　插　页　2
印　　张　14.5　　　　　　　　　　　印　数　1 - 6000 册
字　　数　232 千字
定　　价　30.00 元

前言

　　养老保障问题的实质就是寻找一个合适的"储钱罐"。自古以来，理性的人们就依据当时当地的社会经济条件，不断地寻找合适的"储钱罐"，以防老无所养。因此，养老保障的方式也经历了从自我保障到家庭保障，再从家庭保障到社会保障的历史演进过程。特别是自工业革命时期社会保障替代家庭保障以来，正式的养老保障制度安排——养老金制度历经百余年的不断改革与完善，已经形成了一个涉及国家、社会、企业、个人的多主体参与，财政资金、企业资金、个人资金、金融资本的多渠道筹集，公共管理、私人管理、企业与个人决策的多元化管理，资本市场、货币市场、保险市场、风险资本市场的多领域投资，包括公共养老金（国家养老金）、补充养老金（企业年金、公务员年金、职业年金）、个人养老金（养老保险产品、零售金融契约、个人储蓄）等在内的多支柱模式。

　　自20世纪70年代以来发生的世界性养老金革命的意义非常深远，影响范围从"福利国家"扩展到新兴市场经济国家、转制经济国家和社会主义国家，甚至非洲欠发达国家；影响领域从单纯的公共管理部门扩展到经济社会的各个部门；影响程度从单一的社会政策目标转变为经济政策目标和社会系统工程。综观养老金制度的百年发展史不难看出，养老金制度的历次变迁都围绕着以下四个方面的关系展开：

　　其一，养老金制度与经济增长的关系。养老金制度安排对经济增长的影响，可以分为两种研究思路：一种以储蓄作为中间变量，通过考察现收现付制和基金积累制对储蓄的影响，进而影响经济增长；另一种思路则不考虑储蓄这一变量，而是基于经济增长的"黄金律"（Golden Rule）理论。对于前一研究思路，马丁·费尔德斯坦（Martin Feldstein）、巴罗（Barro）、达比（Darby）、迪恩·R. 莱默（Dean R. Leimer）、斯利格·D. 莱斯诺（Selig D. Lesnoy）、莫迪利亚尼（Modigliani）、布伦伯格

（Brumberg）、安多（Ando）、考特利科夫（Kotlikoff）、奥尔巴克（Auer-bach）、莱默（Liemer）、理查森（Richardson）、斯莱特（Slate）、戴维斯（Davis）、莫纳尔（Munnell）、迪克斯－米里克斯（Dicks－Mireaux）、金（King）、伯恩海姆（Bernheim）、斯利尔兹（Scholz）、文蒂（Venti）、威斯（Wise）、萨姆威克（Samwick）等经济学家之间展开了激烈的争论，虽然有关现收现付制的储蓄效应至今仍然没有取得一致的结论，但对基金积累制的储蓄效应的研究已经证明，在发展中国家强制性基金积累制养老金制度的建立将有效地增加储蓄。对于后一研究思路，P. A. 萨缪尔森（Samuelson）、胡申成（Sheng Cheng Hu）、罗姆（Rome）、阿洛（Arrau）、施米特·赫布尔（Schmidt－Hebbel）、瓦尔德斯－普里托（Valdés－Prieto）、西夫安迪斯（Cifuentes）、科斯蒂（Corsetti）、霍尔兹曼（Holzmann）等学者分别从现收现付制和基金积累制的增长效应以及从现收现付制向基金积累制转轨的增长效应进行研究，研究结果显示，如果经济最初是动态无效率的，引入现收现付制将使平衡增长路径收敛到黄金律水平，提高未来若干代人的消费水平，而基金积累制不影响未来各期资本存量间的关系；从现收现付制向基金积累制养老金制度转轨将减少扭曲现象，产生增长效应。

其二，养老金制度与政府的关系。对于养老金制度，现代公共品理论普遍认为，政府应提供公共养老金制度以致力于解决社会公平问题，实现收入再分配，因为公平也是一种公共品；而非政府提供的私营养老金制度能更好地增进制度供给效率，即提高管理效率。在市场机制与非市场机制并存的混合经济中，国家必不可少，因为需要国家来组织经济；市场也不可或缺，因为当人们进行决策时市场是很有价值的工具。因此，通过多支柱养老金体系，既能实现再分配效率，又能提高管理效率，促进养老保障资源的合理配制，增进个人福利和社会福利。

其三，养老金制度与资本市场的关系。"养老金计划就是资本市场"，尽管这个说法比较绝对，但它却体现着养老金与资本市场的休戚相关。养老基金从本质上讲是一种延迟的支付承诺，具有定期预缴、延期给付和长期储蓄三个基本特点，而人口老龄化及退休费用的急剧增长，使得养老金制度又不得不对安全性、流动性和收益性做出重新调整，这决定了养老基金必须进入资本市场；养老基金本身所具有的长期协调性、稳定性和规模性，以及追求长期稳定投资回报的特点，对资本市场的制度、结构和效率以及稳定性将产生极其重要而又复杂的影响，而养老金的社会保障属性反过来又要求养老基金投资建立在资本市场比较规范、成熟的基础之上。从而在养老金与资本市场共同生长、相互促进的过程中，实现共赢以增进社会福利。

其四，养老金制度与人力资本发展战略的关系。养老金计划源于雇主责任，因为作为雇主基于激励与约束员工而建立的员工福利计划起到了养老保障的作用，自20世纪90年代以来，多数国家将雇主养老金计划纳入到多支柱养老金体系中来。由于养老金计划的分配方案可以多样化、差异化，而且它往往与工资、奖励、补贴、其他非货币化的福利制度配合使用，从而直接成为雇主在产品和要素市场上竞争的重要手段。而从雇主人力资本发展战略的角度来设计养老金计划，可以促进企业薪酬福利制度改革，建立现代企业制度下的人力资源管理模式。因此，养老金计划可以设计为两大类：激励性制度安排和补偿性制度安排，前者通过合约的形式，分配给企业经营管理者和普通雇员一定的剩余索取权与剩余控制权，构成对他们的激励，以实现"持恒产者有恒心"的目的，如虚拟股票计划（Phantom Stock Plan）、业绩期权（Performance Stock Option）、管理人员股票期权（Executive Stock Option，ESO）、雇员持股计划（Employee Stock Ownership Plan，ESOP）等；后者主要是对雇员为企业所作的贡献给予回报，对雇员过去的学历、技能、经验等给予补偿，对雇员及其家庭未来的生活、学习、发展等进行保障。

养老保障制度是我国社会保障最重要的制度，是国有企业改革的重要配套措施，也是经济社会发展的主要支柱之一。改革开放以来，我国养老保障制度改革不断深入，制度设计不断完善，管理服务不断细化，对保障离退休人员基本生活，促进经济发展，维护社会稳定发挥了积极作用。目前，我国养老保障制度主要包括城镇企业职工基本养老保险与企业年金、机关事业单位退休保障和农村社会养老保险三个部分。城镇基本养老保险制度建于20世纪50年代，80年代中期开始改革，目前已初步建立了社会统筹与个人账户相结合的基本模式；50多年来，机关事业单位一直执行离退休保障制度，目前已有部分省市开展了机关事业单位养老保险社会统筹的试点；农村养老仍以家庭保障和社区扶持为主，20世纪90年代以来，一些地方进行了建立农村社会养老保险制度的探索。

当前，随着我国社会主义市场经济体制改革不断深化和经济社会发展，经济结构不合理、社会保障体系不健全、就业压力逐年增加和收入分配差距拉大等深层次问题逐步显现出来，伴随市场化、城镇化、人口老龄化程度的提高，社会养老保障的任务越来越重，对加快建设与经济发展水平相适应的社会养老保障体系提出了新的任务和要求。

第一，社会主义和谐社会构建需要完善的社会养老保障制度。党的十六届六中全会《中共中央关于构建和谐社会若干重大问题的决定》和十七大报告《高举中国特色社会主义伟大旗帜　为夺取全面建设小康社会新胜利而奋斗》都明确提出将"建立覆盖城乡居民的社会保障体系"作为构建社会主义和谐社会的主要任务之一，要求到2020年基本建立覆盖城乡居民的社会保障体系，使人人享有基本生活保障。当前，新型农村合作医疗制度和最低生活保障制度已经在农村相继建立，覆盖范围正在快速扩大，保障能力不断增强。而旨在解决农民养老后顾之忧的农村社会养老保险制度却在"社会经济条件不成熟"的理由下于1999年被停止，导致农村社会养老保障制度处于缺失状态。与此同时，传统的家庭保障方式和土地保障方式的功能也因城市化进程的不断加快而持续弱化。因此，在预期中国大规模"乡—城"人口迁移的历史背景下，政府必须在农村人口老龄化高峰来临之前做好应对准备，建立完善的新型农村社会养老保险制度。

第二，经济社会结构转型需要完善的社会养老保障制度。中国近30年的经济转型过程中，社会经济发展和国际化进程加快打破了制度的限制。特别地，自20世纪90年代以来，随着社会主义市场经济体制改革的不断深入，各种限制人口流动的政策和制度障碍得以不断消除，人口从农业向非农产业、从农村向城镇地区、从中西部地区向东部地区的迁移，规模逐渐增大，基本进入一个持续稳定的发展过程。在中国人口老龄化程度正在日益加深的背景下，经济社会结构转型必将对中国城乡社会人口年龄结构产生重大影响，农民工、被征地农民、"入乡"城镇居民等的出现也对进一步统筹城乡社会养老保障制度提出更高要求。

第三，国有企业改革与产业结构调整需要完善的社会养老保障制度。现代企业制度建设要求国有企业必须成为"自主经营、自负盈亏"的商品生产者与经营者。而国有企业改革与产业结构调整又必然面临许多企业层面难以解决的问题，如失业人员增加、统一的劳动力市场建设要求劳动力充分流动、各地企业缴费负担畸轻畸重等。这些问题迫切地要求建立完善的城镇企业基本养老保险制度。但是，当前城镇企业基本养老保险制度依然存在一些亟待解决的问题：养老保险制度改革产生的转制成本与划资偿债问题，社会统筹层次过低与养老保险关系接续困难，社会保险"税"、"费"之争与扩大制度覆盖范围的困惑，社会保障基金案件频发与监管体制尚需完善、经办管理能力有待提高之间的矛盾，失业人员、社会弱势群体养老保障方式缺失，等等。

第四，公务员制度建设与行政管理体制改革需要完善的社会养老保障制度。公务员养老保险制度是社会保障体系的重要组成部分，也是建立和完善公务员制度和改革行政管理体制提高行政效率的重要保障。2006 年 1 月 1 日正式实施的《中华人民共和国公务员法》第七十七条规定："国家建立公务员保险制度，保障公务员在退休、患病、工伤、生育、失业等情况下获得帮助和补偿。"作为公务员保险制度的核心组成部分，公务员养老保险制度的改革与实施也因此有了法律依据。

"养老金研究系列"是对作者近 10 年来致力于养老金研究的总结，主要从养老金理论与政策两个层面，全方位、系统地探讨了中国养老金制度的改革与完善问题。在近 10 年的学习和成长过程中，作者时时得到自己的导师——武汉大学社会保障研究中心主任邓大松教授的悉心指导，也非常感谢郑秉文教授（中国社会科学院）、穆怀中教授（辽宁大学）、林义教授（西南财经大学）、赵曼教授（中南财经政法大学）、李珍教授（中国人民大学）、郭士征教授（上海财经大学）、李绍光教授（中国人民大学）、杨燕绥教授（清华大学）、李晓林教授（中央财经大学）、申曙光教授（中山大学）、丁建定教授（华中科技大学）、林毓铭教授（暨南大学）、于小东教授（北京大学）、孙建勇博士（中国保险监督管理委员会）、吴汉华博士（中国证券监督管理委员会）、陈良司长（中国人力资源和社会保障部）、卢海元博士（中国人力资源和社会保障部）、林羿博士（美国普信集团）、杨长汉博士（中国养老金网）等师长的关心与教导！在此还要感谢许许多多曾给予作者支持与帮助的朋友们！也要感谢中国社会科学出版社卢小生编审为本系列著作出版付出的辛勤劳动！

刘昌平

2008 年夏于武昌珞珈山

目　　录

1 传统养老保障模式的作用及其在当前中国农村的衰弱

1.1 家庭养老保障的经济起源：代际交换

"老吾老以及人之老"，作为传统家庭养老保障思想早在正式的社会养老金制度出现之前就已经存在，作为一种非正式的制度安排，家庭养老保障方式不仅在过去，而且在现在，甚至在未来都必将在我们的社会养老保障体系中发挥着重要作用。

1.1.1 养老保障的实质就是"储钱罐"的功能

人的生理周期可以分为青年期（不具备劳动能力）、中年期（具备劳动能力）与老年期（丧失劳动能力）三个时期。在青年期和老年期由于不具备劳动能力或劳动能力丧失，个人不可能通过自身获得生活资料；在中年期，个人可以通过自己的劳动获取生活资料。作为一个理性的人，他将考虑到自己年老丧失劳动能力时收入无保障的风险，因此，他会选择将中年期的部分劳动产品留到老年期使用。正如经典的"莫迪利亚尼生命周期假说"所述，一个理性的消费者能以符合理性的方式消费自己的收入，以实现消费的最佳效用；他会选择一个合理稳定的、接近于他所预期的毕生平均消费率进行消费。①

生命周期理论隐含的前提是：财富是可以储蓄的，也就是财富可以通过储蓄的方式留到个人年老丧失劳动能力的时候使用。但是，在货币出现之前，财富是以实物的形态存在与交换的，物质形态的财富，包括衣服、

---

① 《莫迪利亚尼论文选》，商务印书馆 1993 年版，第 360 页。

食品等生活资料在当时是不可能储存几十年的，与此同时，交换也是不方便的。因此，在代内横向交换和个人跨时的纵向交换不成立的情况下，代际交换成为一种唯一的选择，因此家庭也成为养老保障的主要载体，我们可以说养老保障的实质就是一个"储钱罐"。

在此我们假定一个极端的例子：在一个传统农业社会的家庭，家庭中没有孩子与老人，成年人通过劳动获得食物与生活必需品。作为一个理性人，成年人会预测到终有一日自己会因年老而丧失劳动能力，也即失去了获取食物与生活必需品的能力，他必须找到一个"储钱罐"。因此，这个理性的成年人将会在自己养老与子女赡养之间作出选择。如果选择自己养老，但是由于没有货币形式的一般等价物而不可能进行代内交换与储蓄，同时也没有正式的制度安排为其提供这个"储钱罐"。那么这个理性人的唯一选择就是子女赡养，将孩子作为一个"储钱罐"。于是，成年人考虑生育孩子，并与孩子达成协议或形成惯例，孩子年轻的时候由他们提供抚养物质（食物与生活必需品），自己年老时由孩子归还等价的食物与生活必需品作为交换。

我国著名社会学家费孝通先生把"家"或者"家庭"看做是"养生送死"的所在，是社会的细胞和最基本的生活单位，这无疑是正确的。细致区分的话，社会的继替不仅需要生育制度，而且需要养老制度，这两种制度是对应的，是社会文化的两个端口。先有生育抚育，后有养老送终。这两个制度共同构成了人类社会的代际交换关系和新陈代谢方式，家庭成员的关系是以"生"、"育"和"养老"为基础而形成的亲属组织和血缘关系。[1]

1.1.2 传统家庭内部形式的模拟[2]

对于家庭养老保障方式的分析可以先从传统家庭内部形式的模拟开

---

① 穆光宗：《家庭养老制度的传统与变革——基于东亚和东南亚地区的一项比较研究》，华龄出版社 2002 年版，第 7 页。

② 本部分 1.1.2、1.1.3 节中的模型推导是在米切尔和琼斯的论文《在一个马尔萨斯经济中的出生率、死亡率和储蓄》的基础上，结合本书论证需要而建立的。见 Michele Boldrin，Larry E. Jones，2002，"Mortality，Fertility，and Saving in a Malthusian Economy"，*Review of Economic Dynamics*，5，pp. 775 – 814。

始。假设在一个传统的农业社会中，只存在土地与生产资料（K）、劳动力（L）的竞争性市场，没有任何形式的技术进步，因此也不存在劳动生产率方面的外生增长。

假设个人存活三期：青年期（y）、中年期（m）和老年期（o）；个人出生时就可以直接拥有一个资源禀赋；存活到中年期就具备从事劳动的能力；老年人可以从他们死去的父辈手中继承现存的资本存量（土地和生产资料）。

（1）人口生产与再生产

假定在 t 期出生的人在整个 $t+1$ 期有生育能力。他们每个人都会自由选择生育孩子的数量，我们定义为：f_{t+1}；如果有 N_{t+1}^m 个中年人存活，那么在 $t+1$ 期就有 $f_{t+1}N_{t+1}^m = N_{t+1}^y$ 个孩子出生。定义 θ_t 为需要照料一个孩子的所有资源的数量（现在消费）。因此，给定生育率水平，需要照料孩子的资源总量就是 $N_t^m\theta_tf_t$。

在 t 期存活的人口的一部分将在期末去世。对于老年人，t 期的死亡率等于1；假定中年人 t 期的死亡率等于0；给定年轻人 t 期的死亡率为 $m_t^y \in [0, 1]$。按此假设，$t+1$ 期的老年人为 t 期中年人的1倍，$t+1$ 期的中年人为 $f_t(1-m_t^y)$ 倍的 t 期中年人的数量。其中，m_t^y 为出生和达到工作年龄之间的总和死亡率，可以定义 $\pi_t = 1 - m_t^y$ 为年轻人的生存概率，那么 π_t 也是在 t 期出生的人在 $t+1$ 期成长为中年人的概率。

（2）物质资料生产

在 t 期，可消费的家庭总产出是：$Y_t = F(L_t, K_t)$，其中，K_t 是土地与生产资料总存量，$L_t = N_t^m$ 是来自中年人的总劳动供给。

假定 $F(L, K)$ 是凹的，齐次程度是1，那么可以设定 $f(k) = F(K/L, 1)$。

家庭消费的总资源约为：

$$Y_t \geq N_t^o c_t^o + N_t^m c_t^m + N_t^y \theta_t \tag{1.1}$$

其中，c_t^o 和 c_t^m 分别表示老年人和中年人的消费率。

在本书中使用的其他定义和计算的恒等式为：

$$k_t = \frac{K_t}{L_t} = \frac{K_t}{N_t^m} \tag{1.2}$$

$$x_t = \frac{K_t}{N_t^o} = \frac{K_t}{N_{t-1}^m} \tag{1.3}$$

（3）效用函数和预算约束

在年轻的时候，个人关心的是消费和生存，个人从自己的消费和其父母的消费中获得效用。为简单起见，我们假定年轻时的消费不影响生命期效用；为标准化分析，我们假定没有来自休闲的效用，年轻人和老年人的劳动供给是 0，中年人的劳动供给是 1。因此，一个在 $t-1$ 期出生的个人（在 t 期的中年人）一生的效用函数是：

$$U_{t-1} = u(c_t^m) + \eta u(c_t^o) + \delta u(c_{t+1}^o) \tag{1.4}$$

其中 $u(\cdot)$ 满足效用函数的所有标准特征；参数 δ 和 η 是（0，1）；δ 是贴现因子，η 反映子女从其老年父母的消费中获得的效用。

在生命的第一期没有预算约束，因为年轻人由其父母照料。定义 w_t 为每单位劳动时间的工资率，d_t^i 定义为中年人向其父母提供的人均养老费用。当中年时，我们有：

$$d_t^i + c_t^m + \theta_t f_t \leq w_t \tag{1.5}$$

并且当年老时，有：

$$c_t^o \leq \sum_{i=1}^{n_t^m} d_t^i \tag{1.6}$$

定义 $n_t^m = f_{t-1}\pi_{t-1}$ 是每个老年人生育的幸存子女的数量。

1.1.3 家庭养老保障需求与扩展家庭的形成

（1）家庭养老保障的过程

我们假定在传统农业社会中由于社会习俗等非制度性规范，子女选择共同负担父母的生活保障，即中年人通过自己的消费和平等分担父母的消费，最大化他们的效用。在 t 期，有 $i=1$，2，$\cdots$，N_t^m 个幸存的中年人转移部分消费资源给自己的父母，中年人 i 选择养老费用 d_t^i，求解下面的最大化效用函数：

$$\max_{d_t^i} u(w_t - \theta_t f_t - d_t^i) + \eta u(n_t^m d_t^i) \tag{1.7}$$

一阶条件推导出：

$$u'(c_t^m) = n_t^m \eta u'(c_t^o) \tag{1.8}$$

从（1.8）式的结论可以看出，中年人效用最大化的条件是自身消费的边际效用与子女从父母消费中获得的边际效用和相等。在此，只要 $\pi_{t-1}f_{t-1}=n_t^m>1$，其他情况相同，子女共同承担父母的老年消费会考虑到兄弟姐妹的数量，当然兄弟姐妹越多，老年人和自己的消费效用也越高。

（2）家庭养老保障计划：生育孩子

前面是中年人在中年期的效用最大化条件，对于中年人而言，他不仅考虑有劳动能力时的效用最大化问题，而且也会考虑一个终生消费计划，以最大化自己一生的效用：

$$\max_{s_t,f_t,d_t^i} u(c_t^m)+\eta u(c_t^o)+\delta u(c_{t+1}^o) \tag{1.9}$$

预算约束（1.5）和（1.6）：$d_t^i+c_t^m+\theta f_t\leqslant w_t$

$$c_{t+1}^o\leqslant\sum_{i=1}^{n_{t+1}^m}d_{t+1}^i$$

分别求解 f_t 和 d_t^i 的一阶条件产生：

$$u'(c_t^m)\theta_t=\delta u'(c_{t+1}^o)\frac{\partial c_{t+1}^o}{\partial f_t} \tag{1.10}$$

$$u'(c_t^m)=\eta u'(c_t^o)n_t^m \tag{1.11}$$

中年人在自己一生的消费计划中将子女的消费支出与自己的养老保障联系在一起。一阶条件（1.10）式表明中年人生育和抚养子女的消费支出与因此所产生的收益现值相等。一阶条件（1.11）式与家庭养老保障过程中的一阶条件（1.8）式相同。从两个结论可以看出，单个子女承担的"养老费用"就会依赖于子女的数量，子女数量越多，单个子女承担的"养老费用"就会下降。

在农业社会，因为以手工劳动为基础，劳动力是生产力中最重要的因素，对于一个家庭来说，劳动力多则可能生产更多的财富。所以，作为潜在劳动力的孩子具有较高的经济价值。因为父母注重孩子的经济价值，所以，他（她）们倾向多生育，特别希望多生育男孩，为家庭提供较多的劳动力。因此，传统家庭养老保障需求进一步促进了生育率提高，从而逐渐形成了几世同堂的扩展家庭。许多西方学者认为在古代社会，家族生活在自然经济体系之中，社会无力为儿童和老人提供大量福利。故无论中外，绝大部分社会的家庭都采取双向抚养模式。那时，"三个世代的人幸福地生活于同一个家庭，曾经是家庭关系的黄金时代"①。

1.1.4　家庭养老保障方式存在的前提条件

家庭养老保障的过程是从父母的角度来分析的，也就是说，父母生育子女的目的是将子女作为一个保障自己未来消费的投资品——"储钱罐"，即父母抚养子女的目的是为了当自己年迈劳动能力较低或丧失时，作为补偿可以获得子女的供养。因此，父母将选择生育尽可能多的子女来尽可能最大化自己养老保障的效用。

但是这种家庭养老保障契约的维护是基于几个重要的前提：

其一，没有可以进行储蓄的资本市场。当不存在资本市场或者说个人由于种种原因而无法依靠资本市场时，家庭制度可以（部分地）代替资本市场的这个功能。② 子女成为成年人的"投资品"，生育子女成为成年人"剩余产出"的"投资行为"，而获得子女的赡养则理所当然地成为"投资收益"。有关的历史研究告诉我们③，中世纪的欧洲，依靠子女提供主要收入及劳务服务的养老模式也是占主导地位的养老模式。迈克尔·米特罗尔（Micheal Mitterauer）等④通过对欧洲家庭的历史研究，对家庭养老的原因进行了分析："实质上，农民经济是一种无货币经济，以至于赡养老人的供养只在家内是可行的，提供实物在超出一定的距离时就会是不可行的，因为这需要用现金支付并用此钱购买食物。而在前工业时代，在这一区域的农业地区中，这两者都是不存在的，因此，对于老年农民自己或夫妇双方来说，在把家交出去之后仍留在家里是具有经济上的必要性。"

其二，土地和家庭财产是社会唯一的生产资料。在传统的农村公社中，家长制的家庭构成社会的支柱。家庭的土地和其他资源（动物、工具和种子）以一种相对平均主义的形式由父母转移给自己的子女。居住

---

① 转引自张怀承《中国的家庭与伦理》，中国人民大学出版社1993年版，第292页。

② 李绍光：《养老金制度与资本市场》，中国发展出版社1998年版，第48页。

③ Micheal Mitterauer and Reinlard Sieder, 1983, "The European Family", Basil Blackwell publisher Ltd., Oxford England. 此书后来由赵世玲、赵世瑜、周尚意译为《欧洲家庭史》。

④ 迈克尔·米特罗尔、雷因哈德·西德尔著，赵世玲、赵世瑜、周尚意译：《欧洲家庭史》，华夏出版社1987年版，第144—145页。

在一起，并在父母留给自己的土地上耕种，是当时唯一可选择的生活方式和生产方式。因此能够有效继承土地和家庭财产构成了父母对子女行为约束的重要手段。

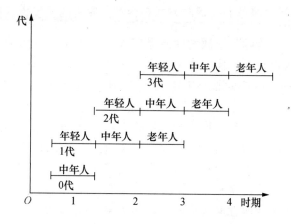

图 1－1　家庭养老保障中的代际传承模式

其三，交易成本为零。在传统农业社会家长制的家庭结构中，经济活动的组织和社会规范使父辈对他们子女有着不可侵犯的"权威"，不赡养老人被社会所耻笑和鄙夷；由于居住在一起，且共同耕种从父辈继承的土地与家庭财产，在子女相互间形成了一种很强的社会监督与"控制"。因此，子女不提供养老保障的可能性非常小，家庭养老保障行为的交易成本近乎为零。

其四，社会人口的预期寿命较低。在传统农业社会，由于生活水平低下，医疗保障方式落后或缺乏，当时的人口预期寿命非常低，很多人在40岁左右的时候就已经离开了人世。因此，较低的人口预期寿命导致实际赡养费用并不是很高，并且在很多情况下，个人在还没有丧失劳动能力或没有完全丧失劳动能力的情况下就已经去世。特别是没有完全丧失劳动能力的老年人也会在家中提供一些家庭劳动，这种家庭劳动也形成了家庭财富，相对降低了赡养费用。

1.2 我国农村传统养老保障方式的作用机理

1.2.1 农村家庭养老保障方式符合东方家庭的代际传承模式

长期以来，代际间松散的联系是西方社会普遍存在的一种文化现象，欧洲社会普遍存在老一代向青年一代转移财产或遗产的习俗。而在非西方社会中，家庭一直是实现老年经济供养、精神慰藉的最重要的社会制度安排。

我国是一个具有几千年传统文化的文明古国，强调以人伦为基础，以情感、情理为法则的人情主义伦理价值观念。这种伦理价值观主要表现为以情感为主体，以血缘为基础的人伦本位。费孝通先生在20世纪30年代已指出，中国的传统家庭是一个绵延的事业社群，因而它的主轴是在亲子关系之间，而不像西方家庭那样在夫妇关系之间[①]。因此，中国的家庭是社会的核心，占有重要的地位，特别是农村更加注重家庭养老保障的功能。在中国家庭中，老人处于最受尊敬的地位，并推崇反哺式传承模式，即父母抚育子女，子女长大后赡养父母，尤其在精神上给予老人应有的尊重和敬爱。孔子在《孝经》中提到："孝子之事亲也，居则致其敬，养则致其乐，病则致其忧，丧则致其哀，祭则致其严。五者备矣，然后能事亲"[②]。家庭养老保障可以通过物质上的互济，频繁的接触与沟通实现亲情的交流，精神的互慰，代际间也将保持较为和谐、愉快的关系。据调查，我国有95%的老年人不愿住养老机构，即使是孤老，也有80%的人不愿去敬老院[③]。在他们看来，养老机构环境再好，生活条件再优越，也不如在家里生活舒服和称心。由于中国的社会结构条件和文化传统，家庭一直是最基本、最主要的社会保护形式，为大多数老年人提供基本经济保障和精神慰藉。

---

① 费孝通：《论中国家庭结构的变动》，《天津社会科学》1982年第3期，第2页。

② 宁业高、宁业泉、宁业龙：《中国孝文化漫谈》中"孝经·纪孝行章"，中央民族大学出版社1995年版，第237页。

③ 杨文忠：《社会转型时期我国城市家庭养老模式初探》，《武汉大学学报》（哲学社会科学报）1998年第5期，第83页。

1.2.2　农村家庭养老保障方式具有经济性特点

与正式养老金制度相比，传统家庭养老保障方式实施的成本较低，稳定性强，易于传播，社会作用广泛。同时，农村社会的相对封闭、落后、同质等特性也适宜家庭养老保障等非正式制度的存在和发展。

（1）农村家庭养老保障方式的实施成本较低

从制度的实施成本来看，非正式制度的实施成本要远低于正式制度的实施成本。正式制度从建立到实施，再到制度具体实施情况的监督，无一不涉及一套专门的组织机构和工作程序。由于政府失灵还会诱发"寻租"等活动的产生，与非正式制度相比，正式制度的运行显然耗费的社会资源更多。"养儿防老"是中国千百年来的文化传统，子女有赡养老人的义务，同时农村一家一户的个体经济也加强了家庭成员之间的相互依赖。那么，基于双向反馈式代际传承模式形成的家庭养老保障方式在中国农村的实施成本非常低。赫斯科维茨（Herskovits）认为，在传统社会中，家庭或者亲属家族很重要，可以保护家庭成员抵御不确定性，当人们遇到天灾人祸时，可以依靠其亲属之间的相互帮助来克服危机。[①] 加里·贝克尔（Gary Becker）也认为，一个家庭就好像一个相当有效的"保险公司"。[②]

（2）农村家庭养老保障方式的交易成本为零

非正式制度是人们在长期的社会生活中逐步形成的习惯习俗、伦理道德、文化传统、价值观念及意识形态等对人们行为产生非正式约束的规则，是那些对人的行为的不成文的限制，是与法律等正式制度相对的概念。[③] 通过互相遵守、潜在的交易规则，可以简化决策过程，从而降低社会经济运行的费用。对于处于相互对立理性的人们，或者人们的经验与意识形态不一致时，人们往往会依靠非正式制度内在的与公平、公正相关的道德伦理评价标准以及与经验相符的"合理解释"，这样有助于人们减少选择成本。在农村，非正式制度对资源配置作用更为重要。农村的市场化

---

① M. J. 赫斯科维茨：《经济人类学》，1965 年版；转引自加里·S. 贝克尔《家庭经济分析》，华夏出版社 1987 年版，第 277 页。

② 同上。

③ 卢现祥：《新制度经济学》，武汉大学出版社 2004 年版，第 115 页。

程度非常低，交易双方之间彼此非常熟悉，大量的交易属于重复交易，加之血缘关系、地缘关系非常盛行，交易双方通过非正式制度就可以在一定程度上维持正常的交易秩序。

在传统农村社会中，年纪较大的人总是受到大家的尊敬，因为他们拥有长年累月积累起来的知识，而这些知识对于处于那些静态环境中的年轻人来说具有特殊的价值。[①] 我国广大的农村地区，生产力还不发达，机械化种田并没有普及，老年人拥有的耕作经验对于农业生产的延续是至关重要的。贝克尔认为，家庭是一所小型的专门学校，它为特殊职业、耕作和手工作坊培训学生，并且在这些毕业生的资格得到社会正式认可之前，家庭负责担保他们的这一资格。[②] 以家庭为载体的传统养老保障方式，就是因为家庭天然的亲情关系将这种代际传承模式延续，正是亲情关系和邻里关系形成的社会监督机制降低了家庭养老保障方式的交易成本。

1.2.3 农村传统养老保障方式与农村社会经济条件联系密切

农业是自然再生产和经济再生产交织的过程。一方面各种自然条件对农业的影响很大，使农业具有明显的不确定性和脆弱性，农业必然而且始终承担着自然风险；另一方面农业生产活动又依赖于人力、资金、技术等要素的投入以及市场的发达程度和社会经济政策的目标选择，因而农业又必然遭受各种社会、经济的不确定因素造成的市场、技术、社会等风险。农业的自然风险必然导致蛛网定理中的"农产品短缺"和"农产品销售难"两个相反的极端现象；农业的市场、技术、社会风险导致农业发展缓慢、农业内部结构不合理、农民收入水平低下等一系列社会经济问题。

我国是一个传统农业大国，农业在国民经济中占据重要地位，政府一直都非常重视农业发展。新中国成立五十多年来，为增加粮食产量、发展农业生产、提高农民收入，政府采取了推广农业科学技术、加强农田水利基础建设、增加物质和资金投入、放开粮食价格、实行承包责任制等一系列措施，并取得了巨大的成就。尽管如此，农业发展问题依然十分严峻：

① R. 布伦纳：《人力资本和变化着的环境》，1979 年；转引自加里·S. 贝克尔《家庭经济分析》，华夏出版社 1987 年版，第 278 页。

② 加里·S. 贝克尔：《家庭经济分析》，华夏出版社 1987 年版，第 278 页。

农业自身积累低下、技术进步缓慢、耕地减少、地质衰竭、农业内部结构不合理等问题依然没有得到很好的解决。特别地，1952—1978年，我国为摆脱贫困，实现国家现代化建设，客观地选择了二元结构发展模式，由此形成了二元社会保障体系。在城市，以机器大工业生产取代传统手工业生产为特征的工业化发展，使工人成为社会化劳动分工体系的一员，劳动成果的绝大部分归企业或国家所有，极小部分则以工资的形式分配给工人作为生活来源。当工人遭遇失业、疾病、工伤、养老等风险事件时，建立相应的社会保险制度就成为一种客观必然选择。在农村，除了给予农民可凭借土地取得最基本的生存保障权外，一个重要的制度设计就是通过实施农产品"统购统销"政策、工农产品"剪刀差"和农业税等形式从农业抽取资金、原料和农产品，为推进国家工业化提供稳定的物质与资金来源，并通过土地制度、户籍制度将农业剩余劳动力限制在农村。与当时的社会经济条件相适应，在农村除了最低级的社会救助和"五保户"制度外，农民养老保障只能依靠土地与家庭等非正式制度安排。

从工业化国家社会保障的发展历程来看，一般都是先有面向城市企业雇用劳动者的社会保险制度的诞生，而后才有农民社会保险制度的出台与社会保障制度的城乡一体化。这种转换的前提条件是，当社会经济结构在工业化、城市化的基础上走上城乡一体化时，城市工业已经能够通过自身的积累来反哺农业而实现农业经营的规模化与机械化。

1.3 农村传统养老保障方式的功能正在逐渐衰弱

家庭和土地是中国农村传统保障方式赖以维系的基础，也一直是广大农民养老保障的主要方式。然而，随着我国市场经济体制改革的深入，工业化、城市化进程的加快，这两类传统养老保障方式的功能持续弱化，由此放大了农村人口老龄化的社会风险。

1.3.1 农村社会人口老龄化程度日益严重

改革开放以来，我国农村劳动力突破了传统体制的束缚，从农业转移到非农产业，从农村转移到城镇地区，从中西部地区转移到东部地区。二十多年的"民工潮"在给城镇带来经济繁荣的同时，也给我国城乡社会保障体制带来巨大的冲击：一方面，农村青壮年劳动力向城镇转移，充实了城镇的劳动力队伍，降低了城镇的抚养比，推迟了城镇人口老龄化高峰的到来，缓解了城镇人口老龄化程度，为城镇创造了"人口红利"[①]；另一方面，农村劳动力转移导致农村人口年龄结构失衡，老年抚养系数急剧增大，农村社会的人口老龄化发展速度大大超过城市，农村传统的家庭代际养老保障模式受到严峻挑战，给农村带来了"人口负债"。第五次人口普查资料显示，我国城镇外来人口中农村人口所占比重为 82.4%；全国分年龄人口迁移状况表明，全国 15—29 岁人口的迁移比例为 53.24%。[②]低龄人口由农村向城市的单向流动，加剧了农村人口的老龄化程度。对农村而言，人口年龄结构的严重失衡对农村社会保障制度的发展意味着挑战，这在我国长期的城乡分割所形成的二元经济体制下表现得尤为突出，经济社会发展所带来的农民对社会保障制度安排的现实需要和当前的制度缺陷之间的矛盾已经凸显并正在不断激化。然而，我国农村经济增长缓慢，面对养老保障负担的不断加重，传统以家庭养老和土地保障为主的农村养老保障已经举步维艰。

1.3.2 农村传统家庭养老保障方式维系的基础开始变化

家庭养老保障的必要条件是：一是有子女、配偶或其他家庭成员；二是子女、配偶或其他家庭成员有一定的经济收入；三是他们有养老的意愿。在这三个条件都具备的情况下，家庭养老保障就会自动发挥作用。在传统农业社会，没有计划生育政策的影响、社会孝道观念非常强、长者对家庭资源有控制权和土地经营收益相对较高使这三个条件能够得以满足。但是，随着社会经济的发展，我国农村传统家庭养老保障方式维系的基础开始出现变化：

首先，计划生育政策和人们生育观念的改变减少了家庭未来的劳动力，也就是老人赡养者。1982—1990 年两次普查之间，农村家庭户规模

---

① "人口红利"是指人口转变过程中所出现的被抚养人口比例不断下降、劳动年龄人口比例不断升高的一段时期。从经济学的角度，人口红利是指在一个经济体中，劳动适龄人口的持续上升所带来的国民生产总值的持续上涨。

② 刘庚常：《我国农村新"空巢"家庭》，《人口研究》2004 年第 1 期，第 49 页。

从 4.3 人/户降到 3.9 人/户，2000 年为 3.44 人/户①。家庭规模的小型化缩小了家庭养老的照料和赡养源，特别是计划生育政策打破了传统的"养儿防老"机制，家庭结构发生重大变化，代际之间独立性的增强降低了家庭凝聚力；农村同样是 4—2—1 的家庭结构，子女的负担也非常重。同时，计划生育政策的实行使家庭结构日益小型化、核心化，农民养老保障失去了原本可依赖的互助共济的大家族的关系网。

其次，工业化和城市化改变了家庭的结构，使孝道观念弱化。社会化大生产对分工协作的要求和社会竞争的加剧，使传统家庭型生产经营组织瓦解，家庭规模缩小；中低龄人口进城务工、从商和求学，使父母子女异地居住，在地域上对家庭分解，使家庭养老保障更加艰难；传统孝道观念的弱化，使人们的养老意识越来越淡薄。2005 年 11—12 月一项关于中国农村养老现状的调查结果显示②：在 10401 名调查对象中，与儿女分居的比例是 45.3%；种养业农活 85% 自己干，家务活 97% 自己做。对父母如同对儿女的视为孝，占 18%，对父母视同路人不管不问的为不孝，占 30%；三餐不保的占 5%，年节饮食与平日无别的达 16%，93% 的老人一年添不上一件新衣，69% 无替换衣服，8% 的老人有一台老旧电视机，小病吃不起药的占 67%，大病住不起医院的高达 86%。传统孝道观念的弱化使老年人生活状况恶化。与此同时，农民收入增长缓慢，家庭养老保障方式难以满足养老需求，使农民养老可能面临既缺乏经济支撑又缺少家庭保障的双重困境，来自家庭内外的各种风险积累使得其保障功能逐步弱化。

最后，家庭组织内部经济资源的控制权发生转移。随着以社会分工为特征的工业社会的到来，"子承父业"不复存在，父子两代除了血缘关系和未成年时的抚养关系之外几乎没有其他关系。父母不可能像传统社会一样控制子女的劳动和收入，子女也不可能像小农经济条件下一样听命于父母，以继承父母的土地和家庭财产为提供赡养的条件，市场经济的发展动摇了家庭养老保障的思想和道德基础。

---

① 国务院发展研究中心"推进社会主义新农村建设"课题组，秦中春执笔：《农村社会养老保险制度建设的紧迫性、发展现状与政策建议》，《中国经济时报》2007 年 4 月 13 日第 4 版。

② 《中国农村养老现状：半数儿女对父母很"麻木"》，《生活报》2006 年 2 月 8 日。

1.3.3 城市化进程导致土地流失和弱化代际交换关系

土地保障在农村传统养老保障方式中占据重要的位置，但在今天，千百年来被视为根基所在的"土地保障"正日益严重地遭受冲击。伴随着工业化和城市化，农民群体内部也日益层次化，土地保障已不能适应这些日新月异的变化。对于一直在土地上劳作的农民，土地带给他们的保障水平始终低下，农业生产经营风险的加大使这种保障越来越不稳定。

其一，家庭承包责任制固化了土地的社会保障功能。长期从事农村问题研究的经济学家俞敬忠指出："农民拥有一块属于自己管理的土地，生老病死有所依赖，这就保证了中国在经济社会急剧变革中的基本稳定。"①但是，一家一户的个体经营，根本不能使土地的利用效率达到最大化，阻碍了土地的规模经营。随着农业产业化、规模化的发展，依附于家庭承包责任制上的土地养老保障功能也势必遭到破坏。

其二，大量农村青壮年劳动力向城镇转移，子女长期不在父母身边，难尽赡养义务，就算双方能维持经济上的联系，也难以照料老人的生活起居，关心他们的精神状态。随着社会经济的发展，老年人的独立意识在增强，年轻人的价值观也在变化，代际之间的地域距离的扩大也导致了代际之间交换困难，使得家庭难以继续承载养老保障的责任。

---

① 《中国农民从"土地保障"走向"社会保障"》，新华网，2004 年 12 月 21 日。

2 传统农村社会养老保险制度评估与反思

2.1 传统农村社会养老保险制度模式与社会评价

2.1.1 传统农村社会养老保险制度的发展历程

我国传统农村社会养老保险制度始建于 20 世纪 90 年代初，1992 年，国家民政部制定下发了《县级农村社会养老保险基本方案（试行）》（以下简称《基本方案》），农村社会养老保险工作在各地广泛开展。截至 1999 年年底，全国 31 个省、自治区、直辖市 76% 的乡镇开展了农村社会养老保险工作，参保的农村人口达 8000 万人。[①] 1999 年，国务院开始对农村社会养老保险工作进行清理整顿，在《国务院批转整顿保险业工作小组保险业整顿与改革方案的通知》（国发〔1999〕14 号）中指出，我国农村尚不具备普遍实行社会保险的条件，要求停止接受新业务，有条件地过渡为商业保险，至此，中国农村社会养老保险事业基本处于停滞状态。从 1986 年各地开始组织试点探索到 1999 年被清理整顿，已经历了近 14 年历史的传统农村社会养老保险制度终于走完了一个重要的历程。

中国的经济体制改革首先在农村开始，农村家庭联产承包责任制的建立与实行瓦解了传统计划经济体制下的农村集体经济组织形式。这种"交足国家的、留够集体的、剩下的归自己"的农产品分配方式变革释放出巨大的能量，极大地解放了农村生产力，调动了农民的生产积极性。但是，这种由家庭和土地作为风险承担主体的保障方式也进一步加大了农民

---

① 劳动和社会保障部：《1999 年劳动和社会保障统计公报》，《劳动保障通讯》2000 年 7 月 29 日，第 29 页。

所面临的风险程度。在农村经济体制改革中，党和政府也逐渐开始意识到农村养老保障的重要性，国家"七五"计划中明确指出："抓紧研究建立农村社会保险制度，并根据各地的经济发展情况，进行试点，逐步实行"；"八五"计划又进一步指出："建立健全养老保险和待业保险制度，逐步完善社会保障体系。这是现代化社会的重要标志，也是推动企业改革、适应人口老龄化和促进计划生育的一项重要措施；在农村采取积极引导的方针，逐步建立不同形式的老年保障制度。"

1986 年 10 月，国家民政部和国务院有关部委在江苏省沙洲县召开了"全国农村基层社会保障工作座谈会"。会议根据我国农村实际情况，将农村养老保障划分了几个层次：在农村贫困地区，基层社会保障的主要任务是搞好社会救济和扶贫；在农村经济发展中等地区，由于多数人的温饱问题已经解决，基层社会保障的主要任务是兴办福利工厂、完善"五保"制度、建立敬老院等，以解决残疾和孤寡老人的生活困难；在农村经济发达地区，发展以社区（乡、镇、村）为单位的农村社会养老保险。但是后来部分地区进行的社区养老工作并不成功，因此在总结经验的基础上，国务院指定由民政部开展农村社会养老保险试点工作。

1990 年 7 月，国务院总理办公会议专题研究了社会保险制度改革问题，会议确定农村社会养老保险由民政部负责；1991 年 1 月，国务院决定选择一批有条件的地区开展建立县级农村社会养老保险制度的试点；1991 年 6 月，国务院发布《关于城镇职工养老保险制度改革的决定》（国发〔1991〕33 号文件），进一步明确了农村养老保险（含乡镇企业）由民政部负责，同时民政部农村养老保险办公室制定了《基本方案》，确定了以县为单位开展社会养老保险的组织原则。《基本方案》也成为大部分地区开展农村社会养老保险试点工作的指导方针和规范。到 1992 年年底，全国已有 170 个县基本建立起了面向全体农民的农村社会养老保险制度，有 3500 多万农民参加了社会养老保险，共积累保费 10 亿多元。[①]

1995 年 10 月，国务院办公厅转发了民政部《关于进一步做好农村社会养老保险工作的意见》，指出："逐步建立农村社会养老保险制度，是建立健全农村社会保障体系的重要措施，对于深化农村改革、保障农民利

---

① 刘贵平：《现行农村养老保险方案的优势与不足》，《人口与经济》1998 年第 2 期，第 26 页。

益、解除农民后顾之忧和落实计划生育基本国策、促进农村经济发展和社会稳定，都具有深远意义。各级政府要切实加强领导，高度重视对农村养老保险基金的管理和监督，积极稳妥地推进这项工作。"1998 年，国务院实行政府机构改革，农村社会养老保险由民政部移交给劳动和社会保障部。1999 年 7 月，《国务院批转整顿保险业工作小组保险业整顿与改革方案的通知》提出，对已经开展的"农村社会养老保险"要进行整顿规范，区别情况，妥善处理。随后，劳动和社会保障部先后提出两个整顿规范的方案：第一个方案是继续在有条件的地区进行农村养老保险的探索，不具备条件的地区暂不开展；第二个方案是政府定政策、市场化运营，政府转变职能，业务经办商业化。至此，我国农村社会养老保险作为一项统一的制度安排已不复存在，只是在个别经济发达地区和大城市的郊区农村有所开展。

2.1.2 《基本方案》的相关制度规定

（1）制度模式：基金积累制个人账户模式

《基本方案》指出："农村社会养老保险是国家保障全体农民老年基本生活的制度，是政府的一项重要社会政策。"要"坚持社会养老保险与家庭养老相结合"，明确了农村社会养老保险在政府行为中的定位，是区别于商业保险的、由集体和国家共同参与的、以保障农民老年基本生活为目的的公共养老金制度。根据《基本方案》的规定，我国农村社会养老保险采取完全基金积累制[①]的个人账户模式，"个人的缴费和集体的补助（含国家让利），分别记账在参保农民个人名下"，个人账户属于个人所有，并根据一定的记账利率进行计息。

（2）实施范围及受益人：参保农民

第一，参保对象。《基本方案》指出农村社会养老保险的参保对象为

---

① 基金积累制是以远期纵向平衡为原则的养老金筹资方式，其实质是个体一生中的跨时性收入再分配制度。一般要求劳动者从参加工作开始，按工资总额的一定比例由用人单位和劳动者个人或只有一方定期缴纳保险税（费），记入其个人账户，作为长期储蓄积累及保值增值的基金，所有权归个人，参保职工达到规定领取条件时可以一次性领取或按月领取。基金积累制要求对未来较长时期的社会经济发展状况和个人资料进行宏观分析，预测参保者在参保期内所需享受的养老金待遇总额，将其按一定比例分摊到参保者的整个参保期间。

非城镇户口、不由国家供应商品粮的农村人口，并以村为单位确认（包括村办企业职工、私营企业、个体户、外出人员等）和组织参保；乡镇企业职工、民办教师、乡镇招聘干部、职工等，可以以乡镇或企业为单位确认和组织参保。这种按户籍制度和国家商品粮管理制度进行参保对象的划分方式是符合当时的农村基本情况，并提出了农村务农、务工、经商等各类人员的社会养老保险制度一体化思路。

第二，参保年龄与受益年龄。《基本方案》规定："交纳保险年龄不分性别、职业，为20周岁至60周岁。领取养老保险金的年龄一般在60周岁以后。"从这项规定可以看出，该项制度事实上是按照社会保险原则实施的，制度仅覆盖有劳动收入的人群，而制度实施时年龄已经超过60岁的农村老年人被排除在覆盖范围之外，成为被遗忘的群体。同时，制度虽然没有给出农民退休年龄的界定，但将60岁定义为男女统一的养老金领取年龄。

（3）基金筹集方式：三方负担

传统农村社会养老保险制度坚持以"个人交纳为主，集体补助为辅，国家予以政策扶持"的三方负担原则。在三方的负担比例方面，个人交纳要占一定比例；集体补助主要从乡镇企业利润和集体积累中支付；国家予以政策扶持，主要是通过对乡镇企业支付集体补助予以税前列支体现。这也意味着，集体补助和国家政策扶持是以当地集体经济发展情况为前提的，如果地方集体经济不发达或没有集体经济，则传统农村社会养老保险制度的三方负担原则难以保证。

（4）缴费与给付

第一，缴费标准与方式。根据《基本方案》规定，农村社会养老保险月缴费标准设2元、4元、6元、8元、10元、12元、14元、16元、18元、20元十个档次，参保对象可根据自身经济承受能力灵活选择；在缴费方式上可按全年、半年、季或月缴纳，遇到具体情况还可以预缴和补缴。同时，《基本方案》还规定，养老保险关系可随参保对象的迁移而转移，若迁入地尚未建立该制度的，由原所在地的农村社会养老保险管理机构将个人所缴纳的全部本息按有关规定如数退还；若迁入地已建立农村社会养老保险制度，需将其保险关系（含资金）转入迁入地农村社会养老保险管理机构；属于招工、提干、考学等"农转非"的，可将其保险关系及保险资金一并转入相应的养老保险轨道。

第二，领取标准与计发办法。根据《农村社会养老保险养老金计发办法（试行）》（民办发［1994］22 号）的规定，保险基金按一定的增值率增值，参保对象开始领取养老金，须先计算出个人积累总额，再由积累总额确定其领取标准。因此，《基本方案》采取了以预定利率的方式确定领取标准。一般农民在达到 60 周岁即可领取养老金，养老金数额可根据个人积累的资金总额和一定的预期领取年限确定，可按月或季领取；领取养老金的保证期为 10 年。对于不到 60 岁就死亡的，按有关规定将其保险费退还法定继承人或指定受益人；对于领取年限不到 10 年就死亡的，其法定继承人或指定受益人可继续领取 10 年期满为止，或一次性继承；对于领取年限超过 10 年的长寿者，可以继续领取，直至死亡。

（5）基金管理

第一，管理体制。《基本方案》规定，农村社会养老保险基金以县为单位统一管理，实行县（市）、乡（镇）、村三级管理相结合。机构设置上主要分为基金监管和基金具体业务经办两个机构。监管机构由县级以上人民政府设立，主要对养老保险基金实行指导和监督；县（市）成立非营利性的基金保管机构，负责经办农村社会养老保险的具体业务。另外，在乡（镇）和村一级分别设立专人负责养老金的收取和发放工作及其他日常工作等。

第二，基金运用。县（市）农村社会养老保险机构在指定的银行设立农村社会养老保险基金专户，及时将按期收缴的保费划入其中。农村社会养老保险事业管理机构可以按当年收取保险费总额的 3% 提取管理服务费，以县（市、区、旗）为单位统一提取，分级使用。提取管理服务费后的基金可以进行投资，为了保证基金的安全，方案规定基金投资采取比较谨慎的态度，主要是购买国家财政发行的高利率债券和存入银行，不能直接用于投资。

2.1.3 有关《基本方案》的社会评价

1995 年，国家民政部邀请部分在京高校和科研机构相关学科的一些专家学者组成《基本方案》专家组，对农村社会养老保险制度进行科学论证。专家组在论证总报告中对《基本方案》的评价是：既符合中国国情和农村实际，又符合世界潮流；符合保险精算原则，技术上先进；充分体现经济学效率原则；在组织管理上具有一定的优越性；是社会保险领域内的一项创新；是应对即将到来的人口老龄化挑战，具有前瞻性的政策措施和制度安排。专家组认为《基本方案》理论上是科学的，且符合中国国情和农村实际，是一个反映国际社会保障制度发展方向的方案，是切实可行、深受农民欢迎的方案。① 亚洲开发银行在对中国"十五"规划有关社会保障改革的政策辅助分析中也指出："很少有确凿的证据能够支持对民政部方案的批评意见"，并认为"尽管现行养老金试点项目是一个有局限的设计，类似于一种组织化的储蓄，但是它是一个可行的方案。"②

学术界对于《基本方案》的评价也存在不同的观点：支持者普遍是从传统农村社会养老保险制度实施的必要性和社会意义方面进行总结；而批评者主要是从制度缺陷和实施过程中存在的问题两个方面进行论证。

从支持的观点来看，学者们普遍认为传统农村社会养老保险制度的发展对于保障广大农民老年生活起到了不可忽视的推动作用。刘翠霄认为，《基本方案》虽然不是完全意义上的法律规范，但它的颁布和实施在中国社会生活中具有非常重要的意义，是一个适合中国农村经济发展水平、能够促进农村经济发展和社会稳定、极具中国特色的社会主义初级阶段的农村社会养老保险制度。③ 史伯年认为，《基本方案》的办法及其推行，使我国农村从无到有，初步形成了具有中国特色的社会养老保险制度体系，这一实践的意义是十分显著的。④ 刘贵平认为，《基本方案》采用个人自我平衡式养老保险模式，考虑到农村现实情况，这种模式有明显优点。⑤ 王国军认为，《基本方案》的实施具有其相当积极的一面：农村社会养老

---

① 中华人民共和国民政部农村社会保险司：《农村社会养老保险基本方案论证报告》，民政部，1995 年 12 月，第 5、6、9 页。

② 亚洲开发银行小型技术援助项目［(PRC－3607)］：《中国农村老年保障：从土改中的土地到全球化时的养老金》，2001 年，第 24、25 页。

③ 刘翠霄：《中国农民的社会保障问题》，《法学研究》2001 年第 6 期，第 68—69 页。

④ 史伯年：《中国社会养老保险制度研究》，经济管理出版社 1999 年版，第 75—76 页。

⑤ 刘贵平：《现行农村养老保险方案的优势与不足》，《人口与经济》1998 年第 2 期，第 27—28 页。

保险制度是中国历史上第一个针对农民的正式社会保障制度，其意义已远远超出其对部分农民经济上的保障，而具有鲜明的社会和政治意义。① 此外，一些学者还认为《基本方案》的实施还产生了积极的社会经济影响，如促进了农民储蓄意识的提高；改变了农村社会代际交换的形式，从而影响人们的家庭观念和生育意愿，有利于农村计划生育工作的开展；促进了农民家庭关系的巩固，减少了纠纷；对我国保险市场和资本市场的形成和发展也发挥了一定的作用。

批评者的观点主要体现在《基本方案》形成的传统农村社会养老保险的制度设计方面存在的缺陷和实施过程中存在的问题：一是传统农村社会养老保险制度实行农民自愿参加，筹资主要依靠甚至完全依靠农民个人缴纳，所采取的个人账户模式实际上是个人储蓄，人与人之间没有互助互济，这与社会保险应具有的强制性、互济性相违背，因此它不是社会保险，应归为商业保险。② 二是传统农村社会养老保险基金管理水平低，管理混乱，使农村社会养老保险基金难以保值增值。③ 三是传统农村社会养老保险制度的待遇水平过低，社会化程度太低，同时，忽略了中国农村的实际，针对性太差。④ 四是传统农村社会养老保险采用积累式个人账户模式，这种模式经过几十年的积累可以解决"未来老年人"的养老问题，但对目前已进入老年和即将进入老年的农民来说，没有效果。⑤ 由此可以得出结论，我国的传统农村社会养老保险制度存在着较为明显的制度需求与制度供给不均衡的状况。⑥

① 王国军：《现行农村社会养老保险制度的缺陷与改革思路》，《上海社会科学院学术季刊》2000 年第 1 期，第 120 页。
② 翟庆朝、张旖诺：《农村养老保险制度的缺陷及其改进》，《经济论坛》2003 年第 6 期，第 12 页。
③ 石宏伟：《关于我国农村社会养老保险的思考》，《中国农业大学学报》（社会科学版）2002 年第 3 期，第 28 页。
④ 张俊良：《关于农村社会养老保险制度创新的探讨》，《经济体制改革》2002 年第 6 期，第 80 页。
⑤ 翟庆朝、张旖诺：《农村养老保险制度的缺陷及其改进》，《经济论坛》2003 年第 6 期，第 12 页。
⑥ 田凯：《当前中国农村社会养老保险的制度分析》，《社会科学辑刊》2000 年第 6 期，第 31 页。

传统农村社会养老保险工作是把社会保险作为防范农民老龄风险的一种对策在中国的重要实践，是用社会保险方式解决中国农民养老问题的有益探索。[①] 虽然在制度设计和实施过程中存在一些问题，但探索的过程是有益的，政策的实施为未来新型农村社会养老保险制度的建立积累了宝贵的经验和教训。因此，从农村稳定的大局出发，应当慎重对待农村社会养老保险工作。[②] 随着社会主义市场经济体制的逐步形成，在农村相应地建立社会养老保险体系已显得十分必要。[③] 现在我们可以肯定的是，只有通过对《基本方案》进行详细的解析，找出设计中欠妥的地方，分析制度执行过程所遭遇的困境，才能更好地指引未来新型农村社会养老保险制度前进的方向。

2.2 传统农村社会养老保险制度的精算分析

根据《农村社会养老保险养老金计发办法（试行）》的规定，农村社会养老保险基金按一定的增值率增值，参保对象开始领取养老金，须先计算出个人积累总额，再由积累总额确定其领取标准。同时，《基本方案》规定采取预定利率的方式来确定领取标准。领取标准的确定并不是按照寿险精算的方法，而是采用定期年金的计算方法，根据养老金领取人的平均预期寿命决定平均预期领取年限，在考虑十年保证期的条件下，由确定的平均预期领取年限和计算出的个人账户累积总额，利用定期年金的方法，计算出一定年龄开始领取养老金月领取标准。[④] 本书将以此规定为基础，根据相关的参数和前提假设，测算传统农村社会养老保险参保农民个人账户月领取标准和相关计发系数。

---

① 何文炯、金皓、尹海鹏：《农村社会养老保险：进与退》，《浙江大学学报》（人文社会科学版）2001年第3期，第103页。

② 中国社会科学院"农村社会保障制度研究"课题组：《积极稳妥地推进农村社会养老保险》，《人民论坛》2000年第6期，第9页。

③ 马斌：《农村社会养老保险的现状、问题及对策》，《中国农村经济》2001年第8期，第55—56页。

④ 黄新平：《具有重要理论和实践价值的方案——对〈农村社会养老保险基本方案〉的几点评价》，《农村社会养老保险基本方案论证报告》，民政部，1995年12月，第47页。

2.2.1 假设前提与精算模型

（1）精算模型建立的假设前提

①农村社会养老保险个人账户资金来源仅考虑个人缴费

根据《基本方案》的规定，农村社会养老保险为参保农民建立个人账户，个人缴费及集体补助记在个人名下，个人账户属于个人所有，实行基金积累制，并根据一定的记账利率进行计息。在政策执行中，很少有农民能够享受到集体补助，个人账户中的资金大都全部来源于个人缴费，因此本书假定农村社会养老保险个人账户资金来源仅为个人缴费。

②参保农民每年年初按照固定的标准连续地向其个人账户供款

《基本方案》提供了 2—20 元之间共 10 个档次的缴费标准供参保农民选择，在缴费方式上也允许参保农民按月缴、年缴或趸缴。为了便于测算，本书假定参保农民采取按年缴费的方式，在每年的年初按照自己所选择的缴费标准向个人账户供款且缴费不中断。

（2）农村社会养老保险个人账户精算模型

按照政策规定和假设前提，本书将依据保险精算平衡原理，即未来给付保险金额现值的期望值（即趸缴纯保费）等于缴纳保费的精算现值，来构建新型农村社会养老保险个人账户精算模型。

参保农民开始领取养老金时个人账户的基金积累总额为：

$$M = 12R(1 - a_1) \sum_{j=1}^{b-a} (1 + r)^{b-a+1-j} \qquad (2.1)$$

式中，$12R$ 为年缴费标准，a_1 为管理服务费提取比例，a 为参保农民开始缴费年龄，b 为参保农民开始领取养老金年龄，r 为个人账户养老基金积累的年计息利率。

a 岁参保农民在 b 岁终止缴费后各年的养老金给付额在 b 岁时的领取总额现值为：

$$N = 12P \sum_{k=0}^{m-1} \left(\frac{1}{1+i}\right)^k \qquad (2.2)$$

式中，P 为养老金月领取金额，m 为预计的参保农民个人账户养老基金平均计发年限，i 为养老金给付期间的年利率。

根据领取总额现值等于积累总额，即 $M = N$，得：

$$P = \frac{M}{12\sum_{k=0}^{m-1}\left(\frac{1}{1+i}\right)^{k}} = \frac{R(1-a_1)\sum_{j=1}^{b-a}(1+r)^{b-a+1-j}}{\sum_{k=0}^{m-1}\left(\frac{1}{1+i}\right)^{k}} \qquad (2.3)$$

（2.3）式中，令 A 为相关计发系数，则：

$$A = \frac{1}{12\sum_{k=0}^{m-1}\left(\frac{1}{1+i}\right)^{k}} \qquad (2.4)$$

2.2.2　参数假设与精算结论

（1）基本参数假设

以农村社会养老保险相关政策为基础，在测算过程中，本书假定参保农民年缴费标准 $12R$ 为 12 元，开始缴费年龄 a 为 20 岁，开始领取养老金年龄 b 为 60 岁，相对应的预计的参保农民个人账户养老基金平均计发年限 m 为 18 年，个人账户养老基金积累的计息利率 r 和养老金给付利率 i 都为 8.8%，管理服务费提取比例 a_1 为 3%。

表 2-1　　　　　　　　　　　　　基本参数假设

R	a	b	m	r	i	a_1
1	20	60	18	8.8%	8.8%	3%

（2）精算结论

将表 2-1 参数代入（2.3）式和（2.4）式，计算后得到，养老金月领取金额 $P = 35.01$，参保农民 60 岁退休时的计发系数 $A = 0.0086$。

养老金月领取金额 $P = 35.01$，表示若某 20 岁的参保农民从制度实施起（1992 年）每年年初缴纳 12 元（月均缴纳 1 元）直到其 60 岁退休，期间缴费不中断，则到其 60 岁时，每月可领取约 35.01 元的养老金。参保农民 60 岁退休时的计发系数 $A = 0.0086$ 是与预计的养老基金平均计发年限 m 为 18 年，养老金给付利率 i 为 8.8% 相对应的。由于"部分地区有少数保险对象启领养老金年龄为 50 周岁或 55 周岁"。[①] 若取 $b=50$，$m=28$；$b=55$，$m=23$，代入（2.4）式，则可以计算出 50 岁时退休和 55 岁时退休的参保农民养老金计发系数分别为 0.0074 和 0.0079。

《基本方案》规定农村社会养老保险月缴费标准设 2 元、4 元、6 元、8 元、10 元、12 元、14 元、16 元、18 元、20 元十个档次，依照本研究精算模型，即可计算出 20 岁参保农民在不同缴费档次和领取年龄组合下的养老金月领取标准（见表 2－2）。

表 2－2　20 岁参保农民不同缴费档次和领取年龄组合下的养老金月领取标准（元）

缴费档次 领取年龄	2	4	6	8	10	12	14	16	18	20
60 周岁	70	140	210	280	350	420	490	560	630	700
55 周岁	41	82	123	164	206	247	288	329	370	411
50 周岁	25	50	74	99	124	149	173	198	223	248

由于民政部主张"通过积极稳妥的工作，将 50 周岁或 55 周岁启领养老金的做法逐步调整，执行 60 周岁启领养老金的规定。"[②] 下面取参保年龄 a 为 20—59 岁，b 为 60 岁，在不同个人账户养老基金积累的年计息利率、养老金给付期间的年利率和个人账户养老基金平均分摊年限的组合下，本书的扩展精算结论见表 2－3。

表 2－3　年缴费 12 元不同利率和平均计发年限组合下的养老金月领取标准（元）

	$r=i=8.8\%$			$r=i=5\%$			$r=i=2.5\%$		
a	$m=15$	$m=18$	$m=20$	$m=15$	$m=18$	$m=20$	$m=15$	$m=18$	$m=20$
20	38.09	35.01	33.55	11.29	10.02	9.40	5.28	4.56	4.19
21	34.90	32.08	30.74	10.66	9.47	8.88	5.08	4.38	4.03

---

① 参见民政部农村社会保险司《关于执行〈农村社会养老保险养老金计发办法〉有关事宜的通知》（险标字［1994］9 号）文件的相关规定。

② 同上。

续表

a	$r=i=8.8\%$			$r=i=5\%$			$r=i=2.5\%$		
	$m=15$	$m=18$	$m=20$	$m=15$	$m=18$	$m=20$	$m=15$	$m=18$	$m=20$
22	31.97	29.38	28.16	10.07	8.94	8.38	4.88	4.21	3.87
23	29.27	26.91	25.78	9.50	8.43	7.91	4.68	4.04	3.72
24	26.79	24.63	23.60	8.96	7.95	7.46	4.49	3.87	3.57
25	24.52	22.54	21.60	8.44	7.49	7.03	4.30	3.71	3.42
26	22.43	20.61	19.75	7.95	7.06	6.62	4.12	3.56	3.27
27	20.50	18.85	18.06	7.48	6.64	6.23	3.94	3.40	3.13
28	18.73	17.22	16.50	7.04	6.25	5.86	3.77	3.25	3.00
29	17.11	15.73	15.07	6.61	5.87	5.51	3.60	3.11	2.86
30	15.62	14.36	13.76	6.21	5.51	5.17	3.44	2.97	2.73
31	14.24	13.09	12.55	5.82	5.17	4.85	3.28	2.83	2.60
32	12.98	11.93	11.44	5.46	4.85	4.55	3.12	2.69	2.48
33	11.82	10.87	10.41	5.11	4.54	4.26	2.97	2.56	2.36
34	10.76	9.89	9.48	4.78	4.24	3.98	2.82	2.43	2.24
35	9.78	8.99	8.61	4.46	3.96	3.71	2.68	2.31	2.13
36	8.88	8.16	7.82	4.16	3.69	3.46	2.53	2.19	2.01
37	8.05	7.40	7.09	3.87	3.44	3.22	2.40	2.07	1.90
38	7.29	6.70	6.42	3.60	3.20	3.00	2.26	1.95	1.80
39	6.59	6.06	5.81	3.34	2.96	2.78	2.13	1.84	1.69
40	5.95	5.47	5.24	3.09	2.74	2.57	2.00	1.73	1.59
41	5.36	4.93	4.72	2.85	2.53	2.38	1.88	1.62	1.49
42	4.82	4.43	4.24	2.63	2.33	2.19	1.75	1.51	1.39
43	4.32	3.97	3.80	2.41	2.14	2.01	1.63	1.41	1.30
44	3.86	3.55	3.40	2.21	1.96	1.84	1.52	1.31	1.21
45	3.44	3.16	3.03	2.02	1.79	1.68	1.40	1.21	1.12
46	3.05	2.80	2.69	1.83	1.63	1.53	1.29	1.12	1.03
47	2.69	2.48	2.37	1.66	1.47	1.38	1.19	1.02	0.94
48	2.37	2.18	2.08	1.49	1.32	1.24	1.08	0.93	0.86

a	$r=i=8.8\%$			$r=i=5\%$			$r=i=2.5\%$		
	$m=15$	$m=18$	$m=20$	$m=15$	$m=18$	$m=20$	$m=15$	$m=18$	$m=20$
49	2.07	1.90	1.82	1.33	1.18	1.11	0.98	0.84	0.78
50	1.79	1.65	1.58	1.18	1.04	0.98	0.88	0.76	0.70
51	1.54	1.41	1.35	1.03	0.91	0.86	0.78	0.67	0.62
52	1.30	1.20	1.15	0.89	0.79	0.74	0.68	0.59	0.54
53	1.09	1.00	0.96	0.76	0.68	0.63	0.59	0.51	0.47
54	0.89	0.82	0.78	0.64	0.56	0.53	0.50	0.43	0.40
55	0.71	0.65	0.62	0.52	0.46	0.43	0.41	0.36	0.33
56	0.54	0.50	0.48	0.40	0.36	0.34	0.33	0.28	0.26
57	0.39	0.36	0.34	0.29	0.26	0.25	0.24	0.21	0.19
58	0.25	0.23	0.22	0.19	0.17	0.16	0.16	0.14	0.13
59	0.12	0.11	0.10	0.09	0.08	0.08	0.08	0.07	0.06

注：将表 2-3 的计算结果乘以月均缴费标准，即可计算出参保农民按照所选缴费档次缴纳保费达到领取年龄时的养老金月领取标准。如：在 $r=i=8.8\%$，$m=18$ 时，某 35 岁的参保农民年缴 72 元（月均缴费 6 元），则其在 60 岁时的养老金月领取标准为 $8.99 \times 6 = 53.94$ 元。

2.2.3　经验分析

本书是建立在农村社会养老保险制度实施初时的相关规定和社会经济条件的基本假设的基础之上的。如有关养老基金的年增值率为 8.8%，领取养老金的分摊年限为 18 年的参数取值。民政部当时在定这两个参数时的想法是这样的：以国民经济正常发展年增长速度为 8% 左右、年通货膨胀率 6% 左右为基础，按国际上金融业的一般规律，正常情况存款利率扣除物价上涨，实际利润为 2%—2.5%，设定了基金年增值率的三个标准，即 8.5%、8.8% 和 9%，考虑到不能低于保险公司的基金增值率，最后确定为 8.8%。由于管理费为 3%，比保险公司的要低得多，所以基金实际增值高于保险公司。由于当时没有生命表，只能根据 1990 年的人均寿命以及对由于生活水平提高、医疗条件改善人均寿命提高情况的估计来考虑，分摊年限也设定了三个，即 15 年、18 年、20 年，最后确定为 18

年。① 另有学者指出，根据养老金领取人的平均预期寿命决定平均预期领取年限，计算平均预期寿命时，则参照了日本全会社第二回生命表（1965—1969），其中0岁者平均预期寿命为72.01岁，60岁者平均预期余命为18.03岁，此表的数据与当时我国实际状况比较接近，因此确定出平均预期领取年限为18年。② 从本书的测算结论来看，随着银行利率的调整和通货膨胀率的上升，《基本方案》在缴费和给付方面的设计，至少存在以下几方面的问题：

第一，预期的基金增值率过高。为吸引广大农民参加农村社会养老保险，民政部规定了较高的预期增值标准，如1991年1月起为年复利8.8%，1993年7月—1997年12月为年复利12%，1998年1月为年复利6.8%，回报率均高于银行同期存款利率和三年期国库券约1—2个百分点。随着1996年以后银行利率的不断下调，这一方案的实施必将伴随着巨大的利息损失。

第二，不同年龄的参保人可以自由选择不同的缴费标准，大龄参保人若与低龄参保人选择同样的缴费标准，将会造成达到领取养老金年龄时，两者的领取标准相差过大，甚至根本不能保障农村老年人的基本生活的状况。如从表2-3可以看出，$r = i = 8.8\%$，$m = 18$时，20岁、30岁、40岁和50岁的参保人养老金月领取标准分别为35.01元、14.36元、5.47元和1.65元。为此，方案应该给出能够满足参保人老年时基本生活水平的不同参保年龄的最低缴费标准。如假设未来农村老年人的平均月生活费为100元，则通过表2-3的推导，可知各年龄段最低年缴费标准（见表2-4）。

表2-4　　　　　　月领取标准为100元时各年龄段最低年缴费标准

投保年龄（岁）	20	25	30	35	40	45	50	55
年缴标准（元）	34.28	53.24	83.57	133.48	219.38	379.75	727.27	1846.15

---

① 张朴：《关于农村社会养老保险有关理论和政策问题的思考》，《农村社会养老保险基本方案论证报告》，民政部，1995年12月，第153页。

② 黄新平：《具有重要理论和实践价值的方案——对〈农村社会养老保险基本方案〉的几点评价》，《农村社会养老保险基本方案论证报告》，民政部，1995年12月，第47页。

第三，月养老金领取标准计发系数的制定不能适应利率调整和农村人口平均预期余命增加的实际情况。如 60 岁参保农民月养老金领取标准计发系数为 0.0086 是按照 8.8% 的基金增值率和平均余命 18 年计算出来的。一方面，银行利率下调将会使养老基金的增值积累额低于原来的预期值，使参保农民的月领取标准下降。从表 2-3 可以看出，养老基金增值率分别为 8.8%、5% 和 2.5% 时，20 岁的参保农民 60 岁时领取养老金的月标准分别为 35.01 元、10.02 元和 4.56 元；另一方面，农村人口平均预期余命的增加可能会使参保农民个人的实际养老金需求增加。如果仍按照参保农民 60 岁时的平均预期余命为 18 岁，平均分摊年限为 18 年算出的计发系数来计算参保农民的月养老金领取标准，参保农民实际领取的养老金水平会更低，不能满足养老保障的实际需要。

第四，养老保险费的缴纳和养老金的计发均未建立相应的指数化调整机制，养老金领取标准未能与物价指数、人均收入水平等动态经济指标建立起指数化调整关系。随着社会经济的发展，农村居民的消费价格指数的上涨，尤其是通货膨胀率的上升将可能使农民年老时领取的养老金相对贬值。从表 2-2 可以看出，当 20 岁的参保农民年缴 240 元（月均缴纳 20元）时，其在 55 岁领取的月养老金标准约为 411.05 元，在当时来看这一标准不算太低，但是其缴费年限有 35 年，若按 5% 的物价指数计算，它将被贴现为 68.26 元，参保农民实际的养老保障水平将会非常低。

2.3 传统农村社会养老保险制度发展的反思

传统农村社会养老保险制度在经过 14 年的探索与试点之后被以"社会经济条件不允许"的理由停止，应该从制度设计和实际运行情况两个方面进行原因分析。

2.3.1 传统农村社会养老保险存在制度性缺陷

（1）传统农村社会养老保险制度未能充分体现社会保险的本质特征

社会保险是指由国家通过立法的方式，为依靠劳动收入生活的工作人员及其家庭成员保持基本生活条件、促进社会安定而举办的保险，具有公平性、互济性和强制性的特点。《基本方案》明确指出："农村社会养老保险是国家保障全体农民老年基本生活的制度，是政府的一项重要社会政策。建立农村社会养老保险制度，要从我国农村的实际出发，以保障老年人基本生活为目的。"这意味着《基本方案》将我国的农村社会养老保险制度定位于基本社会保险制度。但是，从传统农村社会养老保险的制度设计和具体实施方案来看，传统农村社会养老保险已经蜕变成为一个"个人自愿储蓄保障制度"，这显然违背了社会保险制度的本质目的。

按照制度设计，传统农村社会养老保险制度采取了完全基金积累制个人账户模式，在给付方式上采取了供款基准制（definded contribution，DC)①，也就是个人缴费为自己养老，目的是个人的跨时收入再分配，而不具备代际和代内收入再分配功能，严重脱离基本保障制度的本质目的。按照《基本方案》的规定，农村社会养老保险月缴费标准设 2 元、4 元、6 元、8 元、10 元、12 元、14 元、16 元、18 元、20 元十个档次，从表2－2 对 20 岁参保农民不同缴费档次的养老金月领取标准比较可以看出，缴费档次越高，领取的养老金标准也越高，并且参保农民缴费与养老金受益之间是直接关联。当然，《基本方案》也规定了集体经济和政府都会提供一些补助或补贴，但在实践中，由于当时我国广大农村地区乡镇企业发展极不平衡，中西部地区乡镇企业发展尤其滞后，集体经济很难从中筹集出专款来向农村社会养老保险制度提供补助。同时，集体经济的不景气，也使得国家无法实施通过对乡镇企业支付集体补助予以税前列支这一优惠政策。江苏省平阴县人民政府就曾在 1992 年《平阴县农村社会养老保险暂行办法》（第 20 号）中规定：保险费"集体确无力补助的，由个人全部交纳"。"从 1991 年农村社会养老保险试点以来，中央财政没给过一分钱，地方财政拿出的钱也非常有限，财政扶持非常不到位"。② 因此，传统农村社会养老保险制度必然沦为一个"个人储蓄保障制度"。

另外，基金积累制的一个重要弊端在于：不可能向制度实施时已经退

---

① 养老金制度的实施方式是按照一定的公式确定每名参与者的缴费水平（通常是统一的供款率），并为每位参保者设立个人账户，其缴费积累于个人账户之中，待其退休后，按照个人账户上缴费积累和基金投资回报额向退休人员计发养老金待遇，这就是供款基准制。在供款基准制养老金制度中，退休人员得到的养老金受益取决于他们个人账户上的积累水平。

② 董文胜：《劳动保障部官员：农村社会养老保险问题突出》，《中国证券报》2006 年 11 月 27 日第 A06 版。

休的老年人提供养老保障，传统农村社会养老保险也不例外。《基本方案》既没有对制度启动之初年龄超过 60 岁以上的老人制定相关的补贴政策，也没有对即将步入老年的中年人制定相关的补缴规定。

（2）传统农村社会养老保险制度面临保障水平过低与农民实际保障需求不断增长之间的矛盾

《基本方案》规定农村社会养老保险制度的缴费标准为 2—20 元的十个档次，并允许农民自愿参保和选择缴费标准。其结果是，在当时农村社会经济发展水平普遍偏低的情况下，大多数农民要么不参加农村社会养老保险制度[1]，要么"被迫"选择较低档次的缴费标准，从而导致传统农村社会养老保险制度必然面临保障水平过低与农村实际保障需求不断增长之间的矛盾。据调查，1998 年农村社会养老保险向 59.8 万参保农民发放了养老保险金，"人均约为 42 元"，参保农民月均养老金为 3.5 元。[2] 同时，传统农村社会养老保险制度在缴费和给付的设计上也没有考虑建立相应的指数化调整机制。在缴费方面，只是规定了十档定额缴费标准，没有考虑到参保农民缴费标准应与农民收入增长保持一定的关联关系；在给付方面，只是规定了一个定额养老金标准，也没有考虑到养老金与物价指数或通货膨胀率之间的调整关系。这种定额缴费标准和给付标准的政策规定的结果是，参保农民未来领取的养老金的货币价值必然随农村收入水平的提高、物价指数的上涨而相对降低。

（3）传统农村社会养老制度面临未来偿付能力不足与降低待遇标准之间的艰难选择

为吸引广大农民参加传统农村社会养老保险制度，在制度设计方面民政部规定了较高的预期增值标准，如规定 1991 年 1 月起为年复利 8.8%，1993 年 7 月—1997 年 12 月为年复利 12%。在没有相关投资运营渠道的前提下，这种对养老基金预期增值标准进行硬性规定的做法必然会使政策实施者在未来面临偿付能力不足与降低待遇标准之间的艰难选择。

---

① 笔者曾于 1994 年、1995 年参与武汉市郊区的农村养老保险计划的宣传和"促销"工作，但结果是"促销"的难度很大，农民的反应十分冷淡，甚至非常反感。

② 中国社会科学院"农村社会保障制度研究"课题组：《积极稳妥地推进农村社会养老保险》，《人民论坛》2000 年第 6 期，第 8 页。

①从同期来看，预期增值标准并不能实现基金保值增值目的

根据民政部制定的《农村社会养老保险交费、领取计算表》，每月交费 2 元，按年利率 8.8% 计算，10 年后每月可领取 4.65 元（不扣管理费），15 年后可领取 7.1 元（不扣管理费）；按年利率 12% 计算，10 年后每月可领取 6.22 元（不扣管理费），15 年后可领取 10.95 元（不扣管理费）。如果在没有通货膨胀和扣除管理费的情况下，能够获得这样的预期收益率当然是非常好的事情，但是事实上按照农村社会养老保险基金存银行和买国债的规定，农村社会养老保险基金实际上获得的收益率在扣除了管理费之后是难以实现保值增值目的的。

表 2 - 5　1991—2002 年物价上涨指数、银行存款利率和三年期国债利率比较（%）

年份	全国零售物价指数上涨率	农村居民消费价格指数上涨率	银行存款利率						3 年期国债利率
			活期	定期					
				1 年	2 年	3 年	5 年	8 年	
1991	2.9	2.3	1.80	7.56	7.92	8.28	9.00	10.08	10.0
1992	5.4	4.7	1.80	7.56	7.92	8.28	9.00	10.08	10.5
1993	13.2	13.7	2.16	9.18	9.90	10.8	11.06	14.58	13.06
1994	21.7	23.4	3.15	10.98	11.70	12.24	13.86	17.10	13.96
1995	14.8	17.5	3.15	10.98	11.70	12.24	13.86	17.10	14.00
1996	6.1	7.9	1.98	7.47	7.92	8.28	9.00		10.96
1997	0.8	2.5	1.71	5.67	5.94	6.21	6.66		9.18
1998	-2.6	-1.0	1.44	3.78	3.96	4.14	4.50		7.11
1999	-3.0	-1.5	0.99	2.25	2.43	2.70	2.88		4.72
2000	-1.5	-0.1	0.99	2.25	2.43	2.70	2.88		2.89
2001	-0.8	0.8	0.99	2.25	2.43	2.70	2.88		2.89
2002	-1.3	-0.4	0.72	1.98	2.25	2.52	2.79		2.42

说明：一年中发行多期三年期国债时，取第一期发行时规定的利率。

资料来源：根据《中国统计年鉴》（2002—2003）和中国农业银行网站相关资料整理得出。即（http://www.955 99.sh.cn/Lcms/bank/quotation/pzsqzrate/ist.jsp）。

从表 2 - 5 可以看出，虽然 1991 年和 1992 年的银行定期存款利率和三年期国债利率都比全国零售物价指数上涨率和农村居民消费价格指数上

涨率要高得多，但这是政策调整的"时滞"引起的。从 1993 年开始一直
到 1996 年，银行定期存款利率和三年期国债利率都比全国零售物价指数
上涨率和农村居民消费价格指数上涨率低，甚至在 1994 年和 1995 年要低
很多，农村社会养老保险基金出现了大幅贬值，这还没有考虑保值补贴和
扣除管理费因素。根据《中国人民银行关于调整存、贷款利率并实行储
蓄存款保值的通知》（银发〔1993〕185 号）的规定，中国人民银行决定
从 1993 年 7 月 11 日开始，对城乡居民三年期以上定期储蓄存款实行保
值，在调整后的利率基础上计算保值贴补率。如对 1991 年 12 月 1 日存入
的三年、五年和八年期定期储蓄存款，在保值期内分别按 13.14%、
14.94% 和 17.64% 年利率计付利息，而同期存入银行的农村社会养老保
险基金就享受不到这种保值补贴利息。约翰逊指出[1]，由于中国 1993—
1997 年的投资收益率为负，对于从 1993—1997 年每年投入了同等数量保
金的个人来说，他们积累的基金实际价值低于他们支付出的保费。

②从长期来看，预期增值标准和待遇标准必然面临下调的信用危机

从一年期定期存款利息来看，1996 年下半年以来，中国人民银行连
续八次降低人民币存、贷款利率，直到 2002 年下降为 1.98%，年均下调
率约为 25%；从三年期国债利率来看，自 1995 年以来也是不断下降的，
直到 2002 年降为 2.42%，年均下调约为 30%。银行利率不断下调，通货
膨胀率上升也使政府负担日益沉重，即参保的人数越多，政府赔得越多。
为了使农村社会养老保险基金能平衡运行，国家不断下调基金分段利息的
利率：从 1997 年 1 月起的 8.8% 到 1998 年 1 月起的 6.8%，再到 1998 年
7 月起的 5%，最后到 1999 年 7 月起的 2.5%，这使参保农民实际收益明
显低于按过去 8.8% 的利率计算出的养老金，严重打击了参保农民的
信心。

（4）传统农村社会养老保险制度未对转移与接续做出具体安排

随着工业化和城镇化进程的加快，农村劳动力向城镇迁移或转移将成
为不可避免的趋势。农村劳动力转移就业必然要求社会养老保险关系的转
移与接续，但是《基本方案》形成的制度规定却使这种看似简单的管理

---

① D. 盖尔·约翰逊：《中国农村老年人的社会保障》，《中国人口科学》1999 年第 5 期，
第 5 页。

方式变得非常困难和复杂。

①制度模式不同阻碍了城乡社会养老保险关系转移与接续

《基本方案》的指导思想是"坚持农村务农、务工、经商等各类人员社会养老保险制度一体化的方向"，并规定"投保人招工、提干、考学等农转非，可将保险关系（含资金）转入新的保险轨道，或将个人交纳全部本息退还本人。"这事实上是要求农村劳动力在城乡转移就业时，必须实现社会养老保险关系在城乡之间转移与接续。但是我们知道，城镇基本养老保险制度采取现收现付制与基金积累制相结合的混合制度，即每位参保职工拥有包括社会统筹账户和个人账户的两类养老金，而农村社会养老保险制度采取完全基金积累制个人账户模式，城乡社会养老保险制度模式存在明显差异，难以实现城乡社会养老保险关系顺利转移与接续，阻碍了农村劳动力在城乡之间自由流动。

②具体方案与发展程度不同限制了农村社会养老保险关系转移与接续

《基本方案》规定："投保对象从本县（市）迁往外地，若迁入地已建立农村社会养老保险制度，需将其保险关系（含资金）转入迁入地农村社会养老保险管理机构。若迁入地尚未建立养老保险制度，可将其个人交纳全部本息退发本人。"正如前文分析，事实上全国各地在农村社会养老保险制度实施过程中采取了适合本地的具体实施方案，且农村社会养老保险工作发展程度也存在差异，结果是限制了参保农民农村社会养老保险关系在不同地区之间的转移与接续。

③"退保"规定事实上抛弃了制度设计的目的

《基本方案》规定参保农民在城乡或不同农村地区迁移或转移时，农村社会养老保险管理机构可以将该参保农民在其农村社会养老保险个人账户上交纳的全部本息退发给本人。这是一项非常不合适的规定，显然抛弃了农村社会养老保险制度向参保农民提供基本养老保障的目的。

（5）传统农村社会养老保险制度缺乏稳定性

作为一种政府行为，农村社会养老保险制度的实施应当有相应的法律依据，唯有此才能保证依法行政和政策的稳定性，才能使政策得到农民的信任与支持。在我国缺乏专门的农村社会养老保险法律的情况下，由于《基本方案》的立法层次较低，内容规定不够具体，造成了法律规范适用无法统一，政策执行的随意性较大。

从传统农村社会养老保险政策的法律效力层面来看，农村社会养老保险立法层次较低、法律规范适用无法统一。根据《中华人民共和国立法法》第八十六条的规定，地方性法规与部门规章之间对同一事项的规定不一致，不能确定如何适用时，由国务院提出意见，国务院认为应当适用地方性法规的，应当决定在该地方适用地方性法规的规定；认为应当适用部门规章的，应当提请全国人民代表大会常务委员会裁决。传统农村社会养老保险的主要法规——《基本方案》是由原劳动部颁布的部门文件或法规，其法律效力与地方政府规章等同。在实践过中，基本上没有出现提请国务院裁决的案例，所以地方性法规有可能适用上优于《基本方案》，由此可见其并不是一个可以在全国范围内普遍得到适用的法律规范，不具备在全国统一实施和强制实行的条件。

从传统农村社会养老保险的制度设计层面来看，制度规定不够具体、政策实施的弹性较大。《基本方案》只是对农村社会养老保险制度的一些重大事项做了统一规定，但是有关制度的缴费标准、集体补助标准、参保对象、养老金领取条件与标准、基金运营管理等具体方面，法规规定由地方政府，甚至是县级政府、农村社会养老保险管理机构或乡（镇）、村、企业制定。因此，在具体工作上，由于各地对这项工作的认识、掌握程度不同，以及从地方政府的自身利益出发，各地往往是自行摸索、各行其是，出台了上千种具体实施方案。做得好点的，可能在《基本方案》的基础上，结合当地农村社会经济条件进行细化；做得不好的，可能是难以适从，甚至是偏离《基本方案》的原则和思想，以至于出现损害农民利益和违法违规的行为。

2.3.2　传统农村社会养老保险制度实施的困难

（1）自愿性参保原则和缴费与收益直接关联性导致"保大不保小"现象

由于我国传统农村社会养老保险制度采取完全基金制个人账户管理模式，参保农民获得的养老金待遇与其缴费积累额和缴费年限直接相关，因此参保年龄越小，缴纳保险费的金额越多，缴费积累的时间越长，到期领取的养老金就越多。《基本方案》的规定，"交纳保险年龄为20周岁至60周岁"，这意味着农村居民参加农村社会养老保险的起点年龄为20岁，退出劳动力队伍并享受养老金的年龄为 60 岁，这也是参考了农村社会经济条件做出的具体规定。但是在传统农村社会养老保险制度的实施过程中，由于年龄较大者预期自己参加农村社会养老保险后获得的养老金待遇会较低，因此在自愿性参保规定下都倾向于选择不参保，结果是只有年轻农民参加农村社会养老保险。特别是，在部分地区甚至出现了低龄参保的现象，许多年长者为自己的子女，甚至是孙子孙女投保。有学者对在山东省的胶南、聊城、莱州，江苏平阴等县（市）实行农村养老保险制度情况的调查发现：农村社会养老保险制度推行中出现了"保小"不"保老"的倾向，19 岁及以下人口投保者约占全部投保人口的 60% 以上，少数村、镇达到 90%，这其中又以 0—10 岁年龄组更为突出，约占全部参保人口的 70% 左右。[①] 这种现象的出现严重违背了农村社会养老保险制度设计的初衷，究其原因还是因为传统农村社会养老保险制度设计中没有考虑到自愿性保险原则和供款基准制的缴费与收益直接关联性对农民参保意愿的影响。

（2）缴费补助标准不统一导致缴费不公平现象

传统农村社会养老保险制度坚持"个人交纳为主，集体补助为辅，国家予以政策扶持"。这项规定的结果是农村集体经济和乡镇企业发展水平较高的地方可以向参保农民提供集体补助，并享受国家让利的好处，而农村集体经济和乡镇企业发展水平较低或根本就没有集体经济或乡镇企业的地方的参保农民则不可能享受到集体补助和国家让利。在我国各地经济发展水平很不平衡，集体经济和乡镇企业时好时坏的基本国情下，必然出现了各地农村社会养老保险参保农民补贴额度和待遇标准不一致的问题，势必加大地区间收入分配差距。

另一方面，由于《基本方案》中没有规定具体的补助标准，只是提出对同一参保单位的参保对象采取平等享受集体补助的原则，在具体实施过程中，部分地方出现了管理不规范，甚至是以权谋私的现象，干部和群众享受不平等的集体补助：有些地方是集体补助只补干部，不补群众；有些地方是干部补的多，群众补的少。在安徽省的一些县，对村干部参加农

村社会养老保险的，村正职干部由村集体和乡镇政府各补贴保费的 40%，本人只交纳 20%；村副职干部由村集体和乡镇政府各补贴保费的 30%，本人交纳 40%。[①]

（3）缴费政策规定模糊导致征收管理和账户管理不规范现象

《基本方案》规定："交费标准范围的选择以及按月交费还是按年交费，均由县（市）政府决定"，"养老保险费可以补交和预交"。在实际执行过程中，考虑到分期征缴方式的工作量较大、手续复杂、收缴率较低、征收成本较高，大部分基层农村社会养老保险机构采取了突击的办法来收缴保险费，一些地区甚至规定，只开展一次性投保业务，即投保对象终生只缴一次费，收费时间设在每年的秋收时节。[②] 这种做法显然不符合社会保险的管理原则，也不利于这项制度的稳定运行。

此外，在征缴过程中还出现了参保对象"名实"不符和大量的集体账户、家庭账户的现象。由于农村社会养老保险工作实际开展的难度较大，保费收取的时间较长，很多地方政府将本应是自愿性的保障项目纳入政府工作目标管理中，使其变为了一项强制性工作任务。因此，一些村集体和乡镇有关农村社会养老保险工作负责人为了完成政府工作目标，避开挨家逐户、按人计账立档的繁琐，采取了以村或乡镇集体名义垫支保费的形式，形成了大量集体账户。还有一些村、镇采取了收取保费与夏征农业税和"三提五统"同步进行的方式，以家庭为单位，以工代险、以粮代险为缴费形式，以暂不确定参保对象先完成征缴任务为目的，以至于出现了大量家庭账户的现象。尽管这种方式在征缴任务完成之后可能会逐步将保险费落实到具体的参保对象，但是也有可能出现名实混乱或不落实的现象。

（4）自愿性参保原则遭遇强制推行的尴尬

传统农村社会养老保险制度采取了自愿性参保原则，也就是农民自愿选择是否参加农村社会养老保险制度。但是，在实际执行过程中，部分地方政府在对农村社会养老保险的制度性质与作用并不了解的情况下，为了

① 安徽省政协农村社会保障调研组：《农村社会养老保险和最低生活保障制度的情况和建议》，《江淮论坛》1997 年第 6 期，第 56 页。

② 乔晓春：《农村社会养老保险问题研究》，《中国人口科学》1998 年第 6 期，第 35 页。

领导政绩和形象工程，将自愿性农村社会养老保险制度参保率强制纳入政府目标管理工作中，要求基层组织必须完成目标工作任务。如一些地区农村社会养老保险制度大都是在上级领导的指示下一哄而上建立起来的，甚至有些地方把推行农村社会养老保险制度当做政绩的突破口，凡要求县改市、乡改镇，要求扶贫、救济款和参加双拥评比的农村基层，都必须完成农村社会养老保险的工作任务。因此，在很多地方出现了基层组织强制给乡（镇）、村、组干部和党团员分派工作任务，要求每人要发动一定户数的农民投保，按户计酬；强制要求村、组干部、农村党团员和农村富裕户带头参保，对不参加者给予各种各样的处罚。① 传统农村社会养老保险制度被当成了"政治任务"来完成，一方面忽略了制度实施的初衷，造成农民对制度更加的不信任；另一方面加重农民负担，产生了新的乱收费、乱摊派、乱集资现象。

---

① 王国军：《现行农村社会养老保险制度的缺陷与改革思路》，《上海社会科学院学术季刊》2000 年第 1 期，第 121 页。

3 试点地区新型农村社会养老 保险制度模式分析

3.1 新型农村社会养老保险制度 试点工作的总体状况

从 2002 年开始农村社会养老保险工作进入了探索建立新型农村社会养老保险制度的新阶段。特别是继党的十六大提出"有条件的地方探索建立农村社会养老保险制度"之后，新型农村社会养老保险试点工作开始在全国广泛开展，许多地区按照"因地制宜、分类指导、重点突破、逐步推进"的方针，"保基本、广覆盖、有弹性、能转移、可持续"的要求和"农民个人缴费、集体补助、政府补贴"的三方筹资原则，开始积极探索建立与农村经济社会发展水平相适应、与其他保障措施相配套的新型农村社会养老保险制度。目前，新型农村社会养老保险试点工作已取得初步成效。到 2007 年年底，全国已有约 2000 个县（市、区、旗）开展农村社会养老保险工作，年末全国参加农村社会养老保险人数为 5171 万人。全年共有 392 万农民领取了养老金，比上年增加 37 万人。全年共支付养老金 40 亿元。年末农村社会养老保险基金累计结存 412 亿元。其中有 200 多个县（市、区、旗）建立了有政府补贴的新型农村社会养老保险制度。①

当前，新型农村社会养老保险试点过程中，形成了许多具有典型特色的制度模式，如北京模式、苏州模式、青岛模式和通江模式等；试点地区

---

① 《2007 年度劳动和社会保障事业发展统计公报》，中国社会保障网，http://www.cnss.cn/zlzx/sjtj/ldbzbtj/200805/t20080521_190134.html，2008 年 5 月 21 日。

广泛分布在北京、上海、江苏、浙江、山东、广东、福建等发达地区和安徽、山西、黑龙江、河南、河北、四川、云南、陕西、内蒙古、新疆等中西部地区 17 个省、自治区、直辖市的部分县（市）。在北京、江苏、山东等有条件的地区，通过探索以缴费补贴、基金贴息、老人直补、待遇调整等方式建立公共财政投入与农民参保补贴机制，引导、扶持和激励农民参保，基本建立起了覆盖全体农民的新型农村社会养老保险制度。东部地区的农村社会养老保险制度的覆盖面已超过 60%，江苏省苏州市的覆盖面甚至达到了 91%。① 在中日合作项目中选择的山西柳林县等 8 个县区，通过开展"粮食换保障"、个人账户基金借支、农村社会养老保险证质押贷款、基金贴息、龙头企业资助农民参保、免税等多种形式的试点，初步形成了稳定的支持农民参保的政策和资金来源，建立起了引导、扶持和激励农民参保的机制，初步探索出了在经济欠发达地区建立新型农村社会养老保险制度的一些现实可行的办法。

基于此，2007 年劳动和社会保障部、民政部、审计署下发了《关于做好农村社会养老保险和被征地农民社会保障工作有关问题的通知》（劳社部发〔2007〕31 号），以进一步加强对新型农村社会养老保险工作的指导。目前，在进一步开展新型农村社会养老保险制度试点工作的同时，总结已开展试点地区新型农村社会养老保险制度建设的经验和教训，分析比较其中具有典型性的制度模式，将有利于将农村社会养老保险事业推进到一个新的发展阶段。

3.2　试点地区新型农村社会养老保险制度模式

3.2.1　苏州模式：政府主导下的"一个体系、两种办法"

（1）苏州模式形成的背景

苏州市位于我国乡镇企业发达、以集体经济为主的苏南地区。从 1984 年起，苏州就建立起由农村合作经济组织管理的农村合作养老统筹

---

① 《中国积极探寻农村养老之路》，中国社会保障网，http://www.cnss.cn/xwzx/ylbx/zdjs/200801/t20080111_173335.html，2008 年 1 月 11 日。

制度，制度主要面向乡镇企业职工，以社会统筹为主，不设置个人账户。1986 年以后，苏州成为我国首批农村社会养老保险试点地区之一，在民政部的指导下积极进行农村社会养老保险试点工作。1992 年，《基本方案》颁布，苏州市下属的常熟、昆山按照这一方案建立起农村社会养老保险制度，到 1996 年年底，有 1479 家乡镇企业、916 家村办企业、17.89 万人参加，积累基金达到 2.5 亿元。① 1998 年，苏州将农村社会养老保险工作由民政部门移交给劳动和社会保障部门。在全国农村社会养老保险进行停业整顿、规范操作并基本陷于停滞状态之际，苏州农村工业化和城镇化进程却在不断加快，大量农村剩余劳动力加入到乡镇企业中，带来了与城镇社会养老保险制度一体化发展的动力。因此，苏州的农村社会养老保险工作反而在整顿规范时期得到了更好的发展。

2003 年，苏州市颁布了《苏州市农村基本养老保险管理暂行办法》（苏府〔2003〕65 号），以"坚持国家、集体和个人共同分担；坚持权利和义务相对应、自我保障与国家适当补助相结合、待遇水平与经济发展相适应；坚持全市基本框架相对统一，各地根据自身经济能力分步实施"为原则，建立起了农村基本养老保险制度。"苏州模式"的具体制度设计是：在统一的社会保障体系下，农村各类企业及其从业人员参加城镇企业职工基本养老保险，而将从事农业生产为主的农村劳动力纳入农村基本养老保险；对男满 60 周岁、女满 55 周岁及以上老年农民，建立社会养老补贴制度；农村基本养老保险费根据"以支定收"原则筹集资金，缴费比例与城镇企业相统一，并随城镇企业职工基本养老保险缴费比例的调整做相应的调整，缴费基数按照当地上年度农民人均纯收入或参照上年度城镇企业职工平均缴费工资基数的 50% 左右确定；基本养老保险费采取个人负担、财政补助和集体补助三结合的办法筹集，其中个人负担 50% 左右；参照城镇企业职工基本养老保险办法，按缴费工资基数的 11% 建立个人账户，按年结息，逐年积累，作为参保农民达到男满 60 周岁、女满 55 周岁退休养老年龄时计发个人账户养老金的依据；养老金按月领取，待遇发放包括基础养老金和个人账户养老金两部分，基础养老金与当地经济发展

---

① 吴云高等：《苏州农村基本养老保险情况的调查》，《上海农村经济》1998 年第 5 期，第 39 页。

水平相关，随当地经济发展水平的提高而调整，个人账户养老金按本地农民养老保险个人账户储存额除以 120 计发。

到 2006 年年末，苏州市农村劳动力参加农村和城镇基本养老保险的参保率高达 91%，农村老年居民享受社会养老待遇或养老补贴的覆盖率达到 96%，养老补贴待遇为 80—150 元/月。[①] 至此，苏州基本实现了务农人员参加农村基本养老保险全覆盖。

（2）苏州模式的特点

①在同一体系下按农村劳动力分类实行两种社会养老保险办法

在统一的社会保险体系下，农村各类企业及其从业人员参加城镇企业职工基本养老保险，将从事农业生产为主的农村劳动力纳入农村基本养老保险，并对男满 60 周岁、女满 55 周岁及以上老年农民，建立社会养老补贴制度。考虑到苏州市工业化程度较高，各类企业职工占就业劳动者比重较大，将农村各类乡镇企业中的劳动者纳入高水平的城镇职工基本养老保险，既维护了农民工享受社会保险的权利，又考虑到了他们实际的参保缴纳能力。同时，实行一个社会保险体系下的两种社会养老保险办法，也考虑到了未来统一制度的建立、管理和协调问题，为将来实现农村与城市社会养老保险制度衔接与并轨奠定基础。

②各级政府提供强有力的财政支持

苏州市按照一般务农人员、享受农村最低生活保障或者因各种原因丧失了劳动能力的人员、老年农民三类人员实施不同的补贴标准，具体的财政补贴比例和标准见表 3 - 1。

除了针对表 3 - 1 中的三类人员的补贴外，张家港市还对城镇无业人员，昆山市对暂未参加企业职工基本养老保险的大龄农民职工、个体经营户、福利企业中的"四残"人员，吴江市对被征地人员，太仓市对失地农民、自由职业者、外地农民职工和失水渔民等人员的参保还规定了不同的市、镇（村）补贴比例和标准。

③其他政策规定与特点

苏州在探索建立新型农村社会养老保险制度方面还提出了一些新思路：

---

① 苏州市社会保险制度调研报告：《社会保险体系基本破除城乡分割》，《社会科学报》2007 年 6 月 14 日第 2 版。

表 3-1 苏州市农村基本养老保险财政补贴比例和标准

参保人员类型	第一类	第二类	第三类
常熟市	40% +30% +30% 2/3 +1/6 +1/6	50%（市）+50% （镇/村）全额补贴	≥70 岁；1000 元/每人年 <70 岁；800 元/每人年
张家港市	40% +18% +42% 60% +12% +28%	同常熟市规定	80 元/每人月
昆山市	40% +30% +30%	(2.5% +11.25% +11.25%) × 缴费基数	≥70 岁；130 元/每人月 <70 岁；100 元/每人月
吴江市	同昆山市规定	同常熟市规定	同张家港市规定
太仓市	50% +30% +20%	28% +72%（市、镇）	85 元/每人月

说明：表中百分比相加的显示顺序依次为个人、市、镇（村）三级的补贴比例；"≥70、<70"指年龄限制条件，单位为周岁；常熟市上下两栏分别是对男≥45（女≥40）和男<45（女<40）周岁人员的补贴办法，张家港分别是对男≥46（女≥41）和男<46（女<41）周岁人员的补贴办法；老年农民通常指男≥60（女≥55）周岁的农民，对他们领取补贴各市还规定了一些其他限制条件。另外表中所列均为 2003 年的补贴标准。

资料来源：笔者根据各地区的法律法规总结出来。

建立农村基本养老保险和城镇职工基本养老保险的相互衔接的具体办法；制度设计带有一定程度的强制性，如所有农村劳动者必须参加农村基本养老保险，凡是符合领取养老补贴的老人，其家庭直系亲属必须参保，否则就不能享受；明确规定了农村养老保险管理机构管理经费的来源、各级农村养老保险经办机构的性质及基金管理的办法，实现了管理制度的规范化；建立了计算机操作平台，实现了业务办理的网络化，等等。

（3）苏州模式的制度缺陷

①财政筹资压力大

虽然农村基本养老保险的缴费基数按照当地上年农民人均纯收入或参照上年城镇企业职工平均缴费工资基数的 50% 左右确定，但对于广大农民个人、村集体和政府都构成一定的财政压力，尤其是对政府而言。虽然苏州市目前政府承担的筹资水平只占财政支出 2.5% 左右，但随着制度覆盖面的提高及老年人口数量的增多，财政压力将逐年增大。苏州模式是在其经济发展水平较高，城市化进程加快的背景下形成的，政府的高补贴对于其率先建立覆盖全体农村居民的新型农村社会养老保险制度起了极其关键的作用。①

②基金管理和运营层次低，保值增值困难

苏州市农村基本养老保险基金实行县级核算和运营，管理层次较低而风险较大；农村基本养老保险基金纳入财政专户管理，只能获取银行短期或活期存款利息，难以实现保值增值，基金存在较大的隐性损失。

3.2.2 青岛模式：全覆盖、分层次、政府主导、多元筹资

（1）青岛模式形成的背景

青岛市从1992年开始实行传统农村养老保险制度，1997年青岛市人民政府颁布了《青岛市农村社会养老保险暂行规定》，但是直到2003年参保农民只有50万人，覆盖面不到应参保人数的20%。② 从2003年下半年起，青岛市开始探索建立新型农村社会养老保险制度，并首先在经济比较发达的城阳区试点成功；2004年，青岛市政府出台了《关于建立农村社会基本养老保险制度的意见》（青政发［2004］41号），明确提出了农村社会基本养老保险试点的基本原则、政策规定和工作要求，其后在黄岛、崂山等地相继建立了新的农村基本养老保险制度；2005年，青岛市政府下发了《关于推进各市被征地农民基本养老保险工作的意见》（青政发［2005］119号），即墨、胶州、胶南、平度、莱西五县级市全面启动新型农村社会养老保险试点工作。

目前，青岛市按照坚持"一个相适应，三个相结合"的原则，稳步实施新型农村社会养老保险制度试点工作③，具体的制度设计为：制度覆盖除在校学生和已参加城镇职工基本养老保险的人员外、所有本市农业户

① 苏州市社会保险制度调研报告：《社会保险体系基本破除城乡分割》，《社会科学报》2007年6月14日第2版。

② 刘卫国：《农村社会养老保险制度创新构想——以青岛市为例》，《山东社会科学》2007年第7期，第46页。

③ 坚持保障水平与经济社会发展水平相适应，合理确定缴费基数和缴费比例；坚持个人缴费、集体补助和政府扶持相结合，多渠道筹集基金；坚持个人账户与社会统筹相结合、权利和义务相统一，充分调动农民参加农村社会基本养老保险的积极性；坚持个人自愿与政府倡导相结合，分步实施，稳步推进。

口、年满 18 周岁及以上人员；养老保险费按年或按季缴纳，缴费基数为各区（市）上年度农民人均纯收入，个人缴费比例各区（市）可划分若干档次，并确定下限和上限，由参保农民自主选择；保险费由个人、村集体和区（市）、街道（镇）财政共同承担，村集体补助比例由各区（市）根据当地实际确定补助的下限标准，区（市）、街道（镇）财政根据负担能力对农村基本养老保险分别给予适当补助，所需资金从本级财政收入和土地收益中列支；采取个人账户和社会统筹相结合的制度模式，个人缴费和村集体补助费全部记入个人账户，用于支付个人账户养老金；区（市）、街道（镇）财政补助用于建立统筹基金；养老金按月领取，待遇发放包括基础养老金和个人账户养老金两部分。

从 2003 年开始探索建立新型农村养老保险制度到 2008 年 4 月底，全市参保农民达 56.4 万人，养老保险基金累计收入 28 亿元。①

（2）青岛模式的特点

①全覆盖和全口径

青岛市规定"凡具有本市农业户口、年满 18 周岁及以上人员，除在校学生和已参加城镇职工基本养老保险的人员外，均可参加当地农村社会基本养老保险"，可见其覆盖范围非常广泛，"广覆盖"正是青岛市新型农村社会养老保险制度建设的重要目标之一。"全口径"是指对参保对象参保的条件中只有年龄的下限而没有上限，使一些年龄在领取期限上的老人也可以通过补缴参加农村社会养老保险。如黄岛区规定："男年满 60 周岁、女年满 55 周岁，个人一次性补缴 180 个月的基本养老保险费，在此基础上每增加 1 岁补缴月数减少 12 个月，男年满 70 周岁、女年满 65 周岁，一次性补缴 60 个月"。这样的制度设计排除了制度对老年人和即将步入老年的农村居民的歧视。

②政府主导、参保灵活

青岛市政府将建立新型农村社会养老保险制度列入了对区（市）政府的目标责任考核内容，提出了每年的工作进度和具体目标要求；为建立资金来源的长效机制，建立了社会保险储备金制度；为加强各相关部门之

---

① 《全国政协调研组来青调研新型农村社会养老保险制度试点情况》，青岛传媒网，http：//news. qingdaomedia. com/content_ tv. asp？id＝129847，2008 年 5 月 22 日。

间的协调配合，建立了纵向、横向的联动工作机制。在参保缴费方面，规定养老保险费按年或按季缴纳，各区（市）确定个人缴费比例的下限和上限，参保人可在规定范围内自行选择缴费比例（一般为6%—18%），个人缴费确有困难的，可向有关金融机构申请小额贷款，且先期用养老金还贷；为充分调动农民参保积极性，允许有高于规定水平的基本养老保险待遇，即个人账户积累额不同，各区（市）统筹比例不同，享受基本养老保险待遇就不同。

③建立多元筹资机制

青岛市规定个人、村集体、市（区）、镇（街道）四方共同筹集基金，各地区在青岛市出台的《关于建立农村社会基本养老保险制度的意见》的基础上，都明确规定了各自缴费和补贴的比例或范围（见表3-2）。

表3-2　　青岛市所属三区五市养老金缴费/补贴占缴费基数的比例

对象 地区	个人	村集体	市（区）	镇（街道）	总比例
城阳	≥6%	≥6%	≥3%	≥3%	≥18%
崂山	14%	≤7%	6%	—	20%
黄岛	8%（10%）	2%	4%	2%	16%（18%）
胶南	6%	6%	5%（7%）	5%（7%）	22%（26%）
即墨	6%—18%	6%—12%	5%	1%	≥18%
平度	6%—18%	6%	2%	2%	≥16%
莱西	6%—18%	≥6%	≥2%	≥2%	≥16%
胶州	≥6%	≥2%	共补5%		≥18%

说明：黄岛区规定1993年8月4日之前具有本区农业户口的参保人员按8%的比例缴纳，之后具有的并且居住时间离制度实施满两年的参保人员按10%的比例缴纳；胶南地区规定市、镇财政对失地农民的补贴比例分别为5%、5%，对成建制转非村参保人员的补贴比例分别为7%、7%，"成建制农转非居民"是指经市政府批准，村民委员会整体转为居民委员会所属的农转非居民。

资料来源：笔者根据各地区的法律法规总结出来。

④分步骤、分层次、有差别

青岛市根据农村不同地区存在生产水平、收入水平、消费水平和生活方式差距较大和农民群体类型多样化的现实，坚持分类指导的原则，分步骤、分层次、有差别地推行新型农村社会养老保险制度。在 2003 年城阳区新型农村社会养老保险制度试点成功的基础上，2004 年在城阳、黄岛、崂山三个经济比较发达的近郊区全面推开，2005 年起即墨、胶南、胶州、莱西、平度五个次发达的县级市从被征地农民入手推行新型农村社会养老保险制度；各地区根据自身经济发展情况在缴费和待遇发放标准的设计上都有着一定的差异，同时根据农民可细分成纯农户、被征地农民、农村计划生育户、村干部等，有差别地给予形式多样化的养老保障。

（3）青岛模式的制度缺陷

青岛模式的广覆盖、政府主导与参保灵活、多元筹资、分层次和有差别等制度设计的特征正是新型农村社会养老保险制度建设所追求的目标，但是现行制度在政策设计与安排上还存在一些不足，影响了制度的可持续发展。一是财政补贴实行按比例又兜底的办法，政府财政压力较大。如青岛开发区采取行政信誉支持的方式，财政补助资金先行"挂账"，视情况分期支付到位，但必须兜底，如果"挂账"成了"空挂"，则会给社会稳定埋下隐患。二是在经济基础薄弱，农村人口基数大的少数地区，一些农民尚未参保。如在青岛市黄岛区红石崖街道，有 2/3 的村（居）和部分农民存在资金障碍。贷款参加农村社会养老保险的农户，由于离领取养老金时间较长，贷款利息逐年增加，害怕将来无法负担贷款利息，部分参保人员出现退保现象。① 三是尚未对关于如何实现农保和城保之间的转移和接续做出具体的规定等。

3.2.3 东莞模式：政府主导、自愿参加，以统筹城乡发展为目标

（1）东莞模式形成的背景

从 20 世纪 80 年代后期开始，东莞市许多村集体自发建立农民退休金制度，但由于各村的经济条件和认识不同，自发制定的办法及保障水平差异很大；1995 年和 1997 年，东莞市曾两次酝酿建立全市统一的农村社会养老保险制度，由于种种原因搁浅。经历二十多年的改革开放，东莞经济

---

① 方亚生、李新萍：《关于青岛市黄岛区农村就业及养老保险情况的调研》，《消息日报》2005 年 7 月 25 日第 C03 版。

得到高速增长，2000年后已基本实现城乡一体化，农民在许多方面与城市居民无异，各级财政收入大幅增加，农村集体经济和人民生活水平普遍提高，农民参加养老保险的愿望强烈。2001年，东莞市政府出台了《东莞市农民基本养老保险暂行办法》（东府［2002］44号），在市财政拨款10亿元作为农民基本养老保险的基础资金和准确测算东莞农村经济发展与农民养老保险金发放与缴纳关系的基础上，率先建立农民基本养老保险制度。

东莞市农村社会养老保险制度是按照"自助为主，互济为辅，隔代扶持，自愿参保与政策引导相结合，实现所有适龄人口的全面保障"的基本原则和"低保障，广覆盖"的基本思想建立起来的。"东莞模式"的具体制度设计为：制度覆盖东莞市行政区域内未进入党政机关、社会团体、企业事业单位工作，未参加企业职工基本养老保险的具有本市户籍的年满20周岁起至男性满60周岁、女性年满55周岁的农（居）民；养老保险费由市财政、镇（区）财政、村（居）民委员会（含村民小组）及参保人四方共同承担，制度初始时缴费基数按每人每月400元核定，从2002年1月起，每年递增2.5%；农民基本养老保险费以当年缴费基数的一定比例按月缴纳，其中，集体［由市财政、镇（区）财政、村（居民）民委员会三方构成］固定缴纳6%，个人在2000年11月至2005年12月间，缴纳比例为5%，以后每五年增长1%，上限为8%，集体缴纳部分分别由市和镇（区）财政各承担20%，并纳入财政预算，村（居）民委员会承担60%；设立个人账户和统筹账户，个人缴纳部分全部进入个人账户，集体缴纳部分的50%（相当于缴费基数的3%）纳入社会统筹，另外50%纳入个人账户；基金纳入财政专户，实行收支两条线管理；农民养老金由基础养老金和个人账户养老金组成，基础养老金标准为每人每月150元，以后视基金收支及财政状况调整，个人账户养老金月标准为个人账户储存额（含利息）除以120。

2006年，东莞市又出台了《关于进一步深化我市农（居）民基本养老保险制度改革的通知》（东府［2006］57号），以全面推动农村社会养老保险制度与职工基本养老保险制度并轨。并轨后缴费基数为本市职工最低工资标准，起始费率为12%（其中单位6%、个人6%），从2007年7月起递增。其中，单位费率每年增加1个百分点，直至与全市职工基本养老保险费率统一；个人费率每两年增加 1 个百分点，直至调整到 8%；单位缴费部分由市、镇（街道）、村（社区）共同分担，分担比例为3：3：4；个人账户按缴费基数 8% 建立，个人缴费部分全部划入个人账户，不足部分从单位缴费中划入；基本养老金最低保护线为 300 元/人月，不足 300元/人月的予以补足，另外还规定了终老待遇的发放。

东莞市建立农村社会养老保险制度以来，成效显著。2007 年年末，全市参加职工基本养老保险 227.98 万人，参加农（居）民基本养老保险人数 46.77 万人，全市城保、农保退休人员人均养老金分别达到 1226.88元/月和 227.39 元/月。[①]

（2）东莞模式的制度特点

①在全面覆盖的基础上不断推进城乡养老社会保险制度的统筹发展

从覆盖面来看，制度实际上涵盖了所有 20 岁以上、具有本市户籍又未进入党政机关、社会团体和企事业单位的居民，打破了城乡的界限。制度还把具有东莞市户籍的男性年满 60 周岁、女性年满 55 周岁而又没有在单位领取退休金的农（居）民也纳入进来，规定在其应参保的直系亲属参保后，由管理部门按月发给基础养老金 150 元/人，直至终老，由此实现了真正意义上基本养老保险的全覆盖。为统筹城乡社会养老保险制度发展，东莞市又出台了东府［2006］57 号文件，以全面推动农村社会养老保险制度与城镇职工基本养老保险制度并轨。

②政府财政支持与自愿参加

东莞市财政一开始就出资 10 亿元作为制度启动的基础资金，并明确规定了市财政、镇（区）财政、村（居民）民委员会三方的补贴比例和标准，东府［2006］57 号文件中同样通过费率的规定明确了并轨情况下各级财政补贴的比例（见表 3－3）。[②] 财政支持的力度大、福利性强，极大地提高了农民参保的积极性。通过将缴费年限内的人自愿参保与达到领

---

① 《2007 年东莞市国民经济和社会发展统计公报》，东莞市统计局网站，http：//tjj. dg. gov. cn/website/web2/showArticle. jsp？ ArticleId = 1672&columnId = 112&parentcolumnId = 114，2008 年 3 月 31 日。

② 《农（居）基本养老保险制度改革内容简介》，东莞市社会保障局网站，http：//dg-si. dg. gov. cn/look/zclook. jsp？ pid = 193&g = 农（居）民基本养老保险 &k = jiben，2008 年 1 月 21日。

取年限的父母享受补贴待遇进行政策关联，使自愿参保规定达到了强制参加的效果。

表3-3 东莞市农村社会养老保险个人缴费、集体补助和财政补贴标准

社保年度			2006年7月—2007年6月	2007年7月—2008年6月	2008年7月—2009年6月	2009年7月—2010年6月	2010年7月以后
费率与总补贴	总比例		12%	13%	15%	16%	18%
	个人		6%	6%	7%	7%	8%
	补贴与补助	市	1.8%	2.1%	2.4%	2.7%	3.0%
		镇（街道）	1.8%	2.1%	2.4%	2.7%	3.0%
		村（社区）	2.4%	2.8%	3.2%	3.6%	4.0%

说明：被市确定为贫困村的村级负担资金，由市、镇（区）财政按比例分担，其中经济欠发达镇的由市、镇按6:4比例分担；非经济欠发达镇的由市、镇按4:6比例分担。无经济联社组织、无集体资产的原街道居委会，其应承担的村（社区）级缴费部分由所在镇（街道）统筹解决。

(3) 东莞模式的制度缺陷

东莞模式的城乡社会养老保险一体化设计，充分发挥了政府在实现社会公平方面的作用，是对完善社会养老保险体系的大胆探索。然而制度设计方面仍然存在一些不完善的地方：一是在实现社会保险跨省转移接续方面所做的努力还不够（尽管这与我国社会保障总体统筹层次偏低有关），2007年，东莞办理退保手续的超过60万人次，2007年12月和2008年1月，东莞市单月退保人数均达到了8万人次[1]。二是养老保险基金的监管机制还不够完善，基金存在被挤占和被挪用的风险。三是在养老保险具体业务办理方面，计算机及网络技术的运用还不够，业务办理的软件服务需要进一步的改进等。

---

[1] 《东莞退保人数屡创新高》，莞游网，http://www.maxchung.net/news/newdg/2008/410/1125427385FEBJI16314GIB.html，2008年4月10日。

3.2.4 北京模式：基础养老金＋个人账户

（1）北京模式形成的背景

北京市农村社会养老保险制度是"八五"时期适应市场经济体制改革建立的，从 1991 年试点到 2005 年，北京市农村社会养老保险制度建设经历了试点、推广、规范和创新四个发展阶段。特别是 2002 年以来，北京市农村社会养老保险工作围绕探索建立新型农村社会养老保险制度进行了一系列创新。2005 年年底，北京市颁布《北京市农村社会养老保险制度建设指导意见》（京政办发〔2005〕62 号），对传统农村社会养老保险制度进行了较大的调整和创新，通过建立待遇调整、动态缴费和统筹城乡社会养老保险发展的衔接机制和明确政府财政补贴责任、改革计发办法等措施，使制度进一步完善。但是，由于个人缴费标准较高，财政补贴有限，制度的吸引力不大。截至 2007 年年底，北京市符合参保年龄段的有 134 万农村劳动力人口，累计参保的只有 49 万人，参保率仅为 37%；其中享受待遇的有 3.5 万人，平均养老金每月 100 元左右，养老待遇水平很低。[①] 为此，北京市于 2008 年 1 月起开始实施《北京市新型农村社会养老保险试行办法》（京政发〔2007〕34 号），这一次制度创新走出了一条建立全市城乡统一的新型社会养老保险制度建设之路。

北京市新型农村养老保险制度是按照坚持权利与义务对等，保障水平与经济发展水平适应，统筹城乡发展、有利于城乡社会保险制度衔接的原则建立起来的。具体制度设计为：实行个人账户和基础养老金相结合的制度模式，采取个人缴费、集体补助、财政补贴相结合的筹资方式；按年缴费，最低缴费标准为本区（县）上一年度农村居民人均纯收入的 10%，最低缴费标准以上部分由参保人员根据承受能力自由选择，农村集体经济组织对参保人员的具体补贴数额根据自身条件确定；建立个人账户，计入个人缴费和集体补助；待遇由个人账户养老金和基础养老金两部分组成，个人账户存储额除以国家规定的城镇基本养老保险个人账户养老金计发月数，基础养老金标准全市统一为每人每月 280 元，基础养老金所需资金由

---

① 《〈北京市新型农村社会养老保险试行办法〉出台》，中央政府门户网站，http://www.gov.cn/gzdt/2007 - 12/29/content_ 847000. htm，2007 年 12 月 29 日。

市、区（县）财政共同筹集，分别列入市、区（县）财政预算并建立基础养老金的正常调整机制；基金纳入区（县）财政专户，以区（县）为单位核算和管理，按规定严格进行审计和监督；规定制度衔接具体办法；具有北京市户籍、年满60周岁，且不享受社会养老保障待遇的人员，每人每月可享受200元的老年保障待遇，待遇水平根据本市经济发展水平和财政承受能力适时调整。

据北京劳动部门预测，实行新型农村社会养老保险制度后，2008年将有5.9万人能领取每人每月280元的基础养老金，北京市、区（县）两级财政预计将支出1.98亿元。① 截至2008年一季度，全市共有14204人领取了基础养老金，占领取农村社会养老保险养老金人员的44.4%，剩余农民"新农保"养老金将于4月底全部发放到位。②

（2）北京模式的制度特点

①通过政府财政补贴方式设立基础养老金制度

新型农村社会养老保险制度在个人账户的基础上，新增了基础养老金。基础养老金所需资金由市、区（县）财政共同筹集，分别列入市、区（县）财政预算。与传统农村社会养老保险制度相比，财政补贴由补在缴费期改为补在享受待遇期，由"前补"改为"后补"，为建立基础养老金灵活调整机制提供了可供操作的空间。此外，北京市还规定市财政资金要根据区（县）功能定位，向远郊山区（县）适度倾斜，以实现最大限度上的社会公平。

②适应参保人多种需求推行弹性缴费

在缴费方面，规定实行按年缴费的方式，设立最低缴费标准为本区（县）上一年度农村居民人均纯收入的10%，最低缴费标准以上部分由参保人员根据承受能力自由选择。弹性缴费机制满足了参保人的个性需求，充分考虑了远郊及近郊农民的承受能力；同时与传统农村社会养老保险相比，最低缴费标准更容易被大龄农民接受，也不再受缴费15年的限制。在待遇享受方面，允许达到领取年龄时继续按年缴纳保险费，最多可延长

---

① 马北北：《北京出台新型农保方案》，《中国青年报》2008年1月21日第3版。

② 《4月底本市所有"新农保"养老金将全部发放到位》，首都之窗政务信息网，http://zhengwu.beijing.gov.cn/gzdt/bmdt/t948895.htm，2008年4月14日。

5 年；缴费年限仍未达到要求的，可以按照相应年度本区（县）农村居民人均纯收入的 10%，一次性补足差额年限的保险费。

③制定制度衔接和转换的新办法

新制度为新老农村社会养老保险制度的衔接和"城保"和"农保"之间的转换制定了新办法。已经按照传统农村社会养老保险制度领取养老金，且男已年满 60 周岁、女已年满 55 周岁的农村户籍人员，在已享受养老金的同时，享受基础养老金；男未满 60 周岁、女未满 55 周岁的农村户籍人员，仍按原标准领取养老金，待男年满 60 周岁、女年满 55 周岁的次月开始享受基础养老金。已参加传统农村社会养老保险还未达到领取年龄的人员，继续参加新型农村社会养老保险，其传统农村社会养老保险个人账户资金并入新型农村社会养老保险个人账户；农民转居民参加城镇基本养老保险时，参加农村社会养老保险的缴费可按相应年度城镇基本养老保险缴费折算缴费年限；参加城镇基本养老保险的农民工到达领取年龄时不符合按月领取条件的，可按城镇基本养老保险一次性待遇的政策，将资金转入农村社会养老保险经办机构，建立农村社会养老保险个人账户，按农村社会养老保险规定享受待遇。

3.2.5　四川通江模式："粮食换保障"、"保险手册质押贷款"试点创新

（1）四川通江模式形成的背景

四川省通江县农村社会养老保险的发展历程基本与我国农村社会养老保险发展改革的历程相似。2006 年，通江县被列入中日政府合作项目"中国农村社会养老保险制度创新与规范管理"试点县，制定颁布了《通江县农村社会养老保险制度创新与规范管理试点工作实施方案》。通江县新型农村养老保险制度按照"立足当前，着眼长远，因地制宜，分类指导，创新机制，稳步推进"的基本原则建立，具体的制度设计为：制度覆盖本县行政区域内的、年龄为 0—59 周岁的农村户籍人员，重点围绕被征地农民、进城务工经商农民、农村村组干部、农村计划生育家庭、农村专业大户、乡村医生、小城镇农转非人员以及暂不具备参加城镇职工基本养老保险的乡镇企业职工这"五大类"人群，同时将种粮农民养老保险作为制度建设的重点和难点；基金筹集以"个人缴纳为主，政府补贴和

集体补助为辅，权利与义务对等"为原则，采取灵活的缴费方式，以最低年缴费标准（相当于当地农村年最低生活保障标准的25%）作为缴费基数，上不限额；县政府在每年的财政预算中按上年末养老保险基金累计总额的2.5%纳入县财政预算，对连续任职三年以上的在岗村"三职"干部参保，县财政按每人每年100元的标准补助，县政府、农村集体经济组织对被征地农民参保制定具体补贴政策；县农村社会养老保险局为参保人员建立个人账户，个人缴费和集体补助及政府的补贴部分按比例一并计入个人账户，县政府补贴资金2%纳入个人账户，0.5%纳入农村社会养老保险专项调剂金管理；待遇发放实行保底弹性的计发办法，月领取标准＝个人账户积累总额×1/160，可以提前领取养老金，提前期限最多不超过5年，每提前一年减发1.5%的养老金，鼓励推迟领取，每推迟一年增发1.5%的养老金，被保险人领取养老金，保证期为10年。

开展新型农村社会养老保险试点后，截至2006年年底，全县累计参保2.2万人，基金累计790万元，已到期领取养老金330人，年发放养老金3万元。[①] 2007年，全县又新增参保5500人，新增农保基金197万元，农村养老保险到期领取424人，养老金社会化发放率达100%。[②]

（2）四川通江模式的制度特点

①通过"粮食换保障"试点创新解决部分农民参保资金缺乏的问题

种粮农民养老保险被通江县视为整个制度建设的重点和难点，为解决许多种粮农民想参保又缺乏资金的矛盾，通江县探索以"粮食换保障"的方式建立种粮农民养老保险制度，即在农民自愿参保的前提下，从每年的售粮收入和其他收入中拿出适当资金缴纳保险费，逐步建立农民参保补贴制度。

②探索建立农村社会养老保险缴费手册质押贷款新机制[③]

"农村社会养老保险手册质押贷款"，就是已参加农村社会养老保险的对象在缴费期间因特殊原因急需资金，可以直接用自己的养老保险缴费手册（证）作为质押物，到户籍所在地农村信用社依据一定程序和规定

---

① 《巴山农保谱新篇——通江县新型农村社会养老保险试点卓有成效》，《四川劳动保障》2007年1月2日，第32页。

② 《亮点工作之四：农村养老保险试点工作服务到农村》，通江县劳动和社会保障局网站http://www.tjldj.cn/News_view.asp? ID＝472，2008年1月31日。

③ 有关农村社会养老保险证质押贷款的具体介绍和分析参见9.2.1节内容。

办理贷款。贷款金额和期限由农村信用社按被保险人缴费积累总额确定，到期不偿还贷款的，农村信用社可依法办理退保手续，收回贷款本息。

除此以外，通江县的制度建设还在其他方面进行了机制创新，比如，规范管理机制，创新管理模式，全面推行"乡镇征收基金，农村社会养老保险管理部门经办业务，基金中心核算，财政管理基金，银行专户储存，审计定期监管，社会化发放，制度化管理"的运作模式。

3.2.6 陕西宝鸡模式：完全个人账户积累＋财政两端补贴

（1）陕西宝鸡模式形成的背景

宝鸡市农村社会养老保险工作从1992年开始试点并全面启动，2006年初宝鸡市农村社会养老保险工作顺利实现由民政部门向劳动保障部门的移交。2007年宝鸡市被劳动和社会保障部、省人民政府确定为全国新型农村社会养老保险联系城市、陕西省新型农村社会养老保险试点城市，同年6月，市政府审定通过了《宝鸡市新型农村社会养老保险试行办法》（宝政发［2007］36号），确定2007—2008年为试点示范阶段，率先在太白、麟游县和全市50个新农村建设重点村进行试点，2009年开始在全市推广，计划在2015年基本实现农村全覆盖，到时参保农民将可达到100万人，领取养老待遇25万人，市、县（区）财政补贴将会达到2亿多元。[①]

宝鸡市新型农村养老保险制度按照坚持权利与义务相对等、与经济发展水平相适应的原则建立，具体的制度设计为：制度覆盖具有该市行政区域内农业户籍，年满18周岁以上且未参加被征地农民社会养老保险的农村居民；实行个人缴费、集体补助、财政补贴相结合的筹资模式；年缴费标准（含财政补贴和集体补助）现阶段按2006年度本县（区）农民人均纯收入10%—30%缴纳，随着经济发展和农民人均纯收入增长可适时调整；参保缴费起始日年满60周岁以上人员不缴纳养老保险费，本人家庭成员按规定参保并正常缴费者，其可享受养老待遇；缴费可按月、按季或者按年缴纳，也可以一次性缴纳；财政补贴标准为市财政每人每年15元，

---

① 《建立新型农村养老保险、推进和谐社会建设》，宝鸡市劳动和社会保障局网站，http://www.bjsldbzj.gov.cn/ChannelTempletPage.aspx? DID = 984dd464 – 7f22 – 4bec – b57f – 92a0e477c10c。

县（区）财政每人每年不低于 15 元；完全丧失劳动能力的农村贫困残疾人参加农村社会养老保险，养老保险费由市、县（区）财政按各承担一半的原则全额补助；村（组）集体补助的数额，根据自身经济条件确定；农村老年农民养老补贴标准为：60 周岁以上每人每月 60 元，由市、县（区）财政各承担 50%，建立养老保险个人账户；养老保险待遇由两部分组成：个人账户养老金、养老补贴，其中个人账户养老金月领取标准＝个人账户积累总额/139。

宝鸡市从 2007 年 7 月 1 日起在麟游、太白两个县率先以县为单位全面开展试点工作，其余 10 个县区各选择 5 个村，全市共计 216 个村开展试点。经过几个月的努力工作，试点村 45 周岁以上农民参保率达到 85% 以上，麟游、太白两县全县 45 周岁以上农民参保率已达到 90% 以上。截至 2007 年 11 月，全市参加新型农村社会养老保险人数已达到 10.6 万人，有 2.6 万农民逐步领取每月不低于 60 元的养老金。①

（2）陕西宝鸡模式的制度特点

①多元筹资的情况下实行完全个人账户积累制

宝鸡市规定个人按 2006 年度本县（区）农民人均纯收入 10%—30% 缴费，市、县（区）分别按照规定对农民参保给予补贴，鼓励村（组）集体补助。县（区）农村社会养老保险经办机构为每位参保农民建立养老保险个人账户，账户包括：个人缴费、村（组）集体补助、财政补贴及其他收入及利息，实行完全个人账户积累制。

②实行缴费补贴和待遇补贴两项财政补贴制度

在缴纳养老保险费时，财政补贴标准为市财政每人每年 15 元，县（区）财政每人每年不低于 15 元；在领取养老金时，市、县（区）财政每人每月补贴 60 元，养老金待遇的发放也由个人账户养老金和养老补贴两部分组成，前后补的结合和较高的补贴标准是对政府的财政补贴责任的落实，极大地激励了宝鸡市农民参保的积极性。

但是，宝鸡市农村社会养老保险工作还处于起步阶段，还存在不少困难和问题。如 2007 年，宝鸡市仅农村社会养老保险给农民补贴将达到

---

① 《推行农村社会养老保险、加快和谐社会建设步伐》，宝鸡市劳动和社会保障局网，ht-tp：//t8. lvcn. net/ChannelTempletPage. aspx？DID＝6c04d78e－9bd2－4194－905a－a9f598bd73a9。

2200多万元，估计到2015年全市农村全部覆盖后，每年市、县（区）两级财政将增加支出2亿多元。① 政府财政能否在长时期内为农民参保和养老提供稳定的资金支持值得思考。

3.3 试点地区新型农村社会养老保险制度模式比较

3.3.1 创建六类模式的社会经济发展状况比较

本书选取上述六个地区作为典型模式，除了因为这六地已经探索创建了新型农村社会养老保险制度外，主要是考虑到地域分布与地方社会经济发展状况：社会经济发展水平较高的东部地区的苏州、东部沿海地区的青岛、南部地区的东莞、北部地区的北京；社会经济发展水平处于中等的西部地区的宝鸡；社会经济发展水平较落后的西南地区的通江。

从地区社会经济发展水平来看，北京、苏州、青岛和东莞市的社会经济发展水平较高，宝鸡和通江属于社会经济发展水平相对落后的地区。北京市从2002年以后就一直在努力探索建立新型农村社会养老保险制度，制度设计方面采取了与城镇基本养老保险制度相同的社会统筹与个人账户相结合的模式，目标是为未来实现城乡社会养老保险制度并轨做好制度准备。新型农村社会养老保险制度与城镇基本养老保险制度的主要区别在于社会统筹账户资金源于全额财政拨款，基础养老金待遇标准被定位于最低养老金。对每人每月280元的基础养老金实行全额财政拨款需要财政具有较强的保障能力，这也只有社会经济发展水平较高的地区才能做到。苏州、青岛和东莞虽然探索建立新型农村社会养老保险制度的起始时间略有不同，但三市同属于我国经济发达地区，建立新型农村社会养老保险制度时人均GDP都达到或超过了2000美元的标准，并且农业在国民生产总值的比重和农业劳动人口所占的比重都较低，完全满足了农村社会养老保险制度的条件，对这三个地区的制度模式进行比较，可以探讨经济发达地区在具备实施条件以后农村社会养老保险制度选择的共同趋势。

---

① 《推行农村社会养老保险、加快和谐社会建设步伐》，宝鸡市劳动和社会保障局网，http：//t8. lvcn. net/ChannelTempletPage. aspx？DID ＝ 6c04d78e － 9bd2 － 4194 － 905a － a9f598bd73a9。

表 3 - 4　　　　　　　六类地区社会经济发展的几项关键指标比较

	苏州市	青岛市	东莞市	北京市	通江市	宝鸡市
制度实施时间① （年）	2003	2004	2001	2006	2006	2007
当年GDP （亿元）	2080.37	2163.80	488	7720.3	146.08	476.93
人均GDP （元）	35700	28150	32200	49505	3835	12642
财政收入 （亿元）	147.03	130.51	103.31	1117.2	2.99	52.28
农民人均纯收入 （元）	6134	5080	6731	8620	2239	2454
总人口数 （万人）	583.86	731.12	152.61②	1581.0③	380.88	375.87
非农业人口数 （万人）	274.28	263.4	39.61	1333.3	63.83	—
农业人口数 （万人）	309.58	467.7	113	247.7	317.05	—
农业人口占总人口数比例 （%）	53.02	63.97	74.04	15.67	83.24	—
人口自然增长率 （‰）	- 0.27	4.15	7.52	1.29	3.9	4.14

说明：①制度实施时间是指探索建立新型农村社会养老保险制度的起始年份，以颁布标志性的法规为参考依据，为了说明问题，表中其他项目的数据为制度实施开始年份的数据；②年末户籍人口，除此外东莞市登记在册的外来暂住人口2547221人；③为常住人口数，分为城镇人口和乡村人口，填入非农业人口数和农业人口数栏中。

数据来源：《2002 年苏州市国民经济和社会发展统计公报》、《2004 年青岛市国民经济和社会发展统计公报》、《2000 年东莞市国民经济和社会发展统计公报》、《2006 年北京市国民经济和社会发展统计公报》、《2006 年通江市国民经济和社会发展统计公报》、《2006 年宝鸡市国民经济和社会发展统计公报》，经笔者整理做出表 3 - 4 和图 3 - 1。

宝鸡市和通江市的试点经验对经济欠发达地区解决农村社会养老保险的资金来源问题，建立新型农村社会养老保险制度提供了重要启示。从表 3 - 4 可以看到，宝鸡市和通江市都属于社会经济发展水平较落后的地区，相应的，其新型农村社会养老保险制度在制度模式设计、覆盖范围和财政补贴责任方面都显得有限。在制度模式设计方面，两地都采取了完全基金积累制个人账户模式；在覆盖范围方面，两地都以农村居民为主要对象，其中通江市更是集中于"五大类"人群；在财政补贴责任方面显得比较有限，通江市提出了"个人缴纳为主，政府补贴和集体补助为辅"的原则，财政只对在岗村"三职"干部进行补贴，宝鸡市则主要针对制度实施时年满60岁的老年农民和农村贫困残疾人。

从三次产业结构状况来看，按照第一产业在地区经济中的比重倒序排名为：北京、苏州、东莞市、青岛、宝鸡和通江。我们可以看出农业在地区经济中比例越小的地区针对新型农村社会养老保险制度的财政补贴规模、制度提供的待遇水平相对较优越，制度覆盖范围较大，并且也尽量考虑到了城乡两种社会养老保险制度之间的关联与未来的统一问题。

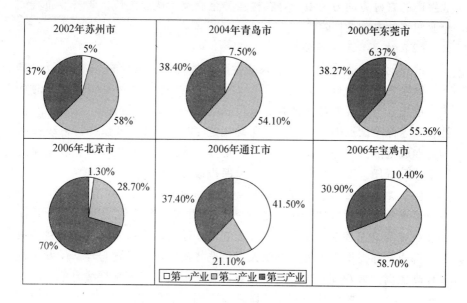

图 3－1　六个地区三种产业结构比例图

注：图表由作者根据各地区当年国民经济和社会发展统计公报中数据做出。

3.3.2　六类模式的共同特征总结

虽然六类模式是在经济社会发展状况迥异的条件下建立起各具特色的新型农村社会养老保险制度，制度设计的框架和具体内容各有不同，但都是在总结了传统农村社会养老保险工作实践的基础上进行的制度改革与创新，与传统农村社会养老保险制度相比，有许多共同的"新"思路，这也是我国广大新型农村社会养老保险试点地区制度设计所具有的共同点：

（1）制度覆盖范围趋向于"全覆盖"

试点地区的参保对象一般都包括除在校学生和已参加城镇职工基本养老保险的人员外具有当地农业户籍的人员；参保的起始缴费年龄规定在16—20岁之间，在没有建立老年农民养老补贴制度的地区，缴费年龄一般规定男在 60 岁，女在 55 岁结束，而在实行老人直补的地区，规定对男满 60 周岁、女满 55 周岁及其以上达到一定条件的老年农民发放养老补贴。并且，与传统农村社会养老保险制度相比，试点地区都明确以从事农业生产的农村劳动力为主，对农村各类企业及其从业人员，要求参加城镇企业职工基本养老保险。

（2）建立多元化筹资机制

试点地区普遍建立了"个人缴费、集体补助和地方财政补贴"三方分担保险费的筹资机制，这是新型农村社会养老保险制度最为显著的特点，也是其与传统农村社会养老保险制度的一个根本性区别。在新型农村社会养老保险试点中，各地大都明确规定了市（县）、乡镇、村三级补助的标准或范围，较好地体现了个人、集体、国家三者在农村社会养老保险制度中的责任，以此激发广大农民参保积极性。

（3）缴费标准参照城镇、缴费方式更加灵活

试点地区一般以"上一年农民人均纯收入"作为缴费基数，缴费比例参照城镇职工基本养老保险的标准制定，建立动态缴费机制，缴费基数和比例通常都提供一个可供参保人自由选择的范围，且随着经济的发展逐步提高比例；缴费方式比较灵活，农民可根据实际情况选择按月缴、季缴或年缴，趸缴、补缴甚至预缴，以适应不同农民群体的实际需要，解决原有制度缴费起点过低、保障水平过低等弊端。

（4）建立以基金积累制个人账户为主、社会统筹为辅的制度模式

部分试点地区采取了以基金积累制个人账户为主、社会统筹为辅的制度模式。个人账户模式所具有的激励性、所有权清晰和灵活性等特点符合广大农民的实际需求，易于被农民理解和接受；而作为公共财政对参保农民的补贴和补助一般形成了调剂基金或社会统筹基金，归入社会统筹账户。

（5）基金管理更加规范严格

试点地区新型农村社会养老保险基金列入各区（市）财政专户，实行"收支两条线"管理，个人账户基金和社会统筹基金分设账户，专户储存，专款专用，不得挤占、挪用；农村社会养老保险基金按照国家社会保险基金的有关规定保值增值；财务和审计等部门严格对基金运营情况进行审计和监督，确保基金的安全、稳定和增值。

3.3.3 六类模式的制度结构差异

（1）在政策实施范围和参保对象方面

在经济基础较好的地区，制度覆盖除在校学生和已参加城镇职工基本养老保险的人员外具有当地农业户籍的人员，以从事农业生产的农村劳动力为主。参保起始年龄规定在16—20岁之间，有的地区对男满60周岁、女满55周岁及其以上达到一定条件的老年农民建立养老补贴制度，如苏州、东莞、北京。在经济条件欠佳的地区，制度覆盖具有当地农业户籍的从出生到59岁左右的人员，覆盖的目标是按农民群体进行分类，采取优先将符合条件的群体纳入，在条件不断完善的基础上，逐步将从事农业生产为主的劳动力纳入的办法。如通江县的规定，制度重点围绕"五大类"人群，随着农民参保补贴制度的建立健全，尽快将种粮农民纳入制度覆盖范围。

（2）在缴费基数和缴费比例方面

缴费基数或标准有三种规定：

其一，按照定额缴费，即规定每人每月应缴纳的具体金额，同时说明定额缴费标准将根据当地经济发展情况在一定时间周期内做相应的调整；如东莞市规定2001年的缴费基数按每人每月400元核定，从2002年1月起，每年递增2.5%。

其二，目前大多数试点地区的做法，即按照当地上年农民人均纯收入或参照上年城镇企业职工平均缴费工资基数的一定比例确定，一般最高不得超过上年度农村人均收入的300%。如苏州、青岛的做法。

其三，设立一个最低缴费标准作为缴费标准，上不限额。如北京实行弹性缴费标准，最低缴费标准为本区县上年农民人均纯收入的10%，最低缴费标准以上部分可由农民根据承受能力自愿选择。通江县则以当地农村年最低生活保障标准的25%作为最低年缴费标准，上不限额，最低缴费标准随经济发展逐步提高。

为便于城乡基本养老保险制度的衔接，缴费比例一般参照城镇企业的标准制定，并且日后将随着城镇企业缴费比例的调整做相应的调整，因此个人缴费比例一般在8%左右。有的地区还将参保人员个人缴费比例划分为若干档次，并确定下限和上限，由参保个人自主选择。如青岛市有的地区规定的个人缴费比例为6%—18%之间，个人可以根据自己的承受能力自由地选择。

（3）在财政补贴方面

按照财政补贴的阶段可以分为前端补贴，即在缴费阶段补贴和后端补贴，即在待遇领取阶段补贴；按照补贴的形式，财政补贴可以分为定额补贴和按比例补贴；按照财政补贴（投入）的方式可以分为缴费补贴、基金贴息、老人直补和待遇调整四大类。

从财政补贴按照前、后端和定额、按比例补贴的搭配情况来看：

第一类是前端按比例补贴。目前大多数新型农村社会养老保险试点地区都采取这种做法，如苏州市所辖五市对除老年农民外的其他参保农民实行分群体、分年龄段的按比例、前端补贴，青岛市规定村集体、市（区）和以镇（街道）分别以不低于一定标准的比例对农民参保缴费进行补贴，采取此种补贴办法的还有东莞市。

第二类是前端定额补贴。宝鸡市对参保农民的财政补贴标准为市财政每人每年15元，县（区）财政每人每年不低于15元；有的地区为解决重点人群参保的问题时也采取前端定额补贴，如四川省通江县规定对连续任职三年以上的在岗村"三职"干部，县财政按每人每年100元的标准补助。

第三类是后端定额补贴。北京市财政补贴在农民领取养老金时作为基础养老金体现，基础养老金标准全市统一为每人每月280元；苏州张家港市规定男年满60周岁、女年满55周岁的具有本市户籍（外市迁入10年以上）无固定收入的人员，每人每月可享受80元的老年农（居）民社会养老补贴；宝鸡市农村老年农民养老补贴标准为：60周岁以上每人每月60元，由市、县（区）财政各承担50%。

在待遇调整方面，政府财政的支持方式有以下两种：一是在待遇发放时采取保底弹性计发办法。如四川通江县在个人账户积累额发放外，还建立了储备调剂金账户，资金来源于财政，以适时对领取养老金人员的待遇进行调整。二是对待遇发放采取个人账户＋基础养老金的试点地区，一般基础账户养老金领取标准随农民人均收入的增加而逐步提高，提高部分也是由政府财政负担的，如苏州、东莞、青岛和北京等地。

（4）在制度运行模式方面

其一，"大账户，小统筹"。这是目前大多数新型农村社会养老保险制度试点地区的做法，即以个人账户为主，并建立社会统筹账户。关于各地各主体的缴费是如何划入到这两类账户中去的，各试点地区又有两类不同的做法。一类是规定以总缴费额的一定比例计入个人账户，其余计入统筹。如东莞市规定个人缴费全部计入个人账户，集体缴费基数的3%划入个人账户，集体缴费划入个人账户后的剩余部分全部计入农民养老保险基金（统筹部分）；苏州市对由国家、集体的补助补贴和参保个人缴纳的基本养老保险费总额或由个人全额缴纳的基本养老保险费，90%左右计入个人账户，10%左右建立统筹基金。另一类是将不同缴费主体的缴费进入不同账户。如青岛个人和集体缴费部分计入个人账户，区（市）、街道（镇）财政补贴计入统筹。

其二，个人账户＋基础养老金／养老补贴。北京市实行的是"个人账户＋基础养老金"，个人账户中的资金包括个人缴费、集体补助、其他收入和利息，财政补贴在农民领取养老金时作为基础养老金体现；宝鸡市实行的是"个人账户＋养老补贴"，个人账户包括个人缴费、村（组）集体补助、财政补贴、其他收入及利息，养老补贴标准为60周岁以上每人每月60元。宝鸡市与北京市制度模式的不同在于，宝鸡市政府财政实行缴费和养老补贴两项财政补贴制度。

其三，个人账户＋专项基金/储备金，即实行完全个人账户基金积累制，同时积累少量的资金作为专项调剂金用于弥补养老保险基金支付缺口和提高养老金待遇。如通江县为参保人员建立养老保险个人账户，个人缴费、集体补助和财政补贴按比例一并计入个人账户，县政府在每年的财政预算中按上年末养老保险基金累计总额的2.5%纳入县财政预算中，2%纳入个人账户，0.5%纳入农村社会养老保险专项调剂金管理。

（5）在待遇发放方面

其一，按照个人账户积累总额，实行保底弹性计发办法。如通江县的计发办法为：月领取标准＝个人账户积累总额×1/160，同时建立了储备调剂金账户，适时对领取养老金人员的待遇进行调整。

其二，与"大账户，小统筹"的制度模式相对应，实行"基础账户养老金＋个人账户养老金"计发办法，一般规定10年的领取期。个人账户养老金由个人账户积累额支付，月标准为个人账户积累总额除以领取养老金年龄相对应的计发月数，一般为120或160；基础账户养老金领取标准随农民人均收入的增加而逐步提高。如东莞市规定2001年基础养老金标准为每人每月150元，以后视基金收支及财政状况调整，个人账户养老金月标准为个人账户储存额除以120，苏州、青岛也实行此类做法。

（6）在基金运营管理方式方面

其一，大多数试点地区的做法，将农村社会养老保险基金纳入区（县）财政专户，以区（县）为单位核算和管理，实行"收支两条线"管理，个人账户基金和社会统筹基金分设账户，专户储存，专款专用，不得挤占、挪用；结存基金存入商业银行，按国家规定的城乡居民储蓄存款同期利率计算，利息全部转入农村社会养老保险基金；财务和审计等部门严格对基金运营情况进行审计和监督，确保基金的安全、稳定和增值，如苏州、青岛、东莞和宝鸡等地。

其二，拓宽个人账户的发展功能，实行农村社会养老保险证质押贷款的办法。如四川通江县的"农村社会养老保险手册质押贷款"方式。

3.4 进一步的思考与总结

通过对上述六类试点地区新型农村社会养老保险制度的实践经验的总结，可以发现：从各地的试点办法与传统农村社会养老保险制度实施方案的纵向比较来看，新型农村社会养老保险制度已经基本上脱离了原有制度的限制和束缚，并开始积极走出一条与各地农村经济和社会发展相适应的农村社会养老保险道路，制度创新的核心体现在切实落实各级政府的财政责任上；从试点地区采取的试点方案的横向比较来看，各地的新型试点除了存在一般的共性外，又存在着很大的差异性和地方特性。

3.4.1 新型农村社会养老保险制度试点过程中面临的共同问题

（1）各地制度设计差异性过大与长期制度整合的矛盾

各地不同的经济社会发展状况决定了制度设计的多样性，从试点情况来看，同省的各市一般在制度设计上有很大的不同，有的同市的各区也制定了不同的试点办法，这不仅成为我国今后农村养老保险提高统筹层次所面临的一个难题，也对未来城乡社会养老保险制度的衔接与并轨提出了挑战。

（2）资金的可持续性问题

当前，新型农村社会养老保险基金的筹集中一半左右来自于地方财政，特别是县、乡镇两级和村集体积累，而新型农村社会养老保险是一个待遇刚性的制度安排，在目前地方财政普遍吃紧，而承担的社会事务不断增加的条件下，没有国家和省一级财政的支持，各地今后有可能会面临着财政补贴和待遇支付方面的风险。

（3）基金运营和管理的困境

试点地区大都采取以县为中心的农村社会养老保险管理体制，使得基金分散运行，管理的专业化程度低、层次低、难以形成规模效益，基金管理也易受当地行政干涉，容易发生被挤占挪用等道德风险。基金运营方式单一，主要是购买国家财政发行的高利率债券及存银行，养老金的保值增值成问题。

（4）新型农村社会养老保险制度与城镇基本养老保险制度的衔接问题

尽管一些地区制定了新型农村社会养老保险与城镇基本养老保险制度的转轨办法，但并未形成合理的转轨成本筹集与分担机制。但是实行这种政策规定的地方多是社会经济发展水平较高的地区，而绝大部分地区都只是单纯考虑新型农村社会养老保险制度的建立与完善问题，在制度设计方面并没有考虑到未来发展问题，尤其是未来如何与城镇基本养老保险制度进行衔接。

3.4.2 新型农村社会养老保险制度试点总结

当前，新型农村社会养老保险制度试点已经在全国多数地区全面开展，试点地区依据自身社会经济条件和各方承受能力，创新建立了各具特色的新型农村社会养老保险制度。通过分析比较试点地区的制度模式，我们可以总结出以下经验：

第一，必须从宏观高度统一各地新型农村社会养老保险制度模式。"不论是穷儿子还是富儿子，都必须承担赡养老子的义务，只是赡养的生活标准不同而已"。当前试点地区创新性地采取了差异较大的新型农村社会养老保险制度模式，这将对未来实现城乡社会养老保险制度并轨和当前实现农民在城乡之间和地区之间养老保险关系的转移接续形成障碍，也不利于对新型农村社会养老制度运行进行管理和基金运营实行监管。因此，必须建立一个待遇水平有差异、制度模式一致的统一的新型农村社会养老保险制度。

第二，新型农村社会养老保险制度应该采取全面实施、分类推进的战略。原劳动和社会保障部曾经对农村地区进行了参保实施进度的分类①，这意味着只有具备条件的地区才能实施农村社会养老保险制度，当前各地实施新型农村社会养老试点已经证明了这种实施战略是不妥的。当前，应在制定全国统一的新型农村社会养老保险制度的基础上，采取全面实施、分类推进的战略。即允许全国各地按照统一的制度模式，结合当地社会经济条件和承受能力建立待遇有别的新型农村社会养老保险制度，但应以有条件的群体为重点对象，然后通过探索建立中央财政向中西部地区和困难群体的转移支付机制，向广大农民分类推进的实施战略。

---

① 卢海元、米红、王丽郦、耿代、盛馨莲、李利群、李传宗：《建立新型农村社会养老保险制度可行性的实证研究——基于新型农保制度试点地区的农户抽样调查分析》，中国社会保障网，http://www.cnss.cn/xyzx/jcbw/200710/t20071031_164266.htm，2007年10月31日。

4 "乡—城"人口迁移对中国农村人口老龄化及养老保障的影响分析

4.1 "乡—城"人口迁移预测研究的背景与前提

4.1.1 引言

二元经济理论认为，发展中国家整个工业化和现代化的过程是现代工业部门将传统农业部门的隐蔽失业状态的富余劳动力不停地吸出来，由此产生的利润不断再投资到现代部门。第二次世界大战以来，工业化向世界的扩张，也导致农村劳动力大量迁出农村进入城市工作。人口从农村向城市的迁移是一个国家向工业化、城市化发展的必然的社会经济过程，无论是发达国家以往的历史经验，还是发展中国家当前正经历的现实，都验证了或正在验证这样一个社会经济发展过程。

中国近三十年的经济转型过程中，社会经济发展和国际化进程加快打破了制度的限制，改变了人们的思维定式，形成了巨大的人口迁移浪潮。特别地，自 20 世纪 90 年代以来，随着社会主义市场经济体制改革的不断深入，各种限制人口流动的政策和制度障碍得以不断消除，人口迁移的自主性和流动性不断加强，特别是人口从农业向非农产业、从农村向城镇地区、从中西部地区向东部地区的迁移，规模逐渐增大，基本进入一个持续稳定的发展过程。中国农村剩余劳动力向城市大规模转移已经成为不争的事实。[①] 据估计，1987 年中国人口迁移规模超过 3000 万人，1994 年超过

---

① 姚从容、余沪荣：《论人口乡城迁移对我国农村养老保障体系的影响》，《市场与人口分析》2005 年第 2 期，第 60 页。

4000 万人，1999 年超过 5000 万人，到 2000 年已经接近 6300 万人，迁移率接近 5%。[①]

按照国际上通行的人口老龄化标准[②]，中国已经从 21 世纪初开始正式步入老龄化社会行列，并且老龄化程度日趋严重。蔡昉预测，到 2017 年，65 岁及以上人口占总人口的比重将超过 10%，在少儿抚养比仍然高达 26.4% 的情况下，老年抚养比超过 14%。[③] 伴随着工业化的持续进行，非农部门对农村迁移人口的需求持续增加，人口迁移从均衡到失衡是工业化的必然规律。[④] 在中国人口老龄化程度正在日益加深的背景下，大规模的农村劳动力向城镇迁移必将对中国城乡社会人口年龄结构产生重大影响。那么，"乡—城"人口迁移对农村社会人口年龄结构分别产生什么样的影响以及影响程度有多大？需要从人口预测和迁移预测的角度进行量化和测度。

姚从容等基于历史数据分析指出，大规模劳动年龄人口从农村向城市转移和流动，在一定程度上加速了农村地区老龄化进程，导致农村女性人口比例上升、老少人口比例上升等。[⑤] 蔡昉等指出：由于农村向城市流动的人口年龄较轻，大规模劳动力流动的结果导致城乡老龄化程度差异已经逆转。[⑥] 杨云彦通过对 1987 年全国 1% 人口抽样调查和 2000 年人口普查源代码的交叉汇总，建立了漏报率估算的计量经济与线性拟合模型，测算了 1950 年以来中国年度人口迁移规模及迁移率。[⑦] 卢向虎等通过测算指出，1979—2003 年中国农村人口向城镇的迁移总量达到 27762 万人，"乡—

① 杨云彦：《中国人口迁移的规模测算与强度分析》，《中国社会科学》2003 年第 6 期，第 106 页。

② 国际上通常看法是，当一个国家或地区 60 岁以上老年人口占人口总数的 10%，或 65 岁以上老年人口占人口总数的 7%，即意味着这个国家或地区的人口处于老龄化社会。

③ 蔡昉：《我国人口总量增长与人口结构变化的趋势》，《中国经贸导刊》2004 年第 13 期，第 29 页。

④ 杨靳：《人口迁移如何影响农村贫困》，《中国人口科学》2006 年第 4 期，第 69 页。

⑤ 姚从容、余沪荣：《论人口乡城迁移对我国农村养老保障体系的影响》，《市场与人口分析》2005 年第 2 期，第 60 页。

⑥ 蔡昉、王美艳：《"未富先老"对经济增长可持续性的挑战》，《宏观经济研究》2006 年第 6 期，第 7 页。

⑦ 杨云彦：《中国人口迁移的规模测算与强度分析》，《中国社会科学》2003 年第 6 期，第 107 页。

城"迁移构成了全国城镇人口增量的79%。[①] 邓曲恒等利用2002年的大样本住户调查数据估计了农村永久移民的数量大约有1亿人之多，占城市居民的20%。[②] 综观上述文献，或是依据历史数据给出的有关"乡—城"人口迁移对人口老龄化影响趋势的判断，或是在定量基础上对历史迁移规模与迁移劳动力比例的估算，尚没有在人口预测与迁移预测的基础上进行"乡—城"人口迁移对农村人口老龄化的影响趋势与程度的定量研究。

本书利用2000年第五次人口普查（以下简称"五普"）数据，在同步预测未来城乡人口数量与"乡—城"迁移人口数量的基础上，系统研究"乡—城"转移的规模及其对当前日益严重的农村社会人口老龄化产生的影响及影响程度，为建立新型农村社会养老保险制度提供基础资料和决策依据。

4.1.2 模型准备及假设

（1）模型假设

第一，本书将所要研究的社会人口当做一个整体来考虑而不研究每一个具体的社会成员。

第二，在定量研究中，所有表征和影响社会人口变化的因素都是在整个社会人口平均的意义下确定的，如死亡率、育龄妇女生育率、人口迁移率、出生人口性别比等。

第三，本书将整个社会中现存的人口按年龄的分布称为社会人口状态；将时间的流逝、婴儿的出生、人口的死亡和居民的迁移看成是决定人口状态变化的全部因素，而不考虑其他因素对社会人口状态的影响。

第四，不考虑跨国跨境人口迁移因素的影响，且假定在预测期内国家的人口政策不会发生大的变化。

第五，假定预测期内社会经济稳定发展，没有发生自然灾害、战争等对人口数量及其分布产生重大影响的事件。

第六，假定"乡—城"人口迁移中只存在乡村→城镇的迁移，而不

---

① 卢向虎、王永刚：《中国"乡—城"人口迁移规模的测算与分析（1979—2003）》，《西北人口》2006年第1期，第16页。

② 邓曲恒、古斯塔夫森：《中国的永久移民》，《经济研究》2007年第4期，第137页。

存在城镇→乡村的人口逆流，并且假定年度"乡—城"人口迁移规模为年末迁移人口数。

第七，假定我国城镇化的进程决定"乡—城"人口迁移速度，即城市化率的增长能反映"乡—城"人口迁移的强度。

第八，假设迁移人口的人口特征变量，如死亡率、育龄妇女生育率等，在迁移后，由迁出地的特征转变为迁入地的特征。

（2）符号约定

t 表示第 $2000 + t$ 年，$t = 1$、2、3……分别表示 2001、2002、2003 ……年。

j 表示不同子系统，$j = 1$、2、3 分别表示城市、镇、乡村。

i 表示个体的年龄，$i = 0$、1、2…100，其中 $i = 0$ 表示婴儿，$i = 100$ 表示年龄等于或大于 100 岁。

s 表示个体的性别，$s = 0$ 表示女性，$s = 1$ 表示男性。

$n_i^s (t)^j$ 表示系统 j 中性别为 s、年龄为 i 的人口在 t 年的总人数。

$N^s (t)^j$ 表示系统 j 中性别为 s 的人口在 t 年的总人数。

$N (t)^j$ 表示系统 j 中人口在 t 年的总人数，即 $N(t)^j = N^0(t)^j + N^1 (t)^j$。

$N (t)$ 表示全国 t 年的总人数，即 $N(t) = N(t)^1 + N(t)^2 + N(t)^3 = \sum_{j=1}^{3} N(t)^j$。

$d_i^s (t)^j$ 表示系统 j 中性别为 s、年龄为 i 的人口在 t 年的 1 岁间隔死亡率。

$1p_i^s (t)^j$ 表示系统 j 中性别为 s、年龄为 i 的人口在 t 年存活到 $i + 1$ 岁的生存概率，其中以 $p^s (t)$ 表示 s 性别婴儿生存概率。

$b_i (t)^j$ 表示系统 j 中年龄为 i 的育龄妇女在 t 年的生育率。

$\beta (t)^j$ 表示系统 j 中育龄妇女的总和生育率，即 $\beta (t)^j = \sum_{i=15}^{49} b_i(t)^j$。

$h_i (t)^j$ 表示系统 j 中年龄为 i 的育龄妇女的年龄别生育率占总和生育率的比例，即生育模式，有 $b_i (t)^j = \beta (t)^j h_i (t)^j$。

$\lambda (t)^j$ 表示系统 j 中第 t 年出生人口的性别比（女性以 100 为基数）。

$R_i^s (t)^{(j_1 \to j_2)}$ 表示在 t 年性别为 s、年龄为 i 的人口由系统 j_1 迁移到系

统 j_2 的总人数。

$w_i^s(t)^{(j_1 \to j_2)}$ 表示在 t 年性别为 s、年龄为 i 且从系统 j_1 迁移到系统 j_2 的人口占 t 年该性别总迁移人口的比例。

$m(t)^{(j_1 \to j_2)}$ 表示 t 年从系统 j_1 迁移到系统 j_2 的总迁移率。

$\lambda_m(t)^{(j_1 \to j_2)}$ 表示 t 年从系统 j_1 迁移到系统 j_2 的迁移人口性别比（女性以 100 为基数）。

（3）数据选取及参数设定

2000 年"五普"人口数据因统计全面和数据翔实而在人口预测中被广泛应用，因此本研究以"五普"人口数据为基准数据[1]，然而"五普"数据也存在着一定的缺陷：一是"五普"数据存在着比较严重的漏报问题且主要集中在流动人口和低龄人口，以及低估育龄妇女总和生育率和流动迁移人口数量问题[2]。二是"五普"数据存在比较严重的重报问题，年龄结构的差错率可能相当大[3]。同时本研究还将 2005 年全国 1% 人口抽样调查数据和《中国人口统计年鉴》上公布的 2001—2005 年的人口数据作为补充数据[4]。由于预测期较长（2001—2050），我们采取节点年份对参数进行调整的方法，选取了 2005 年、2010 年、2020 年三个节点年份。

本书在几种主要控制变量的选取以及预测上，主要采用国家公布的现有数据和未来的预期数据指标或政策控制指标。

①出生婴儿性别比

出生婴儿性别比是人口性别结构的基础且其主要由生物因素决定，比较稳定，国际公认的出生婴儿性别比的正常理论值为 102—107 之间[5]。然而从各种人口抽样调查、人口普查等统计资料的结果来看，自 20 世纪

---

① 《中国 2000 年人口普查资料》，中国统计出版社 2002 年版。

② 于学军：《中国 90 年代以来生育水平研究》，第 3—21 页；翟振武：《中国人口迁移流动与人口分布研究》，第 325—336 页。载国务院人口普查办公室、国家统计局人口和社会科技统计司编《转型期的中国人口》，中国统计出版社 2005 年版。

③ 王广州：《对第五次人口普查数据重报问题的分析》，《中国人口科学》2003 年第 1 期，第 65 页。

④ 《2005 年全国 1% 人口抽样调查资料》，中国统计出版社 2006 年版；《中国人口统计年鉴》，中国统计出版社 2002—2006 年。

⑤ United Nations. 1955. Method of Appraisal of Quality of Basic Datafor Population Estimates, Manual II, ST/SOA/SeriesA/23.

90 年代以来，我国出生婴儿性别比稳定在 115 以上，且有不断增大的趋势。国家人口和计划生育委员会在《人口和计划生育统计公报——2006 年全国人口和计划生育抽样调查主要数据公报》（2007 年第 2 号）中公布的数据显示①：1996—2005 年出生婴儿的性别比达 127；2000 年"五普"资料显示全国出生婴儿性别比为 119.92，城市为 114.15、镇为 119.90、乡村为 121.67②；2005 年全国 1% 人口抽样调查显示全国出生婴儿性别比为 120.49③。出生婴儿性别比还存在明显的城乡差异。我国出生婴儿性别比长期偏离正常范围，与我国的医疗保健水平、控制手段乏力和根深蒂固的重男轻女的封建思想有关，这在相当长时期内还难以改变。剔除瞒报、漏报出生女婴因素的影响，我们设定在 2020 年节点年份之前，城市、镇、乡村的出生婴儿性别比分别为 110、115、120，2020 年之后统一降为 110。

②育龄妇女总和生育率

育龄妇女总和生育率调整是进行生育率调整的最直接、最简单和最有效的方法，也是最常用的生育水平统计指标，同时还是决定人口更替水平的重要参数。"五普"数据资料以及 2001—2006 年国家统计局人口统计年鉴的数据资料显示④，2000—2005 年全国育龄妇女总和生育率分别为 1.22、1.43、1.39、1.41、1.45 和 1.34。然而随着 20 世纪 80—90 年代第三次出生人口高峰的到来，未来十几年，20—29 岁生育旺盛期妇女数量将形成一个小高峰；同时自实行计划生育政策以来，全国已累计有近 1 亿独生子女，进入 21 世纪这部分人将陆续进入生育年龄，使政策内生育水平有所提高。上述两方面因素的共同作用，将使出生人数有所回升，出生率有所提高。根据《国务院办公厅关于印发人口发展"十一五"和 2020 年规划的通知》（国办发［2006］107 号）和《2007 年国家人口发

① 《人口和计划生育统计公报——2006 年全国人口和计划生育抽样调查主要数据公报》（2007 年第 2 号），国家人口和计划生育委员会网站，http://www.chinapop.gov.cn/fzgh/tjgz/200806/t20080626_154455.htm，2007 年 3 月 21 日。

② 《中国 2000 年人口普查资料》，中国统计出版社 2002 年版，第 1681、1684、1687、1690 页。

③ 《2005 年全国 1% 人口抽样调查资料》，中国统计出版社 2006 年版，第 455 页。

④ 《中国人口统计年鉴》，中国统计出版社 2002—2006 年版。

展战略研究报告》①，以及我们的合理估计，本书假定 2006—2050 年间的育龄妇女总和生育率为 1.8。同时，通过对 2000—2005 年全国育龄妇女总和生育率与城市、镇、乡村育龄妇女总和生育率的数据分析发现，它们之间存在较为明显的线性相关性。因此，我们建立多元线性回归模型对 2006—2050 年全国育龄妇女总和生育率在城市、镇和乡村之间进行分解。

表 4 - 1   多元线性回归模型的参数估计及分析结果

参数	估计值	标准差	T	Sig	95%置信区间	
					低限	高限
b_0	- 0. 181	0. 102	- 1. 773	0. 174	- 0. 505	0. 144
b_1	0. 820	0. 205	4. 006	0. 028	0. 169	1. 471
b_2	- 0. 281	0. 251	- 1. 117	0. 345	- 1. 080	0. 519
b_3	0. 690	0. 275	2. 508	0. 087	- 0. 185	1. 564

R^2 调整值 = 0. 985；F = 131. 158/Sig = 0. 001ª。

说明：结果由 SPSS10. 0 软件给出。

通过多元线性回归模型得到回归方程为：TFR = 0. 82city - 0. 281town + 0. 69village - 0. 181，得到 2006—2050 年城市、镇、乡村的育龄妇女总和生育率分别为 1. 25、1. 62、2. 04。

③分年龄死亡率

本书采取年龄内均匀死亡及中心死率假设的方法，将由"五普"人口调查数据计算出来的城、镇、乡分年龄性别人口死亡率并对异常年龄别死亡率数据进行修正和对死亡率曲线进行平滑处理后作为预测期内城、

---

① 《国务院办公厅关于印发人口发展"十一五"和 2020 年规划的通知》（国办发［2006］107 号），中央人民政府网站，http：//www. gov. cn/gongbao/content/2007/content_ 526981. htm，2006 年 12 月 29 日；国家人口发展战略研究课题组：《国家人口发展战略研究报告》，中央人民政府网站，http：//www. gov. cn/gzdt/2007 - 01/11/content_ 493677. htm，2007 年 1 月 11 日。

镇、乡的分年龄性别人口死亡率,并假定其在预测期内保持不变,其中婴儿生存概率由实际统计数据直接计算得到。① 通常情况下,婴儿死亡率和5岁以下儿童死亡率相对于其他年龄段的死亡率来说下降空间要大得多,因此本书做出相应的调整。根据《国务院批转卫生事业发展"十一五"规划纲要的通知》(国发〔2007〕16号)、《〈中国儿童发展纲要(2001—2010年)〉实施情况中期评估报告》和《国务院办公厅关于印发人口发展"十一五"和2020年规划的通知》(国办发〔2006〕107号)等②资料中对婴儿死亡率、5岁以下儿童死亡率在2005年、2010年、2020年各节点年份的控制目标或预测,本书对各节点年份之间的婴儿死亡率、5岁以下儿童死亡率进行相应调整。

④城市化预测

本书运用logistic增长模型对我国未来的城市化水平进行粗略估计。③在对新中国成立以来的历年城市化率统计数据的观察发现,除去1959—1960年3年"困难"时期的数据严重偏离正常范围外,其他年份的城市化率数据基本满足数据拟合的要求。因此,我们选取1951—2005年(剔除1959—1961年)51年的城市化率统计数据作为模型拟合的样本数据④,获得拟合结果(见表4-2)和预测参数(见图4-1)。

① 人口普查中0周岁的人口数是指在统计调查的标准时间止的0周岁的人,即当年出生并存活下来的未满周岁的婴儿数,因此婴儿存活率=0周岁人口数/出生婴儿总数。参见《中国2000年人口普查资料》,中国统计出版社2002年版,第196、570页。

② 《国务院批转卫生事业发展"十一五"规划纲要的通知》(国发〔2007〕16号),中央人民政府网站,http://www.gov.cn/zwgk/2007-05/30/content_ 630178.htm,2007年5月21日;《〈中国儿童发展纲要(2001—2010年)〉实施情况中期评估报告》,国务院妇女儿童工作委员会网站,http://www.nwccw.gov.cn/show/fzbgShow.jsp? belong=妇女儿童发展报告,&alias=jcpg_ fvetfzbg&news_ id=62706,2007-5;《国务院办公厅关于印发人口发展"十一五"和2020年规划的通知》(国办发〔2006〕107号),中央人民政府网站,http://www.gov.cn/gongbao/content/2007/content_ 526981.htm,2006年12月29日。

③ Karmeshu(1992)研究发现,20世纪50年代以来发达国家城市化进程的经验表明,城市化水平伴随着经济发展水平的提高而在时间轴上大致呈现为一条稍被拉平的"S"型罗吉斯特曲线(Iogistic Curve)。参见Karmeshu《城市人口统计模型》,《地理译报》1992年第1期。

④ 《中国人口统计年鉴》,中国统计出版社,历年。

表 4 – 2　　　　　　　　　　**logistic 增长模型的参数估计**

参数	估计值	标准差	95% 置信区间	
			低限	高限
c	8.271711	0.38129786	7.505852	9.037571
b	0.031577	0.00127452	0.029017	0.034137

$R^2 = 1 -$ Residual SS/Corrected SS $= 0.93215$。

说明：结果由 SPSS10.0 软件给出。

即 logistic 增长模型表达式为：

$$U_t = \frac{1}{1 + 8.271711e^{-0.031577t}}$$

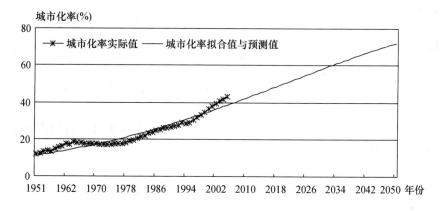

图 4 – 1　1951—2050 年中国城市化率实际水平、拟合值与预测值

⑤迁移人口分年龄性别分布比例

由于目前我国没有关于城乡人口分年龄迁移率数据，而当前我国迁移人口的主体是"乡—城"人口迁移，即由农村迁入城镇，而我们现有的"五普"数据和 2005 年 1% 人口抽样调查资料对迁移人口的年龄分布的统计数据存在统计口径不一致的问题，其中"五普"数据中对迁移人口的统计是过去五年间累积的迁移人口，难以反映年度迁移人口的分性别年龄状况，因此我们用 2005 年 1% 人口抽样调查资料中户口登记地在外乡镇的分年龄性别迁移人口并剔除市区内人户分离后所计算的分年龄性别迁移

率作为"乡—城"迁移人口分年龄性别迁移率[①]。同时，我们对迁移人口统计数据中 65 岁及以上堆积的迁移人口进行分解处理，分析数据发现应用指数曲线对 50 岁及以上迁移人口数据的拟合度较好。

表 4 – 3   指数化曲线回归模型的参数估计及分析结果

	R^2	F	Sigf	标准差	b_0	b_1
男	0.981	671.4	0	0.04185	196092	– 0.0648
女	0.984	796.6	0	0.04026	195320	– 0.0679

说明：结果由 SPSS10.0 软件给出。

得到男女性迁移人口中 50 岁及以上的人口数据分别满足指数化曲线回归方程：$Y = 196092 + e^{-0.0648t}$，$Y = 195320 + e^{-0.0679t}$，从而将 65 岁及以上的统计人口总数分解成分年龄人口，同时假定 90 岁以上人口不存在迁移。

4.2   "乡—城"人口迁移预测模型

影响人口发展趋势的因素多种多样，但随着时间变化对人口状态的影响，最终都表现在出生、死亡和人口迁移这三个方面。如果能够定量地建立起它们之间的变化关系，我们就可以得到描述人口发展过程的数学方程，即人口发展方程。鉴于城、镇、乡之间生育模式、死亡率、年龄结构等存在显著差别，因此，本书将城市、镇、乡看做三个子系统，采用 Leslie 模型对各类人群的增长趋势做出预测，建立了以城、镇、乡分年龄性别人口数为状态变量，以总和生育率和分年龄死亡率为主要控制参数的差分方程模型；通过对未来时间内总和生育率、死亡率、出生婴儿性别比等的合理预测，建立了描述人口增长趋势与人口结构演变的数学模型；同时，考虑到中国具有大规模的"乡—城"人口迁移的特点，本书引入人口迁移率，对迁移人口分年龄迁移数量进行预测，以期望得到反映人口迁移状况的人口发展总体状况。

---

① 《2005 年全国 1% 人口抽样调查资料》，中国统计出版社 2006 年版，第 710—713 页。

4.2.1 人口预测模型

（1）Leslie 人口矩阵

系统 j 中性别为 s 的人口在 t 年的存活矩阵为：

$$P^s(t)^j = \begin{bmatrix} 0 & 0 & \cdots & 0 & 0 \\ {}_1p_0^s(t)^j & 0 & \cdots & 0 & 0 \\ 0 & {}_1p_1^s(t)^j & \cdots & \vdots & \vdots \\ \vdots & \vdots & \ddots & \vdots & \vdots \\ 0 & 0 & 0 & {}_1p_{i-1}^s(t)^j & {}_1p_i^s(t)^j \end{bmatrix} \qquad (4.1)$$

根据生命表理论中死亡均匀假设的方法，0 岁组以上的 1 岁间隔存活概率满足：

$$_1p_i^s(t)^j = 2 - d_i^s(t)^j / 2 + d_i^s(t)^j \qquad (4.2)$$

矩阵中 $_1p_i^s(t)^j$ 的存在是因为最后一个年龄段（ >100 ）中的人存活下来还属于该年龄段。

系统 j 中 t 年育龄妇女生育率矩阵为：

$$B(t)^j = \begin{bmatrix} 0 & \cdots & 0 & b_{15}(t)^j & \cdots & b_{49}(t)^j & 0 & \cdots & 0 \\ 0 & \cdots & 0 & 0 & \cdots & 0 & 0 & \cdots & 0 \\ \vdots & \cdots & \vdots & \vdots & \cdots & \vdots & \vdots & \cdots & \vdots \\ \vdots & \cdots & \vdots & \vdots & \cdots & \vdots & \vdots & \cdots & \vdots \\ 0 & \cdots & 0 & 0 & \cdots & 0 & 0 & \cdots & 0 \end{bmatrix} \qquad (4.3)$$

从而构建系统 j 中 t 年性别为 s 的 Leslie 人口矩阵为：

$$L^s(t)^j = \begin{bmatrix} 0 & \cdots & 0 & b_{15}(t)^j & \cdots & b_{49}(t)^j & 0 & \cdots & 0 \\ {}_1p_0^s(t)^j & \cdots & 0 & 0 & \cdots & 0 & 0 & \cdots & 0 \\ 0 & \cdots & \vdots & \vdots & \cdots & \vdots & \vdots & \cdots & \vdots \\ \vdots & \cdots & 0 & {}_1p_{15}^s(t)^j & 0 & \vdots & \vdots & \cdots & \vdots \\ \vdots & \cdots & \vdots & 0 & \cdots & 0 & \vdots & \cdots & \vdots \\ \vdots & \cdots & \vdots & \vdots & 0 & {}_1p_{49}^s(t)^j & 0 & \cdots & \vdots \\ \vdots & \cdots & \vdots & \vdots & \vdots & \vdots & \vdots & \cdots & \vdots \\ 0 & 0 & 0 & 0 & 0 & 0 & \cdots & {}_1p_{i-1}^s(t)^j & {}_1p_i^s(t)^j \end{bmatrix}$$
$$(4.4)$$

系统 j 中性别为 s 的人口在 t 年按年龄分布的人口总数向量为：

$$\overrightarrow{n}^{s}(t)^{j} = \left[n_0^s(t)^j n_1^s(t)^j \cdots n_{99}^s(t)^j n_{100}^s(t)^j \right]^T \qquad (4.5)$$

系统 j 中 t 年的人口总数为：

$$N(t)^j = \sum_{s=0}^{1} \sum_{i=0}^{100} n_i^s(t)^j \qquad (4.6)$$

则在各子系统封闭情况下的全国人口在 t 年的总数为：

$$N(t) = \sum_{j=1}^{3} \sum_{s=0}^{1} \sum_{i=0}^{100} n_i^s(t)^j \qquad (4.7)$$

（2）对育龄妇女分年龄生育率矩阵 $B(t)^j$ 的改进

根据人口学理论，育龄妇女的生育模式是比较稳定的，即 $h(t)$ 是相对固定的。

$$h_i(t) = \frac{b_i(t)}{\beta(t)}; \quad \sum_{i=15}^{49} h_i(t) = 1; \quad \sum_{i=15}^{49} b_i(t) = \beta(t) \qquad (4.8)$$

从数据来源上看，总和生育率 $\beta(t)$ 比育龄妇女分年龄生育率 $b(t)$ 容易获得、预测和控制，是最常用的生育水平统计指标；此外，$\beta(t)$ 比 $b(t)$ 更适合做长期预测。因此，我们采用 $\beta(t)h(t)$ 表示 $b(t)$，则育龄妇女生育率矩阵可改写为生育模式矩阵形式：

$$B(t)^j = \beta(t)^j \begin{bmatrix} 0 & \cdots & 0 & h_{15}(t)^j & \cdots & h_{49}(t)^j & 0 & \cdots & 0 \\ 0 & \cdots & 0 & 0 & \cdots & 0 & 0 & \cdots & 0 \\ \vdots & \cdots & \vdots & \vdots & \cdots & \vdots & \vdots & \cdots & \vdots \\ \vdots & \cdots & \vdots & \vdots & \cdots & \vdots & \vdots & \cdots & \vdots \\ 0 & \cdots & 0 & 0 & \cdots & 0 & 0 & \cdots & 0 \end{bmatrix} \qquad (4.9)$$

（3）基于人口分年龄移算法的人口差分方程增长模型

由于所有人口的自然增长都是由女性的繁殖所产生的，男性的数量增加数也应由与他处于相同子系统类型的女性的生育率矩阵、女性上年总数、出生性别比等来确定，在不考虑人口迁移流动的情况下，男女性别人口的自然减少均由人口的死亡导致，由此建立子系统封闭状态下的人口状态发展方程：

$$n_{i+1}^s(t+1) = n_i^s(t)_1 p_i^s(t) \qquad (4.10)$$

$$N^s(t+1)^j = \sum_{i=0}^{100} n_{i+1}^s(t+1)^j = \sum_{i=15}^{49} n_i^0(t)^j h_i(t)^j \beta(t)^j p^s(t)^j$$

$$\frac{\lambda(t)^j}{\lambda(t)^j+100}+\sum_{i=1}^{100}n_i^s(t)^j{}_1p_i^s(t)^j=p^s(t)^j\frac{\lambda(t)^j}{\lambda(t)^j+100}B(t)^j\vec{n}^o(t)^j+$$

$$P^s(t)^j\vec{n}^s(t)^j=p^s(t)^j\frac{\lambda(t)^j}{\lambda(t)^j+100}\beta(t)^jH(t)^j\vec{n}^o(t)^j+P^s(t)^j\vec{n}^s(t)^j$$

$$(4.11)$$

（4.10）式是人口状态发展的变量描述，是人口差分方程的核心；（4.11）式则为人口状态发展的存量描述，是表示人口从 t 时点变化到 $t+1$ 时点的完全形式。

（4.10）式和（4.11）式可用 L 矩阵表示为：

$$\vec{n}^s(t+1)^j=L^s(t)^j\vec{n}^s(t)^j \qquad (4.12)$$

进而可得：

$$\vec{n}^s(t)^j=\prod_{t=0}^{t}L^s(t)^j\vec{n}^s(0)^j \qquad (4.13)$$

因此，当矩阵 $L^s(t)^j$、按年龄组初始分布向量 $\vec{n}^s(0)^j$ 以及出生婴儿存活概率 $p^s(t)$ 已知时，可以预测 t 时段 j 系统性别为 s 的按年龄组的人口分布。

结合（4.5）式、（4.12）式和（4.13）式可求得无人口迁移状态下 t 年全国总人口，城、镇、乡各子系统人口以及分年龄、性别的人口结构。

4.2.2 人口迁移模型

上述人口预测模型是在不考虑"乡—城"人口迁移的封闭状态下的 Leslie 矩阵人口增长模型。实际上，由于城乡生育水平、人口生育意愿以及死亡率的客观差异，人口的"乡—城"迁移对生育率和死亡率无疑将会有影响，同时也会直接影响城乡人口的年龄结构，而且人口城镇化的速度决定了城乡人口迁移的强度。为了较为准确地预测和判断以上三个方面的影响，我们引入迁移人口分年龄分布比例向量进行估算。

由系统 j_1 迁移到系统 j_2 的性别为 s 的迁移人口年龄分布比例向量为：

$$\vec{w}^s(t)^{(j_1\to j_2)}=\left[w_0^s(t)^{(j_1\to j_2)}w_1^s(t)^{(j_1\to j_2)}\cdots w_{99}^s(t)^{(j_1\to j_2)}w_{100}^s(t)^{(j_1\to j_2)}\right] \quad (4.14)$$

在 t 年性别为 s、年龄为 i 的由系统 j_1 迁移到系统 j_2 的人数：

$$R_i^s(t)^{(j_1\to j_2)}=N(t)^{j_1}m(t)^{(j_1\to j_2)}\frac{\lambda_m(t)^{(j_1\to j_2)}}{\lambda_m(t)^{(j_1\to j_2)}+100}w_i^s(t)^{(j_1\to j_2)} \quad (4.15)$$

从而可以得到性别为 s 的迁移人口分年龄分布人数向量为：

$$\overrightarrow{R}^s(t)^{(j_1 \to j_2)} = N(t)^{j_1} m(t)^{(j_1 \to j_2)} \frac{\lambda_m(t)^{(j_1 \to j_2)}}{\lambda_m(t)^{(j_1 \to j_2)} + 100} \overrightarrow{w}^s(t)^{(j_1 \to j_2)} \quad (4.16)$$

结合（4.5）式，我们可得系统 j_1 和系统 j_2 在人口迁移后的按年龄分布的人口总数向量及迁移方程为：

$$\begin{cases} m\overrightarrow{n}^s(t)^{j_1} = \overrightarrow{n}^s(t)^{j_1} - \overrightarrow{R}^s(t)^{(j_1 \to j_2)} \\ m\overrightarrow{n}^s(t)^{j_2} = \overrightarrow{n}^s(t)^{j_2} + \overrightarrow{R}^s(t)^{(j_1 \to j_2)} \end{cases} \quad (j_1 = 3, j_2 = 1 \text{ or } 2) \quad (4.17)$$

（4.17）式表示"乡—城"人口迁移，即只存在由乡村→城镇的人口迁移而不存在由城镇→乡村的人口逆流。

从人口预测模型的推导过程中，我们通过（4.17）式可得到在"乡—城"人口迁移状态下的未来全国人口分城、镇、乡，分年龄、性别的人口结构和人口总量。

4.3 "乡—城"人口迁移对农村社会人口老龄化及养老保障的影响分析

4.3.1 模型预测结果

人口老龄化作为 21 世纪人类发展的主要特征之一，已经引起全世界的关注。当 21 世纪钟声敲响的时候，中国已经进入世界人口老年型国家的行列。中国从 20 世纪 70—80 年代初出生率开始大幅度下降，到 21 世纪初迈入初期老龄化，过程不过二十多年，老年人口数量之大，发展速度之快，更是前所未有的。

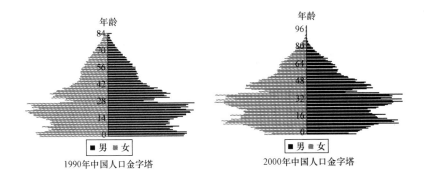

1990年中国人口金字塔   2000年中国人口金字塔

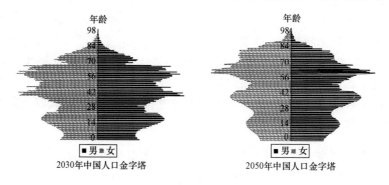

图 4 - 2 1990 年、2000 年、2030 年、2050 年中国人口金字塔

说明：1990 年数据来源于《1990 年中国人口统计年鉴》第 44 ~ 46 页，中国统计出版社，1991；2000 年数据来源于《中国 2000 年人口普查资料》第 570 ~ 572 页，中国统计出版社，2002；2030 和 2050 年数据源自本文预测数据。其中，受资料限制，1999 年年龄分布区间为 0 ~ 85 +，2000、2030 和 2050 年年龄分布区间均为 0 ~ 100 +。

　　从图 4 - 2 人口金字塔可以清楚地看出，从 2000—2050 年，中国社会人口老龄化程度在不断提高，特别是从 2030 年开始，老年人口的规模与比重呈快速上升趋势。

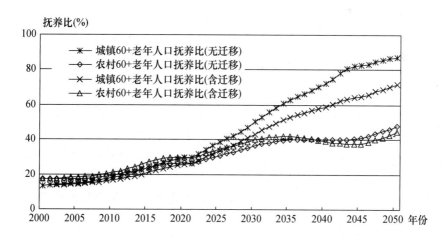

图 4 - 3 2000—2050 年"乡—城"人口迁移对中国城乡 60 + 老年人口抚养比的影响

在全社会人口老龄化的背景下，由于"乡—城"人口迁移，中国的城乡人口老龄化趋势将发生重大变化。从图 4－3 我们可以看出，在没有"乡—城"人口迁移的状态下，农村与城镇社会人口老龄化程度相差甚远，但是在"乡—城"人口迁移的状态下，城乡社会人口老龄化程度发生了根本性改变，城镇人口老龄化程度在逐渐减缓，而农村人口老龄化程度却在快速上升，甚至在 2020 年之前一度超过城镇人口老龄化程度。

4.3.2 "乡—城"人口迁移对农村社会人口老龄化的影响分析

"乡—城"人口迁移将会导致农村社会人口年龄结构严重失衡，对农村人口老龄化产生灾难性的影响。从图 4－3 可以看出，在无"乡—城"人口迁移的状态下，农村老年抚养比虽然也是呈向上的发展趋势，但增幅相对较缓慢；而在农村人口向城镇迁移之后，农村老年抚养比显示出快速上升的趋势，且高于无迁移时的状况。从 2008 年起，迁移后的农村老年人口抚养比将从 19.57% 快速上升到 2022 年的 30.28%，2031 年的 40.72%，2050 年的 44.59%，这也意味着在 2008 年将由五个经济活动人口赡养一位老年人，而到 2050 年将出现二个经济活动人口赡养一位老年人，届时农村人口老龄化程度将空前沉重。并且，同期迁移后的农村人口总抚养比也将快速上升，到 2052 年将达到 75.95%。

4.3.3 "乡—城"人口迁移对农村养老保障的影响分析

从养老金制度变迁史的角度看，社会养老保险制度替代家庭养老保障方式的时期正好与第一次人口转换时期是一致的，即 18 世纪的欧洲。而这个时期也正好与欧洲的工业化和城市化运动时期相一致。工业革命以前，子女有义务赡养他们年老的父母，从 19 世纪核心家庭、私有化和独立的新观念出现以后，这种义务就丧失了其重要性，结果使政府日益忙于为老年人提供财政资助和保健的便利条件。[①]

中国大规模的"乡—城"人口迁移的结果是，许多子女远离乡村成为城市工人，原来的扩展家庭走向小型化——核心家庭，子女也不再"稀罕"父母将会遗留给他们的土地和家庭财产，家族、邻里、兄弟间的

---

① 陈功：《我国养老方式研究》，北京大学出版社 2003 年版，第 119 页。

监督已经不再起约束和监督作用，代际空间距离的拉大也必然带来赡养方面的困难，城市生活的紧张节奏和高生活成本也使很多核心家庭难以顾及身在农村的年迈父母。因此，在工业化和城市化所带动的大规模"乡—城"人口迁移的影响下，中国传统的家庭养老保障模式的基础正在逐渐动摇，家庭已经难以担负起养老保障的责任，家庭养老保障功能正在逐步走向衰弱。

5 现收现付制应用于新型农村社会养老保险制度的可行性研究

5.1 研究背景

5.1.1 文献综述

我国农村社会养老保险制度在经过 20 多年的改革探索后，取得了一定的成果和经验。但到目前为止，该制度尚未在全国普遍推行和实施，不足以应付当前及未来农村养老保障的实际需要，严重滞后于经济社会发展。2007 年年底，全国有 31 个省、自治区、直辖市的 1905 个县（市、区、旗）不同程度地开展了新型农村养老保险试点工作，但仅有 5374 万农民参保[1]。据统计，农村社会保障覆盖率只有 3%，城乡社会保障覆盖率比例为 22:1，城乡人均社会保障费的比例为 24:1[2]，由此可以说我国农村缺乏真正意义上的社会养老保险制度。当前农村社会养老保险发展缓慢的主要原因，可以归纳为四个方面：一是在大部分地区农村集体经济难以提供补助的现实条件下，传统制度演变成了"个人储蓄保障"[3]；二是待遇水平偏低，允许从基金中提取管理费，管理混乱导致基金被挤占、挪用、贪污等现象时有发生，巨大的隐性损失直接威胁到传统制度的财务可持续性；三是部分地区实施的个人账户制试点工作难以推广，个人账户模

---

[1] 卢海元：《建立全覆盖的新型农村社会养老保险制度》，《农村工作通讯》2008 年第 2 期，第 42 页。

[2] 中国农业年鉴编辑委员会：《中国农业统计年鉴》，中国农业出版社 2005 年版，第 455 页。

[3] 刘峰：《农村养老保障制度建设路径探索》，《求索》2007 年第 2 期，第 44 页。

式"保富不保穷"的制度缺陷使穷人的福利进一步恶化[1]；四是农村社会养老保险没有专门的法律法规，资金来源、待遇标准、基金运营方式、管理主体缺乏统一规定，政策变化的随意性较大。

近几年来，随着城市化发展和人口老龄化加速，农村养老保障问题已经引起了学术界的广泛关注，部分学者开始探讨新型农村社会养老保险制度的具体模式，提出以政府补助建立普惠制养老金制度更适合现阶段中国农村社会养老保险[2]，并有学者通过精算预测论证了现收现付制比基金积累制更适合农村社会养老保险制度[3]，以及在低养老金标准下（年人均养老金东部地区为1500—2200元，中部地区为900—1300元，西部地区为700—1000元）2006年各级财政对农村普惠制养老金制度的补贴规模[4]。综观当前有关现收现付制农村社会养老保险制度的研究，或是从定性的角度给出的政策建议，或是从定量的角度对现收现付制与基金积累制的比较研究，普遍忽视了现收现付制的具体模式应用于农村社会养老保险的效应与可行性，财政补贴型农村社会养老保险制度中政府应采取怎样的补贴方式及补贴的规模与趋势如何？这也正是本研究需要回答的问题。

因此，本部分拟通过建立现收现付制养老金精算模型，测算在待遇补贴方式下的年度平衡模式、待遇补贴方式下的阶段式平衡模式和缴费补贴方式下的阶段式平衡模式三种精算方案下的农村社会养老保险缴费率、财政补贴规模，比较三种模式下财政补贴的未来趋势与农民承受能力，以期找到适合于中国新型农村社会养老保险制度的现收现付制具体模式和财政补贴方式。

---

① 陈志国：《发展中国家农村养老保障构架与我国选择》，《社会保障制度》2005年第5期。

② 林义：《农村社会保障的国际比较及启示研究》，中国劳动社会保障出版社2006年版；杨立雄：《建立非缴费的老年津贴——农村养老保障的一个选择性方案》，《中国软科学》2006年第2期；申策：《中国农村老年人最低社会养老金制度的必要性、可行性和可能的社会效益》，《中国农村经济》2006年第8期；陈志国：《发展中国家农村养老保障构架与我国选择》，《社会保障制度》2005年第5期；杨德清、董克用：《普惠制养老金——中国农村养老保障的一种尝试》，《中国行政管理》2008年第3期。

③ 刘万：《农村社会养老保险的财政可行性研究》，《当代财经》2007年第12期，第31页。

④ 杨德清、董克用：《普惠制养老金——中国农村养老保障的一种尝试》，《中国行政管理》2008年第3期，第57页。

5.1.2 现收现付制养老金制度的定义

在养老金的管理运行过程中，始终贯彻的基本原则是基金"收支平衡"。对于收支平衡原则，我们可以从两个角度来理解：一种是横向平衡，即保持精算期内费用总和收支相抵；另一种是纵向平衡，要求参保者在参保期间提取的资金积累总和与其在享受的养老金待遇总和的现值保持平衡。横向平衡形成现收现付制养老金筹资模式，纵向平衡形成基金积累制养老金筹资模式。

现收现付制是一种以横向收支平衡为指导原则的基金筹资方式，由养老保险经办机构预先测算出精算平衡期内所需支付的待遇总额，按照一定比例分摊到参保者，一般由用人单位和劳动者个人（或全部由用人单位）按工资总额的一定比例缴纳养老保险税（费），保证精算期内养老金制度收支平衡。

按照财务平衡的期限结构，现收现付制可以分为年度平衡和阶段式平衡两种模式。年度平衡模式是在一个财政年度内保持养老金制度收支相等；阶段式平衡模式则是在一个给定的周期内（大于一年）保持养老金制度的缴费与待遇相等，如美国的社会保障制度（OASDI）就是一个75年阶段式平衡的现收现付制制度，并且美国社会保障基金信托管理委员每年都做一个未来75年的精算预测。

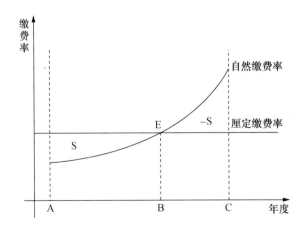

图 5-1 阶段式平衡的现收现付制养老金制度的收支平衡图

阶段式平衡模式本质上就是部分积累制，其缴费率是按照给定周期（AB）的老年人口抚养比厘定的。在精算周期的前期（AC），当老年人口抚养比较低的时候，厘定缴费率（平均缴费率）大于自然缴费率①，养老金制度将会产生部分基金积累（S）；在后期（CB），当老年人口抚养比较高的时候，厘定缴费率（平均缴费率）小于自然缴费率，制度将会出现基金缺口（-S），需由前期积累的基金来补足。

5.1.3 现收现付制养老金制度的政策目标与功能

（1）现收现付制养老金制度的理论前提

尽管从俾斯麦（Otto von Bismarck）时期开始，现收现付制养老金制度就已经存在，但第一个有助于从经济学角度理解现收现付制养老金制度的基本经济理论框架是由萨缪尔森（Paul A. Samuelson）于 1958 年发表的经典论文中构建的②。按照萨缪尔森模型，在一个两期叠代模型中（第一期工作，第二期退休），人口在每一期以比例 n 增长，经济体系中没有资本品，也没有私人养老储蓄，所有产品必须即期消费。在一个现收现付制养老金制度下，在职一代人转移其收入的 θ 份额给当前的退休者。萨缪尔森证明，这样一个制度安排将给每一代人一个等于人口增长率的隐性收益率，即萨缪尔森定义的"生物报酬率或自然增长率"。也就是说，如果现收现付制养老金制度的隐性收益率接近 $n+g$（实际工资增长率），则该制度就是有效的。因此，在缺乏任何持久的资本资产条件下，现收现付制养老金制度的引入是一个帕累托改进的政策。③

1966 年，阿伦（Henry J. Aaron）在《社会保险悖论》中曾经证明④，如果萨缪尔森的"生物报酬率"（人口增长率 + 实际工资增长率）大于市

---

① 自然缴费率实际上是年度平衡的现收现付制养老金制度的缴费率，是指在养老金受领人和参保缴费人已知的条件下，按照当年养老金待遇需求总额确定的当年需要征收的人均缴费额占缴费基数的比例。

② Samuelson, P., 1958, "An Exact Consumption Loan Modelof Interest With or Without the Social Contrivance of Money", *Journal of Political Economy* 66, pp. 467 – 482.

③ Feldstein, M. and Liebman J., 2001, "Social Security", NBER Working Paper 8451, p. 16.

④ Aaron J. Henry J., 1966, "The Social Insurance Paradox", *Canadian Journal of Economic and Politic Science* 32, pp. 371 – 372.

场利率，现收现付制养老金制度能够在代际之内进行帕累托有效的配置；基金积累制将会带来一个使各代的生命期效应都要减少的跨时配置。由此引发了对于现收现付制与基金积累制这两种养老金融资形式的福利效应的一场旷日持久的讨论。由于阿伦是把实际工资增长率和市场利率作为一个外生变量来对待的，因此他研究的经济体系被称为是一个小型的开放经济，而现收现付制养老金制度赖以达到帕累托有效的外生前提条件也被称为"阿伦条件"。即使在一个工资增长率和市场利率都是内生的封闭经济中，一个现收现付制养老金制度仍然可能存在帕累托有效配置，这一点在1975年由萨缪尔森证明[1]。现收现付制养老金制度在福利效应上能够进行帕累托改进的可能性，就从阿伦的小型开放经济进一步推广到了封闭经济当中。

但阿伦所得出的结论还需要一个隐含的前提：既然人口增长率、实际工资增长率和市场利率都是外生的或事先给定的，一个现收现付制养老金制度要想实现帕累托有效配置，制度的缴费率（或税率）也必须不随时间而变化。如果缴费率可能随时间而降低，那么"阿伦条件"就得不到满足，这样就把缴费率改变的情况排除在外了。

（2）现收现付制养老金制度的功能与政策目标

一个特定的养老金制度可以由几方面的要素结合在一起而产生一个基本的制度框架。然而不同养老金制度的再分配功能是不同的。代际再分配是从代际交换中产生的，在代际的货币或物质交换过程中，受经济、人口或社会因素的影响，代际交换可能是"不平等"的，即某一代人的"贡献"大于"受益"，成为"净贡献者"；而另一代人则"受益"大于"贡献"，成为"净受益者"。不同养老金制度中所隐含的代际再分配关系是不同的，包括代际之间的转移、代内转移和跨时转移。这三种转移形式体现在养老金制度中，便产生了三种代际再分配形式，即代际再分配、代内再分配和跨时再分配。

代际再分配是指通过养老金制度的调节，收入在不同代人之间进行又一次分配；一般有利于社会经济地位较弱的一代人，即从青年一代向老年

---

① Samuelson, P., 1975, "Optimum Social Security in a Life - Cycle Growth Model", *International Economic Review*16, pp. 539 - 544.

一代的财富再分配。因此，人口年龄结构的变化对代际再分配会产生影响。代内再分配是指同一代人之中收入再分配过程。同一代人虽然出生在相同或相邻时期，但经过一段社会化过程之后，人与人之间的社会、经济地位截然不同。单从经济地位角度来说可以分为高收入阶层和低收入阶层。养老金制度的功能之一就是可以使不同收入"均等化"，即财富由高收入者向低收入者适当地转移，以促进社会公平。跨时再分配是指通过养老金制度安排实现个人收入在不同时期内尽量均匀化。对同一代人而言，他们在年轻时期年富力强，收入呈不断增加的趋势，而一旦达到退休年龄，其竞争力明显下降，收入锐减。因而人的一生或一代人在生命周期的不同阶段的收入水平不是均匀分布的。养老金制度的功能之一便是相对抑制收入高峰期的"多余"消费量，形成"强制性储蓄"，将其转移到年老退休时来消费。

现收现付制养老金制度往往是通过受益基准制方式实施的。即根据当期养老金给付需求确定筹资规模，根据一个预先确定的工资替代率（养老金/社会平均工资）来厘定统一的缴费率［养老保险税（费）/工资水平］。

采取现收现付制形式的公共账户养老金制度实行以支定收，实现社会收入的代际再分配和代内再分配。一般来说，个人账户养老金制度往往与基金积累制相结合。因为个人账户养老金制度强调个人账户上养老金缴费的产权归职工个人所有，所以其不具有代内再分配和代际再分配功能，只具有跨时再分配功能，因而具有很强的激励效应。但是，自从瑞典（1994）和意大利（1995）创建了现收现付制名义账户制度（NDC）之后，现收现付制与个人账户首次出现了结合，其目的是为了通过个人账户在现收现付制中引入缴费激励。目前这项制度已经成为欧洲大陆国家解决当前现收现付制养老金制度存在问题的最有意义的方式。

虽然统一受益（含财富审查）与收入关联都是从养老金给付对受益者影响的角度来实施的制度安排。但统一受益（含财富审查）和收入关联存在着很大的差异：统一受益（含财富审查）是将养老金受益与个人的其他收入联系起来，是一种负向关联，受益者的其他收入越高，那么他所能得到的养老金受益就会越少。一般情况下会通过财富申报和入户调查的方式，掌握受益者的其他收入来源和额度，如房产租金、证券红利与股息、社会捐赠等，其他收入越高，受益者获得的统一受益养老金越低。统一受益的现收现付制制度以这种方式来缩小实际收入差别比较大的不同受益者之间的实际生活水平的差距。收入关联却是一种正向的关联，通常情况下，参与者在工作期间的所谓"最好时期"的平均劳动收入越高，那么其所得养老金受益也就越多，从而强化养老金受益与职工个人缴费之间的关联度，增强制度的激励效应。

表 5-1   现收现付制养老金制度安排按产权结构划分

按产权结构划分	公共账户（社会统筹）	现收现付制的公共账户养老金制度实现收入的代际转移和代内转移
	个人账户	个人账户现收现付制与个人账户的结合形成了名义账户制度，其实质仍然是现收现付制，但通过引入个人账户，增强了缴费与受益之间的适度关联
按养老金受益的发放方式划分	统一受益	维持最低生活标准，一般会附带财富审查机制
	收入关联	养老金收入与受益者以前收入成正比
按给付刚性划分	受益基准制	受益基准制的现收现付制养老金制度以个人退休前收入最高的一段时期的平均工资收入为标准计发养老金

5.2 现收现付制养老金精算模型

5.2.1 模型假定与符号约定

（1）模型假定：采取受益基准制方式的现收现付制农村社会养老保险制度

假定新型农村社会养老保险制度采取受益基准制方式的现收现付制，即按照承诺的养老金待遇标准给付养老金。从养老金给付刚性的角度来说，现收现付制养老金制度往往是通过受益基准制方式实施的，两者的结合具有一定的天然性。既然养老金待遇是预先承诺的，也就是说在在职人口与退休人口已知的假设前提下，养老金待遇支出规模是既定，那么为维持养老金制度财务平衡，需要对养老金制度缴费率进行不断调整。

（2）符号约定

N_t^a 表示 2007 + t 年参保农民总人数，$t = 1$，2，3，…；

N_t^r 表示 2007 + t 年领取养老金的农民总人数，$t = 1$，2，3，…；

$_1p_t^a$ 表示 t 年参保农民存活到 $t + 1$ 年的总存活概率；

$_1p_t^r$ 表示 t 年领取养老金的农民存活到 $t + 1$ 年的总存活概率；

i 表示利率；

W 表示基期农民人均纯收入；

g 表示农民人均纯收入增长率；

α 表示养老金替代率；

β_t 表示 t 年的自然缴费率；

δ 表示精算周期内厘定缴费率；

γ 表示养老保险基金名义投资收益率。

5.2.2 现收现付制养老金精算模型

（1）年度平衡的现收现付制精算模型

精算周期为 θ 年的参保农民缴费总额：

$$
\begin{aligned}
TS &= S_1 + S_2 + \cdots + S_\theta \\
&= \beta_1 W N_{01}^a p_0^a + \beta_2 W (1 + g) N_{01}^a p_{01}^a p_1^a + \cdots + \beta_\theta W (1 + g)^{\theta-1} N_0^a \prod_{t=11}^{\theta} p_{t-1}^{a} \\
&= W \sum_{t=1}^{\theta} \beta_t (1 + g)^{t-1} N_0^a \prod_{j=1}^{t} {}_1p_{j-1}^a
\end{aligned}
\tag{5.1}
$$

精算周期为 θ 年的养老金支出总额：

$$
\begin{aligned}
TP &= P_1 + P_2 + \cdots + P_\theta \\
&= \alpha W N_{01}^r p_0^r + \alpha W (1 + g) N_{01}^r p_{01}^r p_1^r + \cdots + \alpha W (1 + g)^{\theta-1} N_0^r \prod_{t=1}^{\theta} p_{j-1}^r \\
&= \alpha W \prod_{t=1}^{\theta} (1 + g)^{t-1} N_0^r \prod_{j=1}^{t} {}_1p_{j-1}^r
\end{aligned}
\tag{5.2}
$$

根据年度平衡的现收现付制模式的原则：$S_t = P_t$

即有 $TS = TP$

我们可以得到养老金替代率 α 与自然缴费率 β_t 的一般关系式

$$\beta_t = \alpha \frac{N_t^r}{N_t^a} = \frac{N_0^r \prod_{j=1}^{t} {}_1 p_{j-1}^r}{N_0^a \prod_{j=1}^{t} {}_1 p_{j-1}^a} \qquad (t = 1, 2, 3, \cdots, \theta) \qquad (5.3)$$

（2）阶段式平衡的现收现付制精算模型

在阶段式平衡的模式下，需要计算精算周期内的厘定缴费率。由于人口抚养比不断变化，结果是自然缴费率会逐年变化，为保持精算周期内缴费率相对稳定，必须厘定出精算周期内的平均缴费率。按照精算周期内厘定缴费率，当厘定缴费率大于自然缴费率时，制度出现基金积累；当厘定缴费率小于自然缴费率时，制度出现基金赤字，这时用基金积累填补赤字，实现精算周期内基金财务平衡。

在此，我们模拟一个人口抚养比不断增长的老龄型社会中的阶段式平衡的现收现付制养老金制度。在精算周期的前期，制度会出现基金积累，并通过基金投资获取投资收益；在精算周期的后期，制度会出现基金赤字，用前期基金积累填补后期基金赤字。

假设阶段式平衡的养老金制度的年度收支平衡点，也即厘定缴费率与自然缴费率的交点出现在 $2007 + c$ 年，且只有一个交点，由此整个精算周期可以划分为三个阶段：

$$\begin{cases} 精算盈余期 \rightarrow \beta_t < \beta_c = \delta \\ 精算平衡点 \rightarrow \beta_t = \beta_c = \delta \\ 精算赤字期 \rightarrow \beta_t > \beta_c = \delta \end{cases}$$

在精算盈余期，基金积累呈现两个方面的特征：

第一，随着积累期的延长，基金积累规模不断增大；

第二，随着 $\beta_t \rightarrow \delta$ 的不断趋近，年度盈余额逐渐减少，基金积累总额的增幅逐渐趋缓。

在精算平衡点，盈余期的基金积累总额将达到极大值。

在精算赤字期，基金积累同样呈现出两个方面的特征：

第一，随着赤字期的延长，基金积累总量不断缩小；

第二，随着 $\beta - \delta$ 差额的不断增大，年度赤字额逐渐增加，基金积累总额的降幅将逐渐增大，直至在精算期末降为 0。

因此，在考虑基金积累的投资收益情况下，当 $\beta_t \leqslant \delta$ 时，即 $0 \leqslant t \leqslant c$，基金积累及其投资收益不断增加，其总额为：

$$V_{1-c} = V_1 + V_2 + \cdots + V_c$$

$$= (S_1 - P_1)(1+r)^{c-1} + (S_2 - P_2)(1+r)^{c-2} + \cdots + (S_{c-1} - P_{c-1})(1+r) + (S_c - P_c)$$

$$= (\delta W N_{01}^a p_0^a - \alpha W N_{01}^r p_0^r)(1+r)^{c-1} + (\delta W N_{01}^a p_{01}^a p_1^a - \alpha W N_{01}^r p_{01}^r p_1^r)(1+g)(1+r)^{c-2} + \cdots + (\delta W N_0^a \prod_{j=1}^{c-1} {}_1 p_{j-1}^a - \alpha W N_0^r \prod_{j=1}^{c-1} {}_1 p_{t-1}^r)(1+g)^{c-2}(1+r) + 0$$

$$= W \sum_{t=1}^{c} (\delta N_0^a \prod_{j=1}^{t} {}_1 p_{j-1}^a - \alpha N_0^r \prod_{j=1}^{t} {}_1 p_{j-1}^r)(1+g)^{t-1}(1+r)^{c-t} \tag{5.4}$$

当 $\beta_t > \delta$ 时，即 $c < t \leqslant \theta$，由于出现用前期基金积累填补后期基金赤字，基金积累及其投资收益逐渐减少，其年度结余额分布为：

$$\begin{cases} V_{c+1} = [V_{1-c} + (S_{c+1} - P_{c+1})](1+r) \\ V_{c+2} = [V_{c+1} + (S_{c+2} - P_{c+2})](1+r) \\ \qquad\qquad \vdots \\ \qquad\qquad \vdots \\ V_{\theta-1} = [V_{\theta-2} + (S_{\theta-1} - P_{\theta-1})](1+r) \\ V_\theta = V_{\theta-1} + (S_\theta - P_\theta) \end{cases}$$

即：

$$V_\theta = V_{1-c}(1+r)^{\theta-c-1} + (\delta W N_0^a \prod_{j=0}^{c} {}_1 p_j^a - \alpha W N_0^r \prod_{j=0}^{c} {}_1 p_j^r)(1+g)^c(1+r)^{\theta-c-1}$$

$$+ (\delta W N_0^a \prod_{j=0}^{c+1} {}_1 p_j^a - \alpha W N_0^r \prod_{j=0}^{c+1} {}_1 p_j^r)(1+g)^{c+1}(1+r)^{\theta-c-2} + \cdots$$

$$+ (\delta W N_0^a \prod_{j=0}^{\theta-2} {}_1 p_j^a - \alpha W N_0^r \prod_{j=0}^{\theta-2} {}_1 p_j^r)(1+g)^{\theta-c-2}(1+r)$$

$$+ (\delta W N_0^a \prod_{j=0}^{\theta-1} {}_1 p_j^a - \alpha W N_0^r \prod_{j=0}^{\theta-1} {}_1 p_j^r)(1+g)^{\theta-c-1} = V_{1-c}(1+r)^{\theta-c-1}$$

$$+ W \sum_{t=c+1}^{\theta} (\delta N_0^a \prod_{j=1}^{t} {}_1 p_{j-1}^a - \alpha N_0^r \prod_{j=1}^{t} {}_1 p_{j-1}^r)(1+g)^{t-1}(1+r)^{\theta-t}$$

$$= W(1+r)^{\theta-c-1} \sum_{t=1}^{c} (\delta N_0^a \prod_{j=1}^{t} {}_1 p_{j-1}^a - \alpha N_0^r \prod_{j=1}^{t} {}_1 p_{j-1}^r)(1+g)^{t-1}(1+r)^{c-t} + W \sum_{t=c+1}^{\theta} (\delta N_0^a \prod_{j=1}^{t} {}_1 p_{j-1}^a - \alpha N_0^r \prod_{j=1}^{t} {}_1 p_{j-1}^r)(1+g)^{t-1}(1+r)^{\theta-t}$$

$$= W \sum_{t=1}^{\theta} (\delta N_0^a \prod_{j=1}^{t} {}_1 p_{j-1}^a - \alpha N_0^r \prod_{j=1}^{t} {}_1 p_{j-1}^r)(1+g)^{t-1}(1+r)^{\theta-t} \tag{5.5}$$

根据阶段式平衡的特点，$V_\theta = 0$，即：

$$W \sum_{t=1}^{\theta} \left(\delta N_0^a \prod_{j=1}^{t} {}_1 p_{j-1}^a - \alpha N_0^r \prod_{j=1}^{t} {}_1 p_{j+1}^r \right) (1+g)^{t-1} (1+r)^{\theta-t} = 0$$

化简方程，得：

$$\delta \sum_{t=1}^{\theta} (1+g)^{t-1} (1+r)^{\theta-t} N_0^a \prod_{j=1}^{t} {}_1 p_{j-1}^a - \alpha \sum_{t=1}^{\theta} (1+g)^{t-1} (1+r)^{\theta-t} N_0^r \prod_{j=1}^{t} {}_1 p_{j-1}^r = 0$$

$$\delta = \frac{\alpha N_0^r \sum_{t=1}^{\theta} (1+g)^{t-1} (1+r)^{\theta-t} \prod_{j=1}^{t} {}_1 p_{j-1}^r}{N_0^a \sum_{t=1}^{\theta} (1+g)^{t-1} (1+r)^{\theta-t} \prod_{j=1}^{t} {}_1 p_{j-1}^a} \tag{5.6}$$

由（5.3）式可得到厘定缴费率 δ 与自然缴费率 β_t 的关系式为：

$$\delta = \frac{\sum_{t=1}^{\theta} (1+g)^{t-1} (1+r)^{\theta-t} \beta_t \prod_{j=1}^{t} {}_1 p_{j-1}^r}{\sum_{t=1}^{\theta} (1+g)^{t-1} (1+r)^{\theta-t} \prod_{j=1}^{t} {}_1 p_{j-1}^a} \tag{5.7}$$

5.3 参数假设与精算方案

5.3.1 参数假设

（1）人口资料利用附表中的"乡—城"人口迁移预测数据

本书精算过程中使用的 2008—2052 年农村养老保险参保人数与退休人数（见附表2）是基于 2000 年"五普"人口数据、2005 年全国 1% 人口抽样调查数据和《中国人口统计年鉴》公布的 2001—2005 年的人口数据，在对相关参数进行假定之后测算得出。

由于当前没有合适的农村分年龄人口统计数据，也没有现存的农村人口预测数据，因此本书采用 2000 年"五普"人口数据作为未来农村人口预测的基础数据。当然，以"五普"数据作为预测的基础数据有可能导致农村老年抚养比被高估，进而影响到本书中农村人口预测结果的精确性。在此需要说明的是，2008—2052 年农村养老保险参保人数和退休人数只是预测数据，并不能代表实际的运行情况，而本书的结论是一种判断性指标，而非实际评估，人口数据的精确性对论证结论没有实质性影响。

（2）假定阶段式平衡的现收现付制养老金制度的精算周期为 45 年

本书假定阶段式平衡的现收现付制养老金制度的精算周期为 45 年（2008—2052 年），其中平均缴费期为 30 年，农村人口 60 岁时的平均预期余命为 15 年。30 年平均缴费期是考虑到农民参保年龄难以统一，且参保期间部分参保农民将会出现断保、提前退保、退休前去世等不确定因素，因此将参保缴费期统一为 30 年，也即从 30 岁开始参保缴费直到 60 岁退休，参保期间缴费不中断；15 年农村人口平均预期余命是基于"乡—城"人口迁移的预测数据。在此需要说明的是，本书所做农村人口生命表中得到 60 岁农村人口的取整余命，男性为 16 年，女性为 19 年，而这里的 15 年假设实际上是指参保农民的平均养老金领取年限。事实上，设定 45 年的精算周期只是为了测算和寻找厘定缴费率（平均缴费率）的需要，并不影响到计算过程，在实际计算过程中依然按照"乡—城"人口迁移预测中的分年龄人口数据。

（3）缴费基数与计发基数为上年农民人均纯收入

对于城镇正规就业人员而言，其基本养老保险的缴费基数和计发基数都比较好确定，因为职工的工资是定期支付的；当前对于城镇个体工商户和灵活就业人员，采取了以当地上年度在岗职工平均工资为缴费基数和计发基数。与城镇个体工商户和灵活就业人员一样，农民的收入也不可能以工资的形式体现，为便于计算和管理，本书以上年度农民人均纯收入为缴费基数和计发基数。以上年度农民人均纯收入为缴费基数和计发基数，一方面是因为人均纯收入是一个当前最容易获取的标准，另一方面是人均纯收入已经在缴费和待遇支付中考虑到了农民收入增长的因素。本书测算基年的缴费基数和计发基数均为 2007 年农民人均纯收入 4140 元。[①]

（4）农民人均纯收入采用名义增长率

农民人均纯收入年均增长率按照以下原则设定：国内外经济学家一致认为中国的人口红利还将持续大约 15 年，未来 15 年左右，中国经济仍将得益于人口红利而高速增长，职工工资和人均纯收入也将保持较高的增长

---

① 宋修伟：《2007 年农民人均纯收入达 4140 元比上年实际增长 9.5%》，载《农民日报》2008 年 1 月 25 日，转引自农业部中国农业信息网（http：//www. agri. gov. cn/xxlb/t20080125_961295. htm）。

速度，所以基准方案中名义增长率按照 2008—2010 年为 8%，2011—2020 年为 6% 设定。按照国民经济与社会发展规划，到 21 世纪中叶，我国经济发展水平将达到中等发达国家水平，因此 2021—2050 年的名义增长率按照中等发达国家人均收入水平设定为 4%。[①]

（5）财政补贴比例为参保农民缴费标准或参保农民养老金待遇的 50%

非缴费型养老金制度是多数发达国家正在实行的和当前我国部分发达地区农村社会养老保险制度正在试点的模式，这也意味着财政全额补贴方式只有在经济发达水平较高的国家和地区才具有可行性。由于我国地区经济发展水平非常不平衡、差异较大，当前采取非缴费型养老金制度是不现实的，因此本研究的测算采取财政向新型农村社会养老保险制度提供相当于参保农民缴费率或参保农民养老金待遇 50% 的补贴。

（6）新型农村社会养老保险制度的目标替代率设定为上年度农民人均纯收入的 30%

现收现付制最低养老金制度与最低生活保障制度以为农村老年人提供最基本的生活保障的共有目标而紧密的结合了起来，因此其养老金标准的确定需要参考农村最低生活保障标准。2007 年全国已实施农村最低生活保障制度的地区平均最低生活保障标准为年人均 1000 元左右，最低为 600 多元，最高为 2000 多元。[②] 然而，基本养老保险因其部分资金来源于参保农民缴费这一不同于最低生活保障资金完全由财政负担的特性及其保险性质，决定了其标准要高于最低生活保障标准。因此，本书按照 2007 年农民人均纯收入为 4140 元，设定 2008 年的养老金替代率为 30%，即年平均约为 1200 元。

（7）平均"退休年龄"为 60 岁

基本养老保险基金的变动除受抚养比和人口年龄结构的变化影响外，还有一个非常重要的因素——退休年龄。然而，由于农村社会养老保险制度的缺失，我国并没有关于农村居民"退休年龄"的统一规定。由于农

---

① 可以参见世界银行养老金专家冼懿敏关于中国城镇基本养老保险制度的养老金债务测算中有关参数假设。Yvonne Sin："China Pension Liabilities and Reform Options for Old Age Insurance"，The World Bank，Paper No. 2005 – 1p. 22，May 2005.

② 《农村最低生活保障政策问答》，2007 年 5 月 22 日，农业部中国农业信息网（http://www. agri. gov. cn/ztzl/t20070522_ 820194. htm）。

业生产部门的本质属性，农村居民退出劳动者行列的时间与其自身身体健康状况直接相关，因此，农村居民的"退休年龄"存在很大的差异性。事实上，在我国广大农村普遍存在着高龄农民仍然从事农业生产的现象，这与农村养老保障体系不够健全和农村青壮年劳动力迁移到城镇存在不可分割的关系。因此，农村居民的"退休年龄"是无法精确给出的，为了测算的需要，本书假定农民平均"退休年龄"统一为 60 岁。

（8）利率为 3%

按照历年金融机构法定存款利率按执行月份进行加权平均可以得到平均年利率为 7.9%，这显然也不符合未来的发展可能。由于改革开放二十多年中国经济高速发展以及财政政策、货币政策的作用，我国的法定存款利率进行过若干次调整，特别是 1997 年中国经济"软着陆"之前，金融机构一直实行较高的法定存款利率，因此以历年平均年利率作为参数显然不具代表性。按照成熟经济的实践，金融机构法定存款利率一般不超过 5%，本书所选 3% 正是基于中国经济趋于成熟的考虑。①

（9）名义投资收益率为 4%

我国对基本养老保险基金的投资运营有非常严格的规定，基本养老保险基金结余额除预留一定的支付费用外，应全部用于购买国债券和存入专户，严禁投入其他金融和经营性事业。因此，新型农村社会养老保险基金在建立的相当长时期内可能将面临严格的投资限制和风险控制，对其投资收益率的确定主要是以同期长期国债利率和协议存款利率作为参考。本研究设定 4% 的较低投资收益率正是基于这个方面的考虑。同时，此参数设定也参考了"中国养老保险基金测算与管理"课题中的 4% 的假设投资回报率。②

（10）养老金制度的所有缴费与待遇均为年初值

城镇基本养老保险制度的缴费和待遇发放是以月为周期的，然而由于农业经济的周期性特点，农民收入在年度内的分布是极不均衡的，因此按

---

① 可以参见世界银行养老金专家冼懿敏关于中国城镇基本养老保险制度的养老金债务测算中有关参数假设。Yvonne Sin: "China Pension Liabilities and Reform Options for Old Age Insurance", The World Bank, Paper No. 2005 – 1p. 22, May 2005.

② 劳动保障部法制司、社会保险研究所、博时基金管理有限公司:《中国养老社会保险基金测算与管理》，经济科学出版社 2001 年版，第 209 页。

月缴费难以实施。考虑到测算的需要，本书假设养老金待遇的发放与缴费周期都以年为单位，且均发生在年初。事实上，年度内发生的养老金待遇支出也需要在年初拟做投资规划的养老保险基金中提前扣减。

5.3.2 精算方案

与年度平衡和阶段式平衡模式相结合，存在养老金缴费补贴和待遇补贴两种财政补贴方式。本书将采取以下三种精算方案，分别研究年度平衡模式和阶段式平衡模式下，财政提供相当于缴费率50%比例的缴费补贴或待遇补贴的规模与增长趋势。

（1）精算方案1：年度平衡的现收现付制养老金制度（待遇补贴）

方案1将测算在年度平衡模式下，自然缴费率和50%财政补贴后的自然缴费率的变化情况。在年度平衡模式中，自然缴费率受人口年龄结构或老年人口抚养比变化的影响较大，当老年人口抚养比升高时，为保证制度精算平衡，自然缴费率也应随之增大；反之则减小。由于年度平衡模式是保持养老金制度的缴费与待遇在一年内相等，没有基金结余或赤字，这也就意味着在年度平衡模式下只存在对养老金待遇进行补贴的方式。

（2）精算方案2：阶段式平衡的现收现付制养老金制度（待遇补贴）

方案2将测算阶段式平衡模式下，在假定财政提供各年养老金待遇50%的补贴后的厘定缴费率及在此基础上财政每年提供的待遇差额补贴的规模与趋势。阶段式平衡模式意味着在精算周期内实现养老金制度缴费与养老金待遇总额相等。因此必须通过精算平衡公式厘定出精算周期内的平均缴费率。由于假设采取财政提供50%待遇补贴，财政补贴后的厘定缴费率即为参保农民厘定平均缴费率。当参保农民厘定缴费率大于自然缴费率时，制度出现基金盈余，此时无需财政补贴；反之，财政提供待遇补贴填补基金赤字缺口，制度不会形成基金积累。

（3）精算方案3：阶段式平衡的现收现付制养老金制度（缴费补贴）

方案3将测算阶段式平衡模式下，财政提供50%缴费补贴后的厘定缴费率及财政补贴规模与趋势。按照厘定缴费率征收制度缴费，当厘定缴费率大于自然缴费率时，制度将会出现基金盈余，应通过投资运营获得投资收益；当厘定缴费率小于自然缴费率时，制度将会出现基金赤字，用前期盈余填补赤字缺口。

方案 3 与方案 2 的区别在于前者是对养老金制度缴费进行补贴，后者是对养老金待遇进行补贴。对缴费进行补贴意味着不论制度是否有盈余或缺口，财政都按照既定标准进行补贴（即使是在精算周期的前期由于老年人口抚养比较低导致养老金制度出现精算盈余的条件下），那么在精算周期的前期该模式将形成大量的可用于投资运营的养老基金积累；对待遇进行补贴意味着只有当养老金制度出现精算赤字时财政才向制度提供补贴，那么在整个精算期内养老金制度都不会出现基金积累，也不可能存在养老基金投资问题。

5.4　结论与政策建议

5.4.1　实证结果与经验分析

（1）精算方案 1 下的自然缴费率

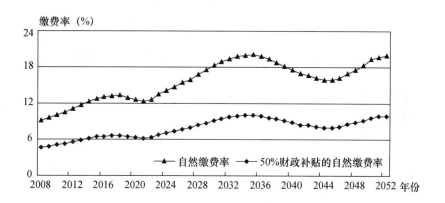

图 5-2　精算方案 1 下的自然缴费率与 50% 财政补贴比较

图 5-2 显示了在人口老龄化的背景下，随着农村人口老龄化程度不断提高，养老金制度的自然缴费率呈现出不断调整且逐步上升的态势，在不到 30 年的时间里翻了一番。按照方案 1，在制度建立的初期，人口老龄化程度较低，自然缴费率也最低，其中 2008 年和 2009 年分别为 9.2% 和 9.6%；但随着人口老龄化程度的提高，参保缴费人数相对下降和参

保退休人数相对增加，制度内抚养比不断攀升，为维持制度目标替代率，自然缴费率也相应提高，到 2035 年达到最高 20%；与之相对应的是，在财政提供 50% 的待遇补贴之后，参保农民自然缴费率相应地下降一半。

（2）精算方案 2 下的厘定缴费率

从图 5 - 3 可以看出，精算方案 2 下的厘定缴费率（16.3%）为从中间横穿自然缴费率的一条水平直线。在精算周期的前期（2008—2028年），厘定缴费率大于自然缴费率，制度出现基金积累；在精算周期的后期（2029—2052 年），除 2043—2046 年四年的厘定缴费率略高于自然缴费率外，其余年份的厘定缴费率都明显低于自然缴费率，制度出现基金缺口。因此，从制度设计的角度来看，不考虑投资收益，2008—2028 年期间的基金积累规模与 2029—2052 年期间的基金缺口规模应该正好相等，从而实现精算周期内制度财务平衡。

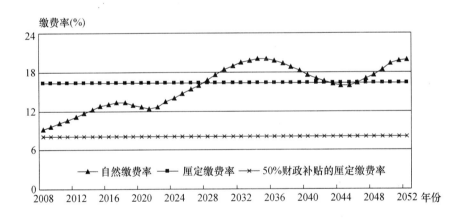

图 5 - 3　精算方案 2 下的厘定缴费率与自然缴费率比较

但是，在财政向制度提供 50% 待遇补贴后，厘定缴费率从 16.3% 降为 8.15%，并且待遇补贴后的厘定缴费率始终低于自然缴费率，这也意味着财政补贴的实际标准为自然缴费率与财政补贴后的厘定缴费率之间的差，财政补贴总额呈现出从前期非常少或无需补贴到后期大幅增长的趋势。

（3）精算方案3下的厘定缴费率

从图5-4我们可以看出，精算方案3下的厘定缴费率（15.1%）同样为从中间横穿自然缴费率的一条水平直线。在精算周期的前期（2008—2026年），厘定缴费率大于自然缴费率，制度出现基金积累；在精算周期的后期（2027—2052年），厘定缴费率低于自然缴费率，制度出现基金缺口。由于精算方案3考虑到了养老基金投资运营，因此从图5-4中可以清楚地看到，在2008—2026年间自然缴费率与厘定缴费率包围的区域明显小于在2027—2052年间自然缴费率与厘定缴费率包围的区域，这得益于现值近19000亿元的养老基金积累与投资收益，其中养老基金积累现值10172亿元，投资收益现值8828亿元。

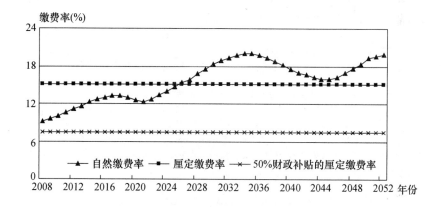

图5-4 精算方案3下的厘定缴费率与自然缴费率比较

按照精算方案3的设计，财政将向养老金制度提供50%的缴费补贴，这也就意味着政府和参保农民将分别按照7.55%缴费率标准向养老金制度供款，财政补贴的实际标准即为缴费补贴后的厘定缴费率与无补贴的厘定缴费率之间的平行区域，并且在精算周期内补贴缴费率标准保持不变，但财政补贴总额将随缴费基数——农民人均纯收入增长而缓慢增加。

（4）三种精算方案的比较

①三种精算方案下财政补贴的趋势比较

从图5-3与图5-4的比较可以看出，在同样是由财政提供厘定缴费率 50% 的补贴的前提下，方案 2 与方案 3 的厘定缴费率与补贴后的参保农民厘定缴费率出现了明显的变化。方案 3 的厘定缴费率和参保农民厘定缴费率都明显降低，分别为 15.1% 和 7.5%；与此相对应的是，方案 3 的积累期与缺口期的转换时点也由 2028 年提前到 2026 年。

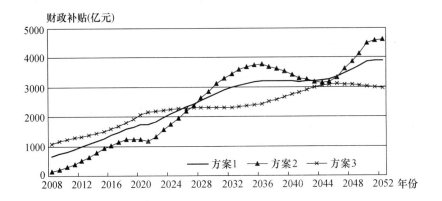

图 5 – 5   三种精算方案下的财政补贴规模

图 5 – 5 显示了在同样是由财政提供自然缴费率和厘定缴费率 50% 的补贴的前提下，三种精算方案下 2008—2052 年期间历年财政补贴总额（当期值）都呈现出前期补贴数额较少，后期补贴规模较大的特征。从表 5 – 2 三种精算方案下财政补贴的现值总额的比较来看，方案 2 最小，方案 3 次之，方案 1 最大。方案 2 的财政补贴总现值最小的原因是，制度中后期规模较大的养老金支出额贴现到基年的现值相对显得较少。

表 5 – 2　　　　　**三种方案下 2008—2052 年财政补贴规模比较**　　　单位：亿元

	方案	1	2	3
	总现值	53159	50048	52055
	年均	2469	2469	2284
当期值	最大值（年份）	3905（2052）	4611（2052）	3109（2046）
	最小值（年份）	663（2008）	152（2008）	1086（2008）

②三种精算方案下财政和参保农民负担的比较

从图5－5和表5－2中对三种方案财政补贴当期值的比较可以发现，三种方案均呈现出不断上升的态势，且方案2波动最为剧烈，方案1与方案2的最大值分别是最小值的5.9倍、30.3倍，而方案3仅为2.9倍。图5－6中比较了三种方案下当期值和现值的均值及标准差，三种方案在均值几乎相等的情况下，标准差差异明显，在财政年度补贴规模波动性上的差别显而易见。

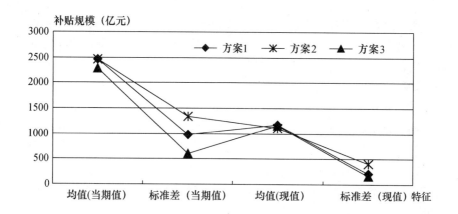

图5－6 三种精算方案下财政补贴规模波动情况比较

从财政负担的角度看，三种方案下无论是现值还是当期值，财政补贴的年均值相差并不明显，然而从整个测算期来看，剧烈波动的方案1与方案2显然不利于制度的财务可持续性，尽管在前期财政负担较轻，但在后期却异常沉重。与此同时，由于方案1和方案2下的财政补贴规模（财政负担）除了受参保农民人均纯收入增长率的影响之外，还会受到农村老年人口抚养比、贴现率等参数的影响，这将使各级政府未来财政负担具有不确定性。而方案3显然更优化：一是由于整个精算期内财政补贴缴费率是固定的，各级财政未来补贴规模可以通过观察农民人均纯收入增长率的变化而得到合理预期，财政负担的变化受其他参数假定的影响较小；二是"未雨绸缪"式的基金储备换来的是后期比较轻松的财政负担，更有利于形成稳定的制度化的财政补贴机制。

从参保农民缴费负担的角度看，方案 1 的缴费率是农民难以接受和难以承担的，同时，由于在实际执行过程中需要随着老年人口抚养比变化而非收入增长水平变化不断调整缴费率，可能出现养老金制度缴费较高而参保农民缴费能力不足的矛盾，势必严重影响当期财务平衡；方案 2 和方案 3 提供的厘定平均缴费率是农民既能够接受也可以承担的，但方案 2 下由于没有基金积累和投资运营，致使其厘定缴费率明显高于方案 3。

5.4.2　政策含义

在预期大规模农村劳动力向城镇迁移和农村人口老龄化加速的背景下，政府必须在农村人口老龄化高峰来临之前做好应对准备，建立完善的现收现付制新型农村社会养老保险制度。

第一，对农村社会养老保险制度实行财政补贴是政府应尽的义务和广大农民应享受的保障权利。政府应重新定位在农村养老保险中的责任与义务，建立以财政补贴为主导的新型农村社会养老保险制度，促进农村社会保障事业的发展。

第二，建议采取方案 3 作为新型农村社会养老保险制度的基础支柱。通过精算方案的比较结论可知，方案 3 更适合中国的农村社会养老保险制度。

第三，考虑到建立覆盖城乡居民的社会保障体系的战略要求，作为基础支柱的现收现付制农村社会养老保险制度在制度设计上应考虑与城镇基本养老保险制度中的社会统筹账户的衔接与并轨。

第四，配套建立完善的农村社会养老保险基金投资管理制度与严格定量限制的基金监管制度。方案 3 优于方案 2 的关键在于：在精算周期的前期出现大量可用于投资运营的积累基金。

6 基金积累制应用于新型农村社会养老保险制度的可行性研究

6.1 研究背景

6.1.1 文献综述

对于新型农村社会养老保险制度的具体模式，当前专家学者们普遍的观点认为：农村社会养老保险制度应以非缴费型的现收现付制为基础支柱或第一支柱，在此基础上建立一个基金积累制个人账户制度形成多支柱养老保险体系[①]；部分学者提出只建立基金积累制的个人账户模式[②]，也有学者采用纯保费公式计算了期末付延期终身含 10 年固定年金保险年缴保费[③]，以及利用面向对象建模技术 UML 分析了农村社会养老保险精算系统的组织和行为特性[④]。综观当前有关基金积累制个人账户农村社会养老保险制度的研究，或是从定性的角度给出的政策建议，或是从定量的角度

---

① 卢海元：《建立全覆盖的新型农村社会养老保险制度》，《农村工作通讯》2008 年第 2 期；刘学侠：《我国农村社会养老保险制度探讨》，《中共中央党校学报》2008 年第 2 期；林晨蕾：《浅析我国农村养老社会保险的筹资模式（下）》，《当代经济》2007 年第 6 期；段家喜：《农村养老保障：国际经验及改革建议》，《中国金融》2007 年第 19 期。

② 李迎生：《立足现实、面向未来：农村养老保障制度改革的"过渡模式"设计》，《毛泽东邓小平理论研究》2005 年第 10 期；郑泽金、梅德英：《农村社会养老保障方式的重新建构及推进思路》，《社会主义研究》2007 年第 4 期；王军、杨礼琼：《我国新型农村养老保险制度的构建与政策分析》，《当代经济管理》2007 年第 1 期；张国平：《新型农村基本养老保险制度模式可持续发展的机制建设》，《经济研究参考》2006 年第 55 期。

③ 李强、薛兴利、魏欣芝：《关于新型农村社会养老保险筹资机制的构建》，《金融经济》2007 年第 3 期。

④ 米红、刘力丰、邱婷婷、耿代：《基于 UML 的农村社会养老保险精算系统设计》，《计算机与数字工程》2007 年第 2 期。

进行的简单模拟。事实上，全面论证基金积累制个人账户制度的可行性需要从精算角度进行测算，以确保制度具备较强的偿付能力。这不仅需要计算不同参保年龄农民的趸缴和年缴纯保费是多少？而且需要分析各类参数对纯保费的影响方向和影响程度如何？个人账户养老金适合采取何种给付方案？

2007年《劳动和社会保障部、民政部、审计署关于做好农村社会养老保险和被征地农民社会保障工作有关问题的通知》（劳社部发〔2007〕31号）规定："建立以个人账户为主、保障水平适度、缴费方式灵活、账户可随人转移的新型农村养老保险制度和参保补贴机制；有条件的地区也可建立个人账户为主、统筹调剂为辅的养老保险制度。"文件表明，我国的新型农村社会养老保险制度将是一个以个人账户为主、社会统筹为辅的模式。因此，本部分拟采用终身生存年金计算公式建立个人账户养老金精算模型，计算期初付1元年金的趸缴和年缴纯保费，并分析养老金实际收入替代率对参数变动的敏感性，据此给出基金积累制个人账户养老金给付方案和相关政策建议。

6.1.2 基金积累制养老金制度的定义

基金积累制是以远期纵向平衡为原则的养老金筹资方式，其实质是个体一生中的跨时性收入再分配制度。一般要求劳动者从参加工作开始，按工资总额的一定比例由用人单位和劳动者个人或只有一方定期缴纳养老保险费，记入劳动者个人账户，作为长期储蓄积累及保值增值的基金，所有权归个人，参保职工达到规定领取条件时可以一次性领取或按月领取。基金积累制要求对未来较长时期的社会经济发展状况和个人资料进行宏观分析，预计参保对象在参保期内所需享受的养老金待遇总额，将其按一定比例分摊到参保对象的整个参保期间。这种养老金筹资模式的特点是：第一，由于该财务制度筹集的养老保险费直接记入个人账户，个人未来收益与参保期间的缴费具有正向关联，因而具有较强的激励效应；第二，透明度较高，养老基金提取的比例相对稳定，充分体现基金的储备功能；第三，制度建立初期费率较高，筹资见效快，长期内费率相对稳定，受人口年龄结构的影响比较小；第四，积累的预筹资金可进入资本市场进行投资运营，以便保值增值，同时可为经济增长积累资金，促进资本形成，既为经济发展作贡献，又能使养老金制度本身分享经济增长的成果。另一方面，基金积累制养老金制度也存在一些弊病，比如，该制度无代际和代内收入再分配功能，不能使财富发生转移，不利于缓和贫富差距，因而远离了社会保障制度的初衷；再者，由于基金积累制实行个人账户制度，要求获得大量的私人信息，管理成本较高。特别值得注意的是，由于个人账户上养老基金的积累是一个长达几十年的过程，其最重要的保值增值功能将面临许多不确定性风险。

基金积累制养老金制度的理论前提是基金投资收益大于通货膨胀率或工资增长率，这主要是考虑到基金积累制养老金制度的待遇标准。按照通货膨胀率，如果基金积累制养老金制度的养老基金的投资收益率低于通货膨胀率，就意味着职工在工作期积累的养老基金资产面临着贬值风险，这有悖于社会保险制度的基本目标；按照工资增长率，如果基金积累制养老金制度的养老基金的投资收益率低于工资增长率，这意味着基金积累制养老金制度提供的养老金受益将不可能与职工退休时的社会平均工资保持一致，也即退休职工的养老金受益标准将相对于在职职工工资有所下降，这与社会保险待遇调整原则相悖。

6.1.3 基金积累制养老金制度的政策目标与功能

20世纪70年代的两次石油危机的爆发，以及"滞胀"局面的出现，使经济合作与发展组织（OECD）成员国的现收现付制公共养老金制度逐渐陷入困境：养老基金出现收不抵支，养老金制度濒临破产。这种危机首先是由经济危机引起的，在人口老龄化的压力之下，公共养老金制度危机加剧，使危机在短期内不可逆转，加重了政府的财政负担，导致公共养老金制度进一步陷入困境。

1980年，智利在新自由主义思想的指导下从社会、经济生活的全方位开始了经济体制改革，1981年5月，智利改革政府管理的现收现付制养老金制度，创建了以个人账户方式管理的基金制私营养老金制度。此后，秘鲁、阿根廷、哥伦比亚、乌拉圭、墨西哥、玻利维亚、萨尔瓦多等拉美国家纷纷开始尝试以自由市场政策为导向的激进式改革。同时，欧美等发达国家的企业年金计划也迅速铺开。一时间养老金制度部分私营化改革的浪潮席卷全球，改革国家普遍建立起包括国家公共养老金、以基金积累制为主要形式的企业补充养老金和个人储蓄性养老金等在内的多支柱养老保障体系。基金积累制养老金制度也取得了举世公认的成功，其在明确雇员养老金制度缴费的产权、提供工作和投资激励的同时，成为带动经济增长的引擎。这一时期，养老金制度的功能也从以社会政策为主转变为以经济政策为主。

现收现付制养老金制度的天生弱点，就是以社会理性代替经济理性，当其理论前提——阿伦条件不成立时，即出现了人口增长率下降和人口老龄化的情况下，现收现付制养老金制度就会入不敷出，财政不堪重负，从而宣告现收现付制失效。延长退休年龄、提高工薪税、降低养老金待遇标准等政策措施的作用都极其有限，只有在多支柱养老保障体系中引入遵循个人经济理性的基金积累制养老金制度，才可能在规避现收现付制和基金积累制各自缺陷的同时，充分发挥两者的优势。

第一，激励机制与保障功能兼备的需求凸显基金积累制养老金制度的重要性。从激励作用角度来看，现收现付制与基金积累制是不同的。现收现付制不具激励性或激励不足，其功能更多地表现为弥补市场失灵和实现收入再分配；基金积累制则不然，由于个人账户基金积累属于个人产权，能够很好地将缴费与受益直接挂钩，消除了现收现付制中的激励不足问题。从缴费与受益之间的关系来看，在现收现付制下，缴费与受益缺乏制度性关联，存在很强的共济性，可视为不同参保人之间存在着差别税率；在基金积累制下，缴费与受益挂钩，缴费越多待遇越高，可近似视为参保人之间存在着单一税率。根据公共财政理论，差别性的税率结构会产生更大的扭曲效应。基金积累制养老金制度排除了这种扭曲现象，通过实行个人账户可以减少"岗位约束"，减少现收现付制产生的"搭便车"现象，增强个人参与、缴费和监督的积极性。

第二，雇员福利乃至社会福利的增进要求提高养老基金运营效率。从智利的经验来看，个人账户的建立只是实现基金积累制的第一步，真正使基金积累制体现市场配置效率的是养老基金的竞争性管理。公共部门垄断性管理转为竞争性管理使得现收现付制下不具生产力的资本转变为具有生产力的资本；养老基金运营效率的提高将大大增进雇员的福利，这才是基金积累制最具生命力的地方。作为理性经济人，追求自身利益（润）最大化的动机和目标，促使参与者主动去寻求业绩良好、费用合理的养老基金管理者，促进基金管理者去努力提高运营效率和管理水平，最终实现增进雇员福利和社会福利的目标。

第三，金融市场发展和金融体系的完善迫切需要基金积累制养老基金的推动。新兴的金融功能学派认为，贯穿在整个金融体系和金融结构变化背后的主线是金融功能，在过去十多年和未来相当长的时期内，机构投资者所完成的金融功能越来越多，部分原因归功于金融创新，它使得机构投资者在证券市场上完成了以往由银行完成的金融功能，削弱了银行的竞争优势；伴随着金融创新过程的出现，机构投资者确立了其在指导居民持股选择中的优势地位，机构投资者也使得银行过去在贷款方面的风口浪尖地位受到冲击；由于人口老龄化导致对长期储蓄需求的提高，以及政府对养老基金的税收优惠政策，通过机构投资者来进行养老基金投资的直接动力出现。金融理论的创新着眼于机构投资者的发展、金融功能的实现和金融深化，对于世界性基金积累制养老金制度的发展有非常重要的指导意义。

6.2 新型农村社会养老保险个人账户精算模型

6.2.1 模型建立的前提

（1）假定新型农村社会养老保险个人账户制度采取供款基准制（DC）给付方式

从养老金给付刚性的角度来说，基金积累制个人账户模式与供款基准制结合是养老金制度中比较普遍适用的模式。供款基准制是按照一定的公式确定每位参保者的缴费水平（通常是统一的供款率），并为每位参保者设立个人账户，缴费积累于个人账户之中，待其退休后，按照个人账户的缴费积累和基金投资回报额向其计发养老金待遇，其得到的养老金受益取决于个人账户基金积累规模。

（2）新型农村社会养老保险个人账户制度的缴费是一个现金流

由于参保农民是按照其所选择的缴费方式和标准向新型农村社会养老保险个人账户制度缴费，并且逐年积累的个人账户养老保险基金将实行按照有关的法律法规来实现保值增值，个人账户的基金积累和投资收益最终形成个人产权，因此本书假定新型农村社会养老保险个人账户制度的缴费是一个定期的现金流。

（3）假定不考虑各种可能导致参保农民退保的解约因素

由于参保期间部分参保农民将会出现断保、提前退保、退休前去世等不确定因素，为便于测算，本书假定参保农民能够"从一而终"地为个人账户缴费，同时假定参保农民个人账户平均缴费年限为30年。即：某参保农民30岁开始缴费，60岁开始领取养老金，且该参保农民从30岁到60岁的存活率为100%，缴费方式为每年年初缴纳。

（4）假定参保农民平均"退休年龄"为60岁

与6.3.1节一致，本书假定参保农民平均"退休年龄"为60岁。

（5）设定新型农村社会养老保险个人账户制度的待遇给付是一个期初付一单位的终身生存年金

生存年金是指按预先约定的金额，以一定时间为周期，绵延不断地进行一系列给付，且这些给付必须以原指定领取人生存为前提条件，一旦领取人死亡，给付即宣告结束。[①] 年金化和非年金化两种方式对最优退休收入与消费分配研究显示，年金化方式可以提高退休者消费效用。[②] 因此，本书假定个人账户的给付为一个期初付终身生存年金。

（6）假定新型农村社会养老保险个人账户基金管理过程中没有管理成本和交易成本

个人账户基金管理过程中将会产生诸多管理成本和交易成本，如因基金"管理权能"外包产生的委托—代理风险，基金运营产生的投资风险（系统风险和非系统风险），因基金委托管理产生的受托管理费、账户管理费、托管费、投资管理费，因证券交易产生的证券交易税，等等。在此，本书假定在个人账户基金管理过程中不存在交易成本和管理成本。

6.2.2　新型农村社会养老保险个人账户精算模型

在上述假设前提基础上，本部分将进行参保人均衡纯保费的计算，即是以生存年金给付的方式来计算分期缴付的纯保费或趸缴的纯保费。人寿

---

①　卢仿先、曾庆五：《寿险精算数学》，南开大学出版社2001年版，第57页。

②　邓大松、刘昌平：《受益年金化：养老金给付的有效形式》，《财经科学》2002年第5期，第72页。

保险的纯保费是以预定年利率和预定死亡率为基础，并根据未来给付保险金额而计算得到的，且满足条件：未来给付保险金额现值的期望值（即趸缴纯保费）等于缴纳保费的精算现值。本书将运用精算平衡原理来构建新型农村社会养老保险个人账户精算模型：

设参保农民开始缴费年龄为 a 岁，开始领取养老金年龄为 b 岁（$b > a$），a 岁年初参保农民总数为 a_0，投资收益率为 r，农民年人均纯收入增长率为 g，期初缴纯保费为 X。假定个人缴费全部计入个人账户，缴费时间在每年年初，根据保险精算学中确定年金理论，可得：

参保人开始领取养老金时个人账户的积累额：

$$M = a_0X(1+r)^{b-a} + a_0X(1+g)(1+r)^{b-a-1} + \cdots + a_0X(1+g)^{b-a-1}(1+r)$$

$$= \sum_{j=1}^{b-a} a_0X(1+g)^{j-1}(1+r)^{b-a+1-j} \tag{6.1}$$

按照期初付一个单位的终身生存年金的精算公式：$\ddot{a}_x = \sum_{k=0}^{+\infty} v^k{}_kp_x$（$\ddot{a}_x$ 表示年龄为 x 岁的生存者在每个年度领取年金额一个单位的终身生存年金的精算现值，其中 v^k 为贴现因子，$_kp_x$ 为 x 岁生存者存活到 $x+k$ 时期的生存概率）[1]，其中 $_0p_{60}$ 表示参保人达到 60 岁开始领取第一份养老金时的生存概率为 1。设 i 为利率，f 为养老金递增系数（一般根据通货膨胀率调整），k 为取整余命值。

那么 a 岁参保人在终止缴费后各年的养老金给付额在 b 岁时的精算现值：

$$N = \sum_{k=0}^{\infty} a_0 \, {}_kp_b \left(\frac{1+f}{1+i} \right)^k \tag{6.2}$$

基金平衡：$M = N$ \tag{6.3}

由（6.1）式、（6.2）式、（6.3）式，得：

$$X = \frac{\sum_{k=0}^{\infty} {}_kp_b \left(\dfrac{1+f}{1+i} \right)^k}{\sum_{j=1}^{b-a} (1+g)^{j-1}(1+r)^{b-a+1-j}} \tag{6.4}$$

---

① 卢仿先、曾庆五：《寿险精算数学》，南开大学出版社 2001 年版，第 59 页。

设 W 为建立个人账户时当地农民上年人均纯收入，λ 为缴费率，β 为个人账户养老金收入替代率。

令 $$\lambda W = X \tag{6.5}$$

则个人账户养老金实际收入替代率 β 满足方程：

$$\beta W (1 + g)^{b-a} = 1 \tag{6.6}$$

结合（6.5）式、（6.6）式，有：

$$\beta = \frac{\lambda \sum_{j=1}^{b-a} (1 + g)^{j-1} (1 + r)^{b-a+1-j}}{(1 + g)^{b-a} \sum_{k=0}^{\infty} {}_k p_b \left(\frac{1 + f}{1 + i} \right)^k} \tag{6.7}$$

6.3　参数假设与精算结论

6.3.1　基本参数设置

在测算过程中，本书假定参保农民缴费基数为上年度农民人均纯收入，缴费率为8%，所有缴费征收与待遇给付发生在年初，均为年初值，则测算基年的缴费基数为2007年农民人均纯收入4140元，且农民人均纯收入名义增长率假定为2008—2010年10%、2011—2020年6%、2021—2050年4%。根据农民人均纯收入名义分段增长率参数设置后参保人个人账户的积累额公式采取分段计算的方法，同时个人账户养老金实际收入替代率的公式调整为：

$$\beta = \frac{\lambda}{X (1 + g_0)^3 (1 + g_1)^{10} (1 + g_2)^{17}}$$

假定个人账户养老基金名义投资收益率为6%，利率为3%，通货膨胀率为2.5%；根据附表1中农村人口生命表，本书取最高死亡年龄为100岁来代替模型中的"∞"计算。

表6-1　　　　　　　　　　　　基本参数设置

a	b	i	g	r	f	λ	∞
30	60	3%	分段（见下文）	6%	2.5%	8%	100

6.3.2 精算结论

（1）基本模型精算结论

将参数假设中所选数据代入精算公式（6.4）和（6.7），经过计算得到：期初缴纯保费 $X = 0.10$；个人账户养老金实际收入替代率 $\beta \approx 16.99\%$。

期初缴纯保费 $X = 0.10$ 表示若 30 岁的参保人期初缴纳 0.10 元，其后每年年初按照名义收入增长率调整后计算的保费进行缴费，期间不中断，到其 60 岁时，参保人年初可获得 1 元，并且 60 岁之后的每年在 1 元的基础上获得按照通货膨胀率调整的待遇给付。

做一个扩展估算：若某 30 岁参保人 2008 年年初缴纳保费 100 元，30 年间没有中断缴费，则到 2038 年参保人 60 岁时，年初可以领取约 1000 元的养老金，其后每年的养老金给付水平将随着物价指数进行调整，一直支付到参保人去世。

个人账户养老金实际收入替代率 $\beta \approx 16.99\%$，表示在参保人不中断缴费的情况下，参保人 60 岁年初领取的养老金水平相当于当时当地农民上年人均纯收入的 16.99%。做一个扩展估算：若按照 2008 年时全国农村居民年人均纯收入 4140 元计算，缴费率为 8%，则某 30 岁参保农民年初缴费 $4140 \times 8\% = 331$ 元，其在 2038 年达到 60 岁时年初可以领取养老金 $331.2 \div 0.10 = 3312$ 元，相当于当地农民 2037 年人均纯收入的 16.99%。扩展估算结论见表 6 – 2。

表 6 – 2　某 30 岁参保人不同年份缴费和领取养老金的数额估算　（元）

缴费阶段							领取阶段				
2008	2009	2010	2022	2032	…	2037	2038	2039	2040	…	2050	…
100	110	121	248	367	…	446	1000	1025	1051	…	1345	…
331	364	401	821	1215	…	1478	3312	3395	3480	…	4454	…

说明：此表只显示了部分年份的缴费和领取额，其余部分省略。

（2）基本模型结论的扩展

在基本精算模型的基础上，考虑到利率的多变性和投资收益率对计算结果的较大影响，本书以课题组已完成的农村混合生命表为基础，取领取年龄为 60 岁，参保年龄为 16—59 岁，缴费和领取以年为单位，第一年领取 1 元年金的情况下，分别测算其他参数不变情况下不同利率和投资收益率组合下的各参保年龄的趸缴和年缴纯保费。令趸缴纯保费为 Y，缴费年限为 n，趸缴纯保费的计算公式为 $Y = \dfrac{N}{(1+r)^n}$，年缴纯保费的计算公式见公式 (6.4)，测算结论如表 6-3 所示。

表 6-3　　在利率 i 和投资收益率 r 不同组合情况下的趸缴和年缴纯保费（元）

年龄	$i=3\%$；$r=6\%$		$i=3\%$；$r=7\%$		$i=4\%$；$r=6\%$		$i=4\%$；$r=7\%$	
	趸缴	年缴	趸缴	年缴	趸缴	年缴	趸缴	年缴
16	1.38	0.03	0.91	0.03	1.24	0.03	0.82	0.02
17	1.46	0.04	0.97	0.03	1.32	0.03	0.88	0.03
18	1.55	0.04	1.04	0.03	1.40	0.04	0.94	0.03
19	1.64	0.04	1.12	0.03	1.48	0.04	1.01	0.03
20	1.74	0.05	1.19	0.04	1.57	0.04	1.08	0.03
21	1.84	0.05	1.28	0.04	1.67	0.04	1.15	0.04
22	1.95	0.05	1.37	0.04	1.77	0.05	1.24	0.04
23	2.07	0.06	1.46	0.05	1.87	0.05	1.32	0.04
24	2.19	0.06	1.56	0.05	1.98	0.06	1.41	0.05
25	2.32	0.07	1.67	0.06	2.10	0.06	1.51	0.05
26	2.46	0.07	1.79	0.06	2.23	0.07	1.62	0.06
27	2.61	0.08	1.92	0.07	2.36	0.07	1.73	0.06
28	2.77	0.09	2.05	0.07	2.50	0.08	1.85	0.07
29	2.93	0.09	2.19	0.08	2.65	0.08	1.98	0.07
30	3.11	0.10	2.35	0.09	2.81	0.09	2.12	0.08
31	3.30	0.11	2.51	0.10	2.98	0.10	2.27	0.09
32	3.49	0.12	2.69	0.10	3.16	0.11	2.43	0.09
33	3.70	0.13	2.88	0.11	3.35	0.12	2.60	0.10
34	3.93	0.14	3.08	0.13	3.55	0.13	2.78	0.11

续表

年龄	i＝3%；r＝6%		i＝3%；r＝7%		i＝4%；r＝6%		i＝4%；r＝7%	
	趸缴	年缴	趸缴	年缴	趸缴	年缴	趸缴	年缴
35	4.16	0.16	3.29	0.14	3.76	0.14	2.98	0.13
36	4.41	0.17	3.52	0.15	3.99	0.16	3.19	0.14
37	4.68	0.19	3.77	0.17	4.23	0.17	3.41	0.15
38	4.96	0.21	4.03	0.19	4.48	0.19	3.65	0.17
39	5.26	0.23	4.31	0.21	4.75	0.21	3.90	0.19
40	5.57	0.26	4.62	0.23	5.04	0.23	4.18	0.21
41	5.90	0.29	4.94	0.26	5.34	0.26	4.47	0.23
42	6.26	0.32	5.29	0.29	5.66	0.29	4.78	0.26
43	6.63	0.36	5.66	0.33	6.00	0.32	5.12	0.30
44	7.03	0.40	6.05	0.37	6.36	0.36	5.47	0.33
45	7.45	0.45	6.48	0.42	6.74	0.41	5.86	0.38
46	7.90	0.51	6.93	0.48	7.15	0.46	6.27	0.43
47	8.38	0.59	7.41	0.55	7.58	0.53	6.71	0.50
48	8.88	0.67	7.93	0.63	8.03	0.61	7.17	0.57
49	9.41	0.78	8.49	0.74	8.51	0.71	7.68	0.67
50	9.98	0.91	9.08	0.87	9.02	0.82	8.21	0.78
51	10.57	1.08	9.72	1.03	9.56	0.97	8.79	0.93
52	11.21	1.29	10.40	1.24	10.14	1.16	9.40	1.12
53	11.88	1.57	11.13	1.51	10.75	1.42	10.06	1.37
54	12.59	1.95	11.90	1.89	11.39	1.76	10.77	1.71
55	13.35	2.50	12.74	2.43	12.07	2.26	11.52	2.20
56	14.15	3.34	13.63	3.27	12.80	3.02	12.33	2.96
57	15.00	4.82	14.58	4.73	13.57	4.36	13.19	4.28
58	15.90	7.80	15.60	7.69	14.38	7.06	14.11	6.96
59	16.85	16.85	16.70	16.70	15.24	15.24	15.10	15.10

说明：年缴纯保费指第一年的纯保费，以后各年将随农民人均纯收入的提高相应调整，在不中断缴费的前提下，可保证参保人60岁时领取1元年金，以后各年待遇给付将随物价指数调整。

6.4 结论与政策建议

6.4.1 个人账户养老金实际收入替代率敏感性分析与给付方案研究

（1）新型农村社会养老保险个人账户养老金实际收入替代率敏感性分析

通过计算，本书得出了个人账户养老金实际收入替代率为 16.99%。基于 16.99% 的个人账户养老金实际收入替代率，本书将对 i、r、f、λ 这四个因素的微小变动对个人账户养老金实际收入替代率的影响程度进行敏感性分析。

从表 6 - 4 分析结果可以看出，f 与 β 呈反方向变动，i、r、λ 与 β 呈正方向变动，其中 r 的敏感性最强，即 r 每变动一个百分点，β 将正向变动两个多百分点，其次是 λ、i，最弱是 f。由于 i 和 f 都受到诸多复杂的经济、政治因素的影响，并且是模型的外生变量，难以控制。因此控制个人账户实际收入替代率应主要从 r、λ 这两个因素入手。

表 6 - 4　不确定因素对个人账户养老金实际收入替代率的敏感性分析结果（%）

变动因素 ＼ 变动率	-2	-1.5	-1	0①	1②	1.5	2	弹性系数③
利率	13.61	14.42	15.26	16.99	18.79	19.70	20.64	+ 0.3169
投资收益率	12.64	13.59	14.62	16.99	19.84	21.48	23.28	+ 1.0070
物价上涨率	20.73	19.76	18.81	16.99	15.27	14.45	13.65	- 0.2533
缴费率	12.74	13.81	14.87	16.99	19.11	20.18	21.24	+ 1

说明：③列中各因素的弹性系数表示的是参数 i、r、f、λ 每变动一个百分点，对个人账户养老金实际收入替代率影响的方向与程度。如计算利率对个人账户养老金实际收入替代率的影响，计算公式为 $\Delta\beta/\beta \div \Delta i/i$，其中 $\Delta\beta$ 为②列与①列值的差，$\Delta i = 1\%$，i、β 为原模型中设定和计算出的值，分别为 3% 和 16.99%，代入计算得到③列中的值 + 0.3169，表明利率变化和个人账户养老金实际收入替代率的变化同方向。理论上说，③列中值的绝对值越大，则这一变动因素对个人账户养老金实际收入替代率的影响就越大，这一变动因素的敏感性就越强。

（2）新型农村社会养老保险制度个人账户养老金给付方案研究

按照定期给付、定额和变额年金等多种年金待遇给付方案，通过对个人账户精算模型进行重新整理计算，表6-5列出了按收入比例缴费和按定额缴费两种缴费方式下的不同给付方式对个人账户养老金实际收入替代率的影响。

从表6-5可以看出，单从两类缴费方式来看，不论采取何种给付方案，按收入比例缴费的个人账户养老金实际收入替代率都是高于按定额缴费时的替代率。原因在于前一种缴费方式可以使参保人能及时地依据自身收入水平的提高来增加缴费额，为个人账户积累更多的资金，也使缴费标准与社会平均工资的增长水平更大程度上保持一致，提高参保人的实际养老金收益水平。因此，尽管从管理机构的角度来看，按定额缴费较容易计算，参保农民的缴费额较稳定，但实际的政策效果远不如按照收入比例缴费方式。采取变额终身年金方式给付时，两种缴费方式下的替代率相差超过一倍。因此政策制定过程中应当考虑每相隔一定时期（可以是一年或几年）根据当地农民人均纯收入的增长水平适当调整缴费标准。

表6-5　不同缴费和给付方案组合下的个人账户养老金实际收入替代率（％）

缴费方案 给付方案	按收入比例缴费	按定额缴费
定额定期给付（平均余命15岁①）	24.69	11.74
定额定期给付（平均余命20岁②）	19.81	9.42
变额定期给付（平均余命15岁）	20.93	9.96
变额定期给付（平均余命20岁）	15.89	7.56
定额终身年金	21.72	10.33
变额终身年金	16.99	8.08

说明：①表示依据第4部分测算的60岁时的平均余命；②表示按照人口预期寿命延长趋势做出的假定平均余命。此表计算中所需的参数取值来源于表6-1。

从给付方案的比较来看，定额终身年金的个人账户养老金实际收入替代率在任何缴费方式下都高于变额终身年金的替代率。其原因在于定额生存年金的给付额在给付期是恒定的，而变额终身年金的给付额在给付期间却是按照一定的指数累进的（本书模型中是按照物价上涨率来调整的）；在其他给付和缴费方式相同时只考虑平均余命对个人账户养老金实际收入替代率的影响，我们可以看出平均余命15岁时的个人账户养老金实际收入替代率高于平均余命为20岁时的替代率，容易得到平均余命越短替代率反而越高的结论，原因在于在给付水平相同时，按照计算缴纳保费的公式，平均余命越短所需缴纳的保费也越少。然而人均寿命的延长是一种必然的趋势，农村人口的平均余命也将逐渐变长。可见，衡量制度的有效性并不是只要个人账户养老金实际收入替代率越高越好，而是要根据我国人口的实际情况来考虑最适合的制度设计方案。

从给付期限的比较来看，平均余命15年的定期给付方案的替代率水平都高于终生年金给付方案。但按照平均余命进行定期给付难以解决个人长寿风险，因为平均余命只是社会所有人口在60岁时的平均存活年限，这意味着有相当一部分人将会在平均余命之后依然存活，那么按平均余命计发个人账户养老金就会存在生存年龄超过平均余命的参保者个人账户"空账"的风险；再者，政策执行者也不可能预测出每年的社会人口平均余命，使用前期平均余命制定出政策的实施结果有可能使许多人都面临个人账户基金积累不足的风险。

因此，考虑到按收入比例缴费的优越性和人口平均余命逐渐延长的事实，通过对不同给付方案的比较研究，我们认为采取按收入比例缴费，以变额终身年金给付的方案是比较科学和合理的。

6.4.2 政策含义

通过对中国新型农村社会养老保险个人账户制度的精算结论、实际收入替代率敏感性分析结果和年金待遇给付方案，本书建议应从以下五个方面创建中国新型农村养老保险个人账户制度。

第一，在考虑到与城镇基本养老保险制度衔接的基础上，应保证新型农村社会养老保险个人账户制度的缴费率相对稳定。

从表6-4的敏感性分析结果来看，提高制度的缴费率可以显著的提高个人账户养老金实际收入替代率。考虑到目前农民收入水平还较低和需要缴纳合作医疗保险费的现实，新型农村社会养老保险个人账户制度的缴费率应保持相对稳定，这可以从一定程度上减轻农民的心理负担，保持制度的稳定性。但是，为了确保参保农民个人账户养老金实际收入替代率的提高，我们应该在保证缴费率一定时期内相对稳定的情况下，根据当地农民人均纯收入的增长情况及时调整缴费标准。

第二，鼓励参保农民尽早开始缴费。从表6-3可以看出，在其他参数假定不变时，农民参保起始（开始缴费）的年龄越小，所需开始缴纳的年缴纯保费就越低，尽管缴费的期限变长了，但对参保农民而言，分摊到各缴费年龄所需缴纳的保费负担较轻。如在利率为3%，投资收益率为6%的情况下，若参保人20岁时就开始缴费，则第一年所需缴纳的纯保费仅为0.05元（30岁时需0.10元）；同时考虑到农民收入的不稳定性，可以允许农民采取较灵活的缴费方式，如年缴、趸缴、一次性补缴或预缴；此外，缴费标准也应该是弹性的，即规定最低缴费标准的同时还允许农民根据承受能力选择较高缴费标准，以满足不同收入水平的参保农民的养老保障需求。

第三，通过农村社会养老保险个人账户基金市场化投资运营提高投资收益率。从表6-4的敏感性分析结果来看，投资收益率对个人账户养老金实际收入替代率的影响无疑是最大的，r每变动一个百分点，β将正向变动超过两个百分点。当前，由于新型农村社会养老保险还处于试点起步阶段，基金积累规模较小，加之金融市场还不够成熟，现行政策对农村社会养老保险基金投资方式进行严格控制，主要通过购买国债和存入银行增值。[①] 随着新型农村社会养老保险制度全面推行，应尽快放开管制限制，实现个人账户养老保险基金市场化运营。

第四，实行弹性养老金领取年龄。原则上，只要参保人达到60岁且满足领取养老金的条件就可以领取养老金。但是延长领取年龄对完善养老社会保险制度具有积极的意义。在当前没有规定统一的农民退休年龄的情况下，应在统一设定60岁的农民"退休年龄"的基础上，实行弹性养老金领取年龄。也即参保农民在达到60岁之后有资格领取养老金待遇，但是每推迟一年领取养老金，可以适当提高养老金标准。

第五，建立养老金待遇调整机制。养老金待遇指数化调整是保证退休者老年收入比例相对于在职人员不下降的关键。从表6-5个人账户养老

---

① 《关于进一步防范农村社会养老保险基金风险的紧急通知》，劳社部函［2004］240号。

金给付方案分析结论来看，采取定额终身年金方式的个人账户养老金实际收入替代率在任何缴费方式下都高于变额终身年金的替代率，但是随着经济的发展，没有任何指数化调整的养老金发放标准将使参保农民实际领取的养老金水平下降，不能够满足参保农民养老保障的实际需要。因此，新型农村社会养老保险个人账户养老金计发标准根据物价指数定期调整能很好地解决这一问题。

7 新型农村社会养老保险制度模式与方案设计

7.1 新型农村社会养老保险制度模式

7.1.1 建立新型农村社会养老保险制度的原则

（1）强化政府对新型农村社会养老保险制度的财政补贴责任

传统农村社会养老保险制度坚持"个人缴纳为主，集体补助为辅，国家给予政策扶持"的原则。"集体补助为辅"难以落实，"国家给予政策扶持"集中体现在乡镇企业职工参保时，集体补助部分可税前列支，而农民参保没有直接财政支持，这不仅打击了农民参保积极性，也使得传统农村社会养老保险制度完全退化为农民的自愿储蓄制度。

我国《宪法》规定："中华人民共和国公民在年老、疾病或者丧失劳动能力的情况下，有从国家和社会获得物质帮助的权利。"事实上，城乡居民在享受社会保障权利方面是不平等的，这种权利不能仅仅在城镇职工的基本养老保险制度中获得体现，在养老保障方面农民也应该享有与城镇职工同样的国民待遇。从历史贡献的角度来看，新中国成立以来中国农民为国家工业化建设和经济社会发展做出了巨大的牺牲和贡献，据国家发改委专家测算[1]，改革开放的 20 多年中，仅征用农地的价格"剪刀差"，就从农村拿走两万多亿元。然而工业化的收益却几乎为城市居民所垄断，农业在为国家提供巨额积累而承受重负的同时失去了自身的发展条件，这对广大农民来说是很不公平的，政府有责任对农民多年来承受的重大损失做出补

---

[1] 石秀和：《中国农村社会保障问题研究》，人民出版社 2006 年版，第 128 页。

偿。从"乡—城"人口迁移的角度来说，既然是因为农村劳动力向城镇迁移为城镇带来了"人口红利"，缓解了城镇基本养老保险制度的财务压力。那么，政府也应该有责任将因农村劳动力迁移产生的"养老金红利"① 返还给农民。因此，政府应重新定位在农村社会养老保险中的责任与义务，建立以财政补贴为主导的新型农村社会养老保险制度，促进农村社会保障事业的发展。

（2）坚持"保基本"和"低标准起步"原则

按照建立与经济社会发展水平相适应的社会保障制度的目标要求，新型农村社会养老保险制度也应该坚持与农村社会经济发展水平相适应的原则，在缴费标准方面应充分考虑农民和各级财政的承受能力，在养老金待遇方面应与农民收入增长水平基本相适应。因此，在新型农村社会养老保险制度的具体模式的设计方面应严格贯彻"保基本"和"低标准起步"的原则。

"保基本"的意义在于通过实施新型农村社会养老保险制度，实现农民人人享有基本生活保障、消除老年贫困的目的。在具体的制度设计方面，应实行低缴费标准、低保障待遇的运作模式，制定灵活的参保缴费机制，如可以实行预缴、缓缴，按全年、半年、季度或每月缴纳的缴费方式缴费，按照预期领取的养老金不低于农村最低生活保障标准、不高于上一年城镇企业退休职工养老金平均水平来确定农民的缴费标准，使凡是有意愿、有能力参保的农民都能参与到新型农村社会养老保险制度中来，实现新型农村社会养老保险制度在农村的全覆盖。

"低标准起步"的意义在于政府通过整合各类支农惠农资金的使用方向和建立支持新型农村社会养老保险制度建设的专项资金，用于引导、扶

---

① 有关"养老金红利"的简单说明：经典的现收现付制养老金制度的数学表达式为：$Np(t) \cdot P(t) = Nw(t)W(t) \cdot C(t)$。其中，$Np$ (t) 表示 t 时刻养老金领取者人数；Nw (t) 表示 t 时刻在职职工人数；P (t) 表示 t 时刻人均养老金；W (t) 表示 t 时刻在职职工平均工资；C (t) 表示 t 时刻缴费率。现收现付制养老金制度是一种年度精算平衡的财务模式，要求每年的养老金缴费与给付相等，也即内部收益率为零。在此，我们设定现收现付制养老金制度的财务平衡公式为：$F(t) = Nw(t) \cdot W(t)C(t) - Np(t) \cdot P(t)$，公式转换后为：$F(t) = C(t) - Np(t)/Nw(t) \cdot P(t)/W(t)$。由于 P (t)、W (t) 和 C (t) 是常数，那么函数值将受到制度抚养比 Np (t) $/Nw$ (t) 的影响。当人口年龄结构趋于老化时，制度抚养比将上升，F (t) <0；反之则 F (t) >0。因此，在假定 P (t)、W (t) 和 C (t) 不变的条件下，如果因为制度抚养比 Np (t) $/Nw$ (t) 下降而导致 F (t) >0，我们就认为这个现收现付制养老金制度是一个精算盈余的制度，其盈余部分本书就界定为"养老金红利"。

持和激励农民在参加新型农村社会养老保险制度基础保障项目的基础上，自愿选择参加更高待遇水平的保障项目。对经济收入较高、有较强缴费能力和参保意愿的农民，可以提供较高的缴费标准供他们选择，满足农村不同收入群体的参保需求，以体现制度的灵活性和公平性。

（3）分类实施、逐步推进

根据我国农村经济发展水平较低且地区间发展不平衡的基本现实，新型农村社会养老保险制度在具体实施过程中应坚持"分类实施、逐步推进"的原则。所谓"分类实施"，一是分区域实施，即新型农村社会养老保险制度在指导方针上应采取基本制度统一，但不同地区可以因地制宜的分类指导原则，进行制度的发展与创新；二是分群体实施，即探索针对纯农户、被征地农民、进城务工人员、计划生育户、村干部、农村最低生活保障对象户等各类不同人群的新型农村社会养老保险财政补贴政策和集体补助政策。所谓"逐步推进"，一是遵循客观规律，即新型农村社会养老保险制度应遵循客观事物发展的规律，符合社会经济发展水平和各地实际，不能冒进，要在试点的基础上稳步推进；二是按次序推进，即在次序上应由经济发达地区向经济欠发达地区逐步推进，由富裕群体向广大农民逐步推进，以此来体现新型农村社会养老保险制度的灵活性。

（4）有利于城乡养老社会保险制度衔接与过渡

从城乡养老社会保险制度衔接走向城乡制度并轨是未来解决养老保障问题、建立覆盖城乡居民的社会养老保障体系的必由之路。因此，新型农村社会养老保险制度建设必须考虑到当前城镇基本模式及其未来发展趋势：一方面应能有效保障广大农民积极参与，并能够为农村劳动力在城乡之间流动与迁移提供便利；另一方面应为未来城乡养老社会保险制度并轨减少制度障碍和转轨成本。

工业化和城市化的发展必将源源不断地由农村向城镇输送大量青壮年劳动力，形成一个高度流动的群体：在本地或异地流动就业；逐渐转入稳定就业；在城镇定居并成为城镇居民；返乡务农。因此，建立适合农民工特点的社会保障制度，解决农民工养老保障问题，必须实现城镇基本养老保险制度与新型农村社会养老保险制度之间的衔接。

其一，从城镇基本养老保险制度的角度来看，必须在适应农民工特点的基础上进一步完善相关政策。如提高社会统筹账户统筹层次，实现异地迁移就业农民工养老保险关系转移；赋予社会统筹账户基本养老金既得受益权，使社会统筹账户成为一个可以携带的账户形式；加强社会保险信息系统建设，便于农民工养老保险关系接续。

其二，从新型农村社会养老保险制度的角度来看，必须使制度具有可携带性和转移性。因此，在新型农村社会养老保险制度设计中应充分体现个人账户与非缴费型账户的既得受益权。

其三，从城乡两类制度衔接的角度来看，必须要求制度模式基本一致。这样，在农民工从城镇回乡时，可以将城镇基本养老保险社会统筹账户的既得受益权转移到新型农村社会养老保险制度的非缴费型账户的权益，将城镇个人账户直接转账到农村个人账户；在农民走向城镇就业时，可以将农村社会养老保险非缴费型账户的既得受益权转移到城镇基本养老保险社会统筹账户，将农村个人账户直接转账到城镇个人账户；对于被征地农民，可以通过转换农村社会养老保险非缴费型账户权益和通过土地换统筹的方式，获得城镇基本养老保险社会统筹账户基础养老金既得受益权。

7.1.2 新型农村社会养老保险制度模式：最低养老金＋个人账户养老金

（1）"最低养老金＋个人账户养老金"的新型农村社会养老保险制度框架

按照劳社部发［2007］31号文件的规定，我国的新型农村社会养老保险制度将是一个以个人账户为主、统筹调剂为辅的模式。因此，在新型农村社会养老保险制度模式的设计中，应实行"最低养老金＋个人账户"的模式，其中个人账户归集农民缴费与集体补助，体现收入再分配和国家责任的财政补贴则专门为每位参保农民建立一个标准统一、以财政补贴为主导的最低养老金制度。最低养老金制度应将新型农村社会养老保险制度的财政补贴机制与农村最低生活保障制度结合，采取社会统筹账户管理方式，由参保农民缴费与财政补贴提供等比例资金支持，待遇标准为上年农民人均纯收入30%的替代率；个人账户养老金制度采取个人账户管理方式，参保农民缴费记入个人账户，财政不补贴、政府不兜底，待遇水平取决于个人账户基金积累，一个"典型参保农民""退休"时可以获得相当于上年农民人均纯收入 17% 替代率的个人账户养老金。

（2）新型农村社会养老保险给付方式：保基本＋供款基准制

结合"最低养老金＋个人账户"的新型农村社会养老保险制度模式，新型农村社会养老保险的待遇水平也将采取"保基本＋供款基准制"的模式。"保基本"的意义在于通过实施"最低养老金制度"，实现人人享有基本生活保障、消除老年贫困的目的，使农村社会养老保险的保障标准与我国现阶段生产力水平和国家、社会经济承受能力相适应。因此，当前政府应整合各类支农惠农资金的使用方向，采取缴费补贴、基金贴息、待遇调整、老人直补等多种补贴方式，探索各级财政直接建立用于支持农村社会养老保险制度建设的专项资金，将其主要用于引导扶持和激励农民参保。与此同时，集体经济发达的地区，也应在农户缴费和政府补贴的基础上，根据实际情况给予适当补助，从而体现地区经济发展水平与基本生活水平之间的差异。

"供款基准制"是指农村社会养老保险个人账户制度应采取的给付方式，强调养老金待遇水平与缴费水平直接关联。采取"供款基准制"农村社会养老保险给付方式的目的在于：在强调农民缴费积累的个人产权的同时，增强农民参保的积极性，提高参保农民的养老保障待遇水平，满足不同收入群体的养老保障需求。新型农村社会养老保险个人账户制度一方面是为了鼓励农民自我保障责任，满足不同收入群体的养老保障需求；另一方面也是为了实现农村社会养老保险制度与城镇基本养老保险制度的衔接，为农村劳动力在城乡之间转移和迁移提供便利。

7.2 新型农村社会养老保险制度的具体方案

7.2.1 新型农村社会养老保险最低养老金制度的具体方案

（1）新型农村社会养老保险最低养老金制度采取财政补贴型现收现付制模式

既然传统农村社会养老保险制度失败的主要原因之一是政府责任缺失，因此建立一个体现国家责任与社会公平，实现财政补贴机制与农村最低生活保障制度结合的"零支柱"现收现付制最低养老金制度将是我国新型农村社会养老保险制度建设的一项重要创新。

其一，建立一个以财政补贴资金为主导、社会统筹账户为基础的现收现付制农村最低养老金制度是我国新型农村社会养老保险制度的现实考虑。从精算技术角度来看，现收现付制可以在任何时点开始实施，为现存退休者提供养老金，这是基金积累制所不具备的；从财政补贴资金性质的角度来说，体现收入再分配和国家责任的财政补贴划入具有私人产权性质的农村社会养老保险个人账户显然不妥；从我国统筹城乡社会保障制度的长远发展考虑，新型农村社会养老保险制度的设计也应考虑到与城镇基本养老保险制度的衔接与并轨。

其二，新型农村社会养老保险采取财政补贴机制与最低生活保障制度结合的目的在于：第一，对农村老年人而言，两项制度措施的保障水平和目标都是以为他们提供最基本的生活保障、消除老年贫困为目标。第二，两项制度措施的资金来源于政府的财政收入，都是以政府为主导的。第三，两项制度措施在农村可以按照相同的计发单位发放保障金，即以单人户作为基本的计算单位，两项制度整合后，政府财政补贴可以按照人头补贴进入到最低养老金社会统筹账户中，这有利于提高制度的公平性，增强农民参保积极性。

（2）新型农村社会养老保险最低养老金制度的具体方案

参考5.4节的结论，新型农村社会养老保险最低养老金制度的具体安排是：以上年度农民人均纯收入作为缴费基数和计发基数，参保农民缴费率为7.5%，财政补贴缴费率为7.5%，全部记入最低养老金账户；参保农民缴费满30年可以领取相当于60岁"退休"时上年度农民人均纯收入30%替代率的最低养老金。详细参数见表7-1。

表7-1　　　　新型农村社会养老保险最低养老金制度技术参数

缴费基数和计发基数	参保农民缴费率	财政补贴缴费率	缴费年限	退休年龄	替代率	待遇指数化调整标准
上年度农民人均纯收入	7.5%	7.5%	30年	60岁	30%	农民人均纯收入增长率

以2007年农村人均纯收入为例，按照2007年农民人均纯收入4140元计算，参保农民年缴费标准为311元，财政提供7.5%缴费率补贴意味

着为每位参保农民年补助 311 元，则参保农民到 2038 年 60 岁当年可领取 5457.82 元最低养老金；按照 2008 年农村经济活动人口数，2008 年财政补贴总额为 1000 亿元左右，仅相当于 2007 年全国财政收入的 2%，2008 年"退休"农民可领取月均 100 元养老金。也就是说，各级财政当年只需要拿出不超过 1000 亿元就可以解决中国所有农民的基本养老保障问题。

对于政府而言，财政补贴标准锁定为上年度农民人均纯收入的 7.5%，历年财政补贴规模将随农民人均纯收入增长率和参保农民人数变化而变化；根据精算预测，按照全覆盖和当年货币价值计算，财政补贴总额将从 2008 年的 1086 亿元缓慢增加，在 2046 年达到最高 3109 亿元后又逐年下降，2008—2052 年间年均补贴额为 1977 亿元。而与此同时，建立财政补贴型农村社会养老保险制度之后，还将从两个方面减少财政补贴规模：一是将通过减少农村最低生活保障对象和"五保"对象的方式减少财政补贴；二是可能通过将参保农民"退休年龄"延长到 65 岁或根据参保农民劳动能力状况实行弹性"退休年龄"和"土地换保障"的方式减少财政补贴。

7.2.2 新型农村社会养老保险个人账户养老金制度的具体方案

（1）新型农村社会养老保险个人账户养老金制度采取基金积累制个人账户模式

基金积累制个人账户养老金制度是自 20 世纪 70 年代以来的世界性养老金制度改革的重要趋势之一，也是 20 世纪 90 年代以来全球多支柱养老金制度体系中的重要组成部分。基金积累制个人账户制度在明确个人养老金缴费的产权和增强激励性的同时，其与生俱有的跨时收入再分配功能对于应对人口老龄化风险具有重要的作用。为满足我国覆盖城乡居民的社会养老保障体系建立的要求，在总结国际上以及我国城镇和农村社会养老保险制度改革探索经验和教训的基础上，结合农村经济、社会、人口等发展的实际情况，我国新型农村社会养老保险制度应定位为一个以基金积累制个人账户模式为主导的制度体系。

①城镇基本养老保险制度改革实践证明了基金积累制个人账户制是一种可取的模式

1993 年，党的十四届三中全会《关于建立社会主义市场经济体制若干问题的决定》提出城镇基本养老保险和医疗保险实行社会统筹与个人账户相结合模式，明确了个人账户制是我国城镇基本养老保险制度改革的方向。但是，随后出台的国务院《关于建立统一的城镇企业职工基本养老保险制度的决定》（国发〔1997〕26号）文件默许了社会统筹与个人账户可以互相调剂使用，并将个人账户作为清偿转制成本①的技术支撑，导致我国城镇基本养老保险制度演变为"统账结合、混账管理、空账运行"，基本养老保险基金缺口逐年放大，严重危及制度的财务可持续性，"统账结合"的基本养老保险制度蜕变为"名义账户"制度。从2000年起，国务院决定在辽宁实行做实基本养老保险个人账户试点，2004年将做实个人账户试点扩大到吉林和黑龙江两省，并最终于2005年出台《国务院关于完善城镇基本养老保险制度的决定》（国发〔2005〕38号）。按照国发〔2005〕38号文件规定，做实后的我国基本养老保险制度将实现"统账结合、分账管理、实账运行"。至此，我国城镇基本养老保险个人账户制度将成为真正意义上的完全基金积累制，也充分证明了个人账户制度是一种可取的模式。

②基金积累制个人账户产权所有的特点易于被农民理解和接受

在人口老龄化背景下，具有个人产权所有性质的基金积累制个人账户制度更容易被广大农民所接受：一是个人账户模式具有激励性。个人账户模式要求参保者按照一定的方式和标准缴纳养老保险费，参保者的缴费全部记入个人账户中，参保者未来养老金领取标准直接取决于其个人账户基金积累额和投资收益。缴费越多，个人账户基金积累额越多，投资收益率越高，领取的养老金就越多；反之则越少。个人账户制度安排将缴费与受益直接关联，有利于鼓励农民积极参与，自觉自愿地缴费。二是个人账户模式所有权清晰，解除了农民对过去"一平二调"的担心。个人账户基金积累属于个人产权，意味着个人账户具有可继承性和可携带性。参保者在缴费期间或领取养老金待遇期间死亡，其个人账户中积累的或剩余的养老资金可由其法定继承人或指定受益人一次性领取；任何单位和个人不得

---

① 养老保险隐性债务是采取受益基准制原则的现收现付制养老保险制度向制度覆盖职工做出的养老保险受益承诺。转制成本则是从现收现付制养老保险制度向基金积累制养老保险制度转轨后养老保险隐性债务显性化的成本。

以任何理由侵占、挪用个人账户养老基金资产。三是个人账户模式具有灵活性。我国农村整体的经济水平较低，农民收入水平差别较大且收入不稳定。实行个人账户模式意味着养老保障资源将根据个人的收入水平、风险收益偏好、家庭结构和人生的不同生命周期等等来合理安排和配置。农民可以根据自身的承受能力和不同的需求选择不同的缴费方式（如选择按年、季、月缴费或补缴，也可一次性大额缴纳）和缴费档次，增强农民缴费的灵活性。

③个人账户制也是当前各地实施新型农村社会养老保险试点的主导模式

自 2002 年党的十六大召开以来，各地积极探索实施新型农村社会养老保险制度试点，在试点的过程中形成了一些各具特色的制度模式：如江苏阜宁、山东沿海及北京大兴等地区的“自我保障模式”；苏南一些地区和广东中山市的“社区主导＋政府财政补贴模式”；上海市的“镇保＋农保的双轨制模式”。这些模式的共同点都是采取以基金积累制个人账户为主的制度模式。新型农村社会养老保险个人账户制度的试点结果也证明个人账户模式为主的制度成本低、易建立，能满足不同地区、不同群体、不同单位，甚至是个人在不同时期对养老保险的不同需求，具有广泛的适应性和可推广性。

（2）新型农村社会养老保险个人账户养老金制度的具体方案

参考 6.4 节的结论，新型农村社会养老保险个人账户养老金制度的具体制度安排是：以上年度农民人均纯收入为缴费基数，参保农民缴费率为8%，记入个人账户；缴费满 30 年可以获得相当于 60 岁“退休”时上年度农民人均纯收入 17% 替代率的个人账户养老金。具体参数见表 7-2。

表 7-2　　新型农村社会养老保险个人账户养老金制度技术参数

缴费基数	参保农民缴费率	名义投资收益率	缴费年限	退休年龄	替代率	待遇指数化调整标准
上年度农民人均纯收入	8%	6%	30 年	60 岁	17%	通货膨胀率

以 2007 年为例，按照农村人均纯收入 4140 元计算，30 岁参保农民年缴费标准为 331.2 元，缴费不中断，在 2038 年达到 60 岁时当年可领取 3102.75 元养老金。

7.3　新型农村社会养老保险制度的管理体系

7.3.1　新型农村社会养老保险制度的过渡、衔接与并轨安排

（1）做好与传统农村社会养老保险制度的过渡与并轨工作

当前有一部分地区仍然存在按照《基本方案》建立的传统农村社会养老保险制度，还有部分地区存在新型农村社会养老保险试点的制度安排，因此，统一的新型农村社会养老保险制度实施后，必须做好新型农村社会养老保险制度与传统农村社会养老保险制度和试点制度之间的过渡与并轨工作。

对于已经按照传统农村社会养老保险制度和试点制度领取养老金，且男女均已年满 60 周岁的参保农村户籍人员，可以按照原养老金标准与最低养老金标准中较高标准领取；对于年龄未达到 60 周岁但已经按照原制度开始领取养老金的参保农村户籍人员，仍按原标准领取养老金，待其达到 60 周岁的次月开始按照原养老金标准与最低养老金标准中较高标准领取；对于已参加传统农村社会养老保险或试点制度还未达到领取年龄的人员，应继续参加新型农村社会养老保险，其农村社会养老保险个人账户资金并入新型农村社会养老保险个人账户，其养老金标准按照全额最低养老金的 50% + 个人账户养老金计发。

（2）实现与城镇基本养老保险制度的衔接

参加新型农村社会养老保险的人员转为城镇居民后，其每年缴纳的新型农村社会养老保险费，按照城镇基本养老保险相应年度最低缴费基数和缴费比例折算为城镇基本养老保险的缴费和年限，折算的新型农村社会养老保险费转入城镇基本养老保险社会统筹基金，并按规定将新型农村社会养老保险个人账户基金结余全部转入城镇基本养老保险个人账户。

参加城镇基本养老保险的农民工，在其返回农村并参加新型农村社会养老保险制度时，今后将按照城镇基本养老保险统一转移接续办法，将城

镇基本养老保险社会统筹账户受益权和资金转换到新型农村社会养老保险最低养老金制度，城镇基本养老保险个人账户基金结余转移到新型农村社会养老保险个人账户制度。

7.3.2 新型农村社会养老保险基金征收与给付管理

（1）新型农村社会养老保险基金征收管理

①新型农村社会养老保险的参保对象

新型农村社会养老保险制度的参保对象应包括：第一，具有农村户籍的未进入党政机关、社会团体、事业单位等工作或从事个体经营、未参加城镇基本养老保险的18周岁以上，60周岁以下的人员，包括农村最低生活保障对象户。第二，新型农村社会养老保险制度实施时，具有农村户籍的年满60周岁的未享受城镇基本养老保险待遇的人员，包括农村五保户。其中，农民中应征服兵役人员和在校学生、农转非居民等暂不参加新型农村社会养老保险制度。

新型农村社会养老保险原则上以农村行政村为参保单位，由参保单位对符合要求的参保对象按规定办理新型农村社会养老保险。但同一参保对象不能同时参加城镇和农村两种社会养老保险制度。凡参加新型农村社会养老保险的参保单位，其在册应参保对象（包括已达领取养老金年龄应被视为新型农村社会养老保险统筹接收的人员）必须全员参保，并且参加新型农村社会养老保险后原则上不得退保。

②新型农村社会养老保险缴费方式

新型农村社会养老保险费采取按年缴费、季度缴费或月缴费三种方式缴纳，缴费基数为当地上年度农村人均纯收入。其中，最低养老金缴费率为上年度农民人均纯收入的7.5%，由参保农民缴纳，各级财政按照同比例和等额向每位参保缴费农民提供财政补贴，参保农民缴费和财政补贴全部划入新型农村社会养老保险最低养老金财政专户；个人账户养老金缴费率为上年度农民人均纯收入的2%—8%，由参保农民缴纳，全部划入新型农村社会养老保险个人账户养老金财政专户；有条件的农村集体经济组织，可对参加新型农村社会养老保险的人员给予补助，具体补助数额根据自身条件确定，全部农村集体补助划入参保农民新型农村社会养老保险个人账户。农村最低生活保障对象户实行非缴费待遇，达到退休年龄后可以享受最低养老金制度提供的相当于"退休"当年上年度农民人均纯收入15%替代率的最低养老金。新型农村社会养老保险缴费、基金投资收益和各项养老保险金待遇均按国家规定免征税费。

（2）新型农村社会养老保险金给付管理

①新型农村社会养老保险金领取条件

新型农村社会养老保险金包括最低养老金和个人账户养老金，参保人员按规定缴纳农村社会养老保险费，在达到60周岁时可以按月享受新型农村社会养老保险金待遇。参保人员在缴费期间死亡的，其个人账户全部资金一次性退给其法定继承人或指定受益人；参保人员在领取期间死亡的，其个人账户资金的剩余部分，一次性退给其法定继承人或指定受益人。无法定继承人或指定受益人的，其个人账户储存额全部转入新型农村社会养老保险最低养老金制度，同时发给6个月相当于本人死亡当月养老金标准的丧葬费。

②新型农村社会养老保险金待遇标准

新型农村社会养老保险最低养老金制度提供的全额养老金为相当于上年度农村人均纯收入30%替代率。参保农民按照缴费每满一年，退休时可以获得相当于上年度农村人均纯收入1%替代率的养老金，一个缴费30年的参保农民在其60岁退休时可以获得相当于其60岁时上年度农村人均纯收入30%替代率的养老金。

新型农村社会养老保险个人账户养老金按照个人账户存储额除以国家规定的城镇基本养老保险个人账户养老金计发月数或由社会保险经办机构以团体年金的方式向商业保险公司购买生存年金。

③新型农村社会养老保险关系的转移接续

新型农村社会养老保险个人账户资金在参保对象退休未达到退休年龄之前依法锁定，只能用于参保对象养老金发放，不得提前支取或挪作他用。新型农村社会养老保险参保对象在省内迁移户口时，只转移养老保险关系，不转移基金；户口迁移省外的，参保对象的最低养老金基金按照参保缴费整年数乘以上年度缴费基数与缴费补贴比例之和的方式计算最低养老金受益权，并将等额基金转移到迁入地新型农村社会养老保险最低养老金制度；个人账户基金随同转入户口迁入地的新型农村社会养老保险制度个人账户制度，同时终止本省新型农村社会养老保险关系。

7.3.3 新型农村社会养老保险管理模式

在新型农村社会养老保险制度初建时期，新型农村社会养老保险制度将由省级人民政府负责组织、协调和管理，其中最低养老金实行省级统筹；条件成熟后，新型农村社会养老保险最低养老金实行全国统筹，并最终与城镇基本养老保险社会统筹账户并轨，建成中国国民养老金制度。省级人力资源和社会保障厅（局）作为新型农村社会养老保险的行政管理部门，负责各级新型农村基本养老保险的统筹计划和监督指导等工作；各级社会保险局是新型农村社会养老保险的经办机构，负责管理新型农村社会养老保险的各项业务；省级社会保障基金信托管理委员会和财政部门负责新型农村社会养老保险最低养老金基金的统筹管理和资本运营；省级社会保险经办机构负责新型农村社会养老保险个人账户养老基金的受托管理。

新型农村社会养老保险管理框架图说明（见图7－1）。

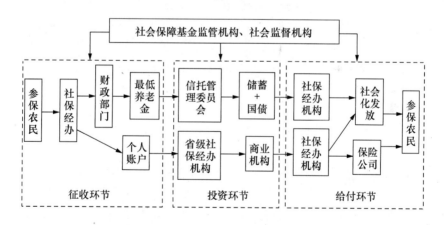

图7－1 新型农村社会养老保险管理体系

第一，在新型农村社会养老保险费的征收环节中，县级社会保险经办机构负责向参保农民征收新型农村社会养老保险费，并实行收支两条线管理。其中新型农村社会养老保险最低养老金缴费划入财政部门在商业银行开设的新型农村社会养老保险财政专户，并由各级财政对其进行等比例补贴之后一并归入最低养老金专户;新型农村社会养老保险个人账户养老金缴费划入财政部门在商业银行开设的新型农村社会养老保险个人账户财政养老金专户。

第二,在新型农村社会养老保险基金的投资环节中,由财政部门、社会保障部门等组建和监督的省级社会保障基金信托管理委员会根据最低养老金基金的特点和国家宏观经济政策取向对其进行投资,投资范围仅限于银行协议存款和购买国债等;省级社会保险经办机构根据个人账户养老基金的特点和政策规定,将个人账户养老基金交给经批准的商业机构对其实行准市场化运营管理。

第三,在新型农村社会养老保险金的给付环节中,最低养老金由各级社会保险经办机构依据支付需要向财政部门报告后采取社会化方式向参保退休农民给付;个人账户养老金由各级社会保险经办机构采取定期给付或购买商业保险年金的方式向参保退休农民给付。

第四,社会保障基金监管机构和社会监督机构对新型农村社会养老保险基金运行的三大环节进行全程监管。

8 新型农村社会养老保险制度
筹资能力研究

政府通过专门性的法律法规"供给"农村社会养老保险制度这一准公共品，集中体现了政府的政治责任。但如果要使农村社会养老保险制度正常运行，政府还需要在资金筹集过程中承担相应的经济责任。在前述新型农村社会养老保险制度所设计的政府出资比例和规模的前提下，政府有这个出资能力吗？并且，作为缴费主体的农民个人和集体经济有相应的缴费能力吗？本部分主要论证和探讨这三个方面的问题。

8.1 农村社会养老保险制度的财政分担机制

8.1.1 农村社会养老保险制度筹资模式的变化：一个博弈分析框架

1992 年 1 月民政部颁布的《基本方案》规定了传统农村社会养老保险制度的基本特征是"以个人缴费为主，集体补助为辅和国家扶持相结合"。由于对集体和国家的责任并没有明确规定，致使在政策实践中，许多农村集体无力或不愿对农村社会养老保险给予补助，而国家对农民参加养老保险也没有直接的财政支持。传统农村社会养老保险制度演变成一项强制储蓄制度，农民的参保积极性非常低。我们可以引入博弈的分析框架分析这一结果。

假设农民可以自愿选择参加或不参加传统农村社会养老保险制度，如果参加，《基本方案》规定了农民交纳保险费时，可以根据自己的实际情况分 2 元、4 元、6 元、8 元……20 元十个档次缴费。由于农村经济发展水平普遍偏低，加上许多人对农村社会养老保险缺乏信心，参保农民大都选择了每月 2 元的最低档次保费，也即每年的缴费额为 24 元。相应的，这样一个较低的缴费额使参保农民可以领取的养老金待遇水平也非常低。

1998 年，我国农村养老保险向 59.8 万参保农户发放了养老保险金，参保农民月均养老金为 3.5 元，人均每年约 42 元。[①] 现在有两个农民 A 和 B，按照每年 24 元的缴费标准和 1998 年的 42 元的养老金待遇水平，不考虑养老金缴费和领取之间的时间因素[②]，可以建立支付矩阵（见表 8 – 1）。

表 8 – 1　　传统农村社会养老保险制度：不提供补助下的支付矩阵

		农民 B	
		参加	不参加
农民 A	参加	(18，18)	(18，0)
	不参加	(0，18)	(0，0)

农村社会养老保险制度具有准公共品的性质，按照"谁支付谁受益"的原则，参加了制度并且缴纳一定保费的农民可以获得相应的收益。如果农民 A 和 B 都是理性人，从表 8 – 1 支付矩阵可以看出，最优的策略是都选择参加农村社会养老保险制度。但是，制度带来的收益太低，根本不能保障年老时基本的生活需求，这也就意味着《基本方案》设计的农村社会养老保险制度形同虚设。一方面，对于富有的农民而言，该制度下养老金待遇水平过低，没有足够的吸引力激励他们参加制度；另一方面，对于贫困的农民而言，2007 年政府已在全国建立农村最低生活保障制度，将符合条件的农村贫困人口纳入保障范围，并重点保障病残、年老体弱、丧失劳动能力等生活常年困难的农村居民。据统计，2007 年全国农村最低生活保障标准为每月 70 元。[③] 一个理性的贫困农民可以简单测算一下：参加农村养老保险制度，每月缴纳 2 元的保险费，按照规定，10 年后每年可以领取 417 元的养老金，缴纳 15 年后，每年可以领取 919 元；不参加制度，如果年老时仍旧处于贫困状态，农村最低生活保障制度也可以提

①　中国社会科学院"农村社会保障制度研究"课题组：《积极稳妥地推进农村社会养老保险》，《人民论坛》2000 年第 6 期，第 8 页。

②　如果考虑养老金缴费和领取之间的时滞和时间价值，表 8 – 1 中农民的效用将大于 18。

③　《2007 年民政事业发展统计报告》，中华人民共和国民政部网站，http：// cws. mca. gov. cn/article/tjbg/200805/20080500015411. shtml，2008 年 5 月 26 日。

供足够的基本生活保障。因此，农村养老保险制度对于农村贫困人口，尤其是对于那些原本处于贫困人口之列，一旦参加了制度并领取了养老金之后，收入水平高于贫困线标准的农民而言，也不具有吸引力。

表8-1给出的支付矩阵是将农民作为理性人，可以自愿选择参加或不参加农村养老保险制度。当政府介入其中，强制农民参加制度时，结果相同，农民的参与意愿依然非常低。现在按照第7部分设计的新型农村社会养老保险制度，制度缴费率15%，个人负担50%，政府（集体）给予补助，2007年农民人均纯收入4140元，则2008年农民个人的缴费额为310.5元，2008年领取的养老金为上年农民人均纯收入的30%，即为1242元。不考虑养老金缴费和领取之间的时滞和时间价值，以2008年数据为例，得到的支付矩阵见表8-2。

表8-2　新型农村社会养老保险制度：政府（集体经济）参与下的支付矩阵

		政府（集体）	
		补助	不补助
农民A	参加	(931.5，-310.5)	(621，0)
	不参加	(0，0)	(0，0)

表8-2中，如果农民自愿选择参加制度并且政府（集体）提供补助，农民的净收益为931.5元，但当政府（集体）不提供补助时，农民的净收益降为621元，因为全部的缴费将由农民个人全部负担；如果农民选择不参加制度，政府（集体）也不提供补助，农村社会养老保险制度无从建立，但当政府（集体）提供补助时，不参加的农民获得的收益为零，同时根据制度设计，政府（集体）也不会对该农民进行补助。从表8-2的支付矩阵可以得出，最优的策略是农民参加制度而政府（集体）不提供补助。这样一来，又回到表8-1的情况，虽然无补助下最优的策略是参加制度，并且新制度提供的养老金待遇水平有所提高，但每年要先缴纳600元以上的保费，并不能激发农民的参保热情，将重蹈传统农村社会养老保险制度的覆辙，甚至于制度将演变成"只保富不保穷"。农村社会养老保险制度探索实践的经验教训已经充分说明，如果没有补贴，仅靠

个人缴费，农民的参保积极性必定不高，制度也难以运行下去。《劳动和社会保障部、民政部和审计署关于做好农村社会养老保险和被征地农民社会保障工作有关问题的通知》（劳社部发〔2007〕31 号）明确指出，农村社会养老保险的资金筹措实行"个人缴费、集体（或用人单位）补助、政府补贴的多元化筹资机制"的基本原则。这样，在政府（集体）提供补助的前提下，最优的策略就是农民参加新型农村社会养老保险制度。

在补助模式下，存在两个主体：政府和集体。虽然我国的农村社会养老保险制度自探索实践以来一直强调集体经济的主体性功能，但集体经济始终在其中处于"无作为"的状态。自改革开放以来，随着家庭联产承包责任制和城乡综合配套改革的不断深化，广大农村，尤其是中西部落后地区的农村集体经济逐渐虚化，集体保障功能不断弱化，集体财力非常有限。同时农业经济的特殊性使农村社会养老保险制度主体构成有别于城镇企业职工基本养老保险制度，与城镇企业相比，农村经济实体是一个相对松散的经济组织，农民并不隶属于任何独立法人实体，劳动关系不明确，与集体经济的联系纽带很松弛，集体在农村社会养老保险中的"雇用人"角色非常微弱，与参保农民的关系不明确，致使农村社会养老保险制度主体构成中很大程度上只有"政府"与"参保农民"两方，存在雇主缴费的缺位。因此，农村社会养老保险制度中的补助，主要来源还是政府提供的财政补助。借鉴国外经验，欧洲大部分国家在创建农村社会养老保险制度时就给予大量财政补贴，例如，德国政府对农民养老金补贴达到项目支出的 70%[1]，从而有效地推动了制度的建立和维持了制度的平稳和可持续运行。

8.1.2 政府财政补助的必要性

（1）实现统筹城乡发展的战略目标要求政府对农村养老保险制度进行财政补助

随着人口老龄化步伐的加快，城乡社会保障水平差距不断加大，社会对建立农村社会养老保险制度的呼声不断增强，要求政府调整城市偏向型

---

[1] 亚洲开发银行小型技术援助项目（PHC-3607）：《中国农村老年保障：从土改中的土地到全球化时的养老金》，第 51 页，马尼拉，ADB，2002 年。

的公共财政支出原则，重新定位政府在农村社会养老保险中的责任与义务，促进农村社会保障事业的发展，使全体国民分享国家经济发展所带来的好处。

农业、农村、农民曾经为我国国民经济的建设和发展做出了不可磨灭的贡献，也为此付出了惨重的代价，农村经济长期凋敝，几乎处于崩溃的边缘。城乡经济发展的巨大差距并非资源的禀赋不同导致，而是制度的不公平造成的。当前工业反哺农业，解决"三农"问题正是国家偿还工业对农业、城市对农村的历史欠债的重要举措，建立惠及中国绝大多数人口的农村社会养老保险制度则是其中的重要体现，而建立政府财政对农村社会养老保险的补贴制度正是实现和明确政府责任，赋予广大农村地区居民"国民待遇"的直接体现。

（2）农村经济的特殊性要求政府对农村养老保险制度进行财政补助

我国是一个自然灾害频发的国家，农业生产经常受到各种气象、地质和生物灾害的影响，且抵御自然灾害的能力差，农民难以从农业生产中获取稳定和较高的收入。我国的农业生产组织又主要以家庭为单位，分散程度高，抗风险能力弱，这就决定了农民及其家庭对制度化的社会保障有着客观上的强烈需求，且需要政府的强力介入与经济支持。

从发达国家开展农村社会养老保险的实践看，工业化国家往往通过大量补贴方式，鼓励农民参加社会养老保险制度。即使是强调个人缴费为主，资金来源多元化的德国和日本，其"自保公助型"农村社会养老保险制度在个人缴费不足时也予以资助，农村养老保险基金中大约有1/3来自国家补贴①。国家财政补贴农村养老保险制度是目前许多国家的做法。据统计，2003年德国的农村社会保障预算占食品、农业和林业部总预算的72%；法国国家财政对农村社会保障计划的投入占计划总资金的88%，其中30%为国家财政直接投入；德国和奥地利的农村养老保险资金来源中财政支持所占比例为70%，芬兰为75%，希腊和波兰高达90%。②

---

① 陈桂华、毛翠英：《德、日农民养老保险制度的比较与借鉴》，《理论探讨》2005年第1期，第68页。

② 林义：《农村社会保障的国际比较及启示研究》，中国劳动社会保障出版社2006年版，第46页。

（3）农村社会养老保险制度基本目标的实现需要政府财政补助发挥重要作用

自 1994 年世界银行的研究报告《防止老龄危机：保护老年人及促进增长的政策》提出了三支柱养老保障模式以来，由单一支柱模式向多支柱模式转变成为世界范围内养老保障制度改革的方向。2005 年底世界银行出版了第二本重要著作：《21 世纪的老年收入保障——养老金制度改革国际比较》，被誉为世界银行参与养老金研究工作的又一个里程碑。这本书提出了一个重要思想，即它扩展了三支柱的思想，进而提出了五支柱的概念和建议，其中尤为值得关注的是新增的"零支柱"——非缴费型的最低水平保障，明确提出了消除老年贫困问题在建立养老保障制度过程中的首要地位和基础性作用。从建立养老保障，尤其是社会基本养老保险的首要目标来看，保障社会成员在年老时获得基本生活保障本身就包含了反老年贫困的内容。

当前，由于农村青壮年劳动力的大量外流，农村的老龄化程度不断加深，农村老年抚养比快速上升，传统的家庭代际养老模式受到严峻挑战，大量农村"空巢"老人承受着前所未有的养老压力。在我国未富先老的特殊国情下建立农村社会养老保障体系，由于资金的来源有限，必定是低标准起步先保基本，可能仅仅满足参保农民在年老后获得最基本的生活保障，更具有消除老年贫困的特点。从农村的现实情况来看，疾病风险和收入中断风险与年老风险具有很强的关联性，农村中的贫困人群主要集中在丧失劳动能力、疾病缠身而又无依无靠的老人。因此，现阶段建立农村社会养老保险制度的首要目的和基本目标就是反老年贫困。

如果说个人由于在工作时期的短视行为而没有进行未来养老的必要储备从而使自己面临不可预测的长寿风险的主体责任在本人自身，那么特殊历史条件下或者由于资源禀赋的不同所导致的群体性贫困则是公共性问题，因为它涉及公民的生存权，这个时候国家就应该发挥其应有的作用，有义务提供基本的生存资料维护公民基本的生存权利。因此，由于当前我国正处于城市化快速发展的关键时期，农村青壮年劳动力的迁移所带来的农村老年人的养老危机是特殊时期社会变革和老年人资源禀赋弱质化双重因素导致的，主要表现在农村老年贫困。所以，当前建立和完善农村社会养老保险制度离不开公共财政的支持，公共财政也有责任和义务通过建立这项制度来缓解农村的贫困问题。

8.1.3　财政补助的地位与方式

（1）政府是"三方筹资"主体之一

农村社会养老保险制度的资金来源可以有财政支持、集体补助、个人缴费甚至社会捐赠四种渠道。受我国乃至东亚地区普遍存在的捐赠传统观念以及政策制度环境的制约，我国每年的捐赠数额非常低。据统计，2007年我国直接接收的社会捐赠款42亿元，不到财政收入总额的1‰。[①] 社会捐赠的力量有限，不足以成为农村社会养老保险制度重要的资金来源。因此，稳定可靠的筹资来源只有农民个人缴费、集体补助和政府财政补助。

新型农村社会养老保险制度应建立以农户缴费和财政补贴为主、集体补助为辅的筹资模式。"三方筹资"原则在强调农民个人缴费义务的同时，将政府作为资金供给的主要主体之一，与传统农村社会养老保险制度的筹资原则有很大区别。在新型农村社会养老保险制度模式的设计中，实行"最低养老金＋个人账户"的模式，根据权利和义务相结合的社会保险本质属性的要求，新型农村社会养老保险制度仍然强调农户个人的缴费责任，个人账户归集农民个人账户缴费与集体补助且个人账户产权属于个人所有；政府财政补贴则专门为每位参保农民建立一个标准统一的最低养老金制度。在农民个人缴费和政府补贴的基础上，集体经济发达的地区要根据实际情况给予适当补助，尤其是有条件的乡镇企业要合理分担就业农民参保缴费的负担。

（2）财政补助应制度化

《基本方案》所采取的是"个人缴纳为主，集体补助为辅，国家予以政策扶持"的个人账户完全积累方式，政策设想是通过以农民自身积累形成的养老金，与土地、家庭保障一起形成农村的养老保障体系。非强制性且由于制度设计的问题致使传统农村社会养老保险制度对农民缺乏吸引力。这是一个路径依赖与锁定向负面方向发展的过程，也就是说，传统的农民自愿参加的农村养老保险制度并不能使收益递增普遍发生，因此制度

---

① 《2007年国民经济和社会发展统计公报》，中华人民共和国国家统计局网站，http://www.stats.gov.cn/tjgb/ndtjgb/qgndtjgb/t20080228_402464933.htm，2008年2月28日。

变迁得不到巩固和支持，就朝着非绩效的方向发展，最终"闭锁"于一种无效率的运行路径上。

随着阻碍城乡之间人口流动的制度化因素出现了松动的迹象，城乡之间巨大的经济差距引发了数亿农民工进城打工的浪潮，农村剩余劳动力的转移导致农村人口的老龄化程度快速上升，农村传统的家庭代际养老模式受到严峻挑战。经济社会条件的巨大变化使农村养老保障模式需要从制度上加以根本改变。这种改变主要体现为农村养老保险制度从自愿性向强制性的转变。一是在参保方式上，政府需要设计专门性的方案，通过宣传、组织和引导，对不同类型的农民循序渐进，让有条件的农民先参保。农民自愿参保不可避免地会产生农民在养老问题上的"短视"行为，富裕农民、年轻人、中年人不愿保，贫困户不能保，部分农民存在疑虑而不敢保。政府介入后，通过强制性参保不但可以减少这种逆选择，而且有助于将政府的财政资金真正用在最需要帮助的贫困者身上，从而减少农村贫困，实现社会公平。二是在政府责任方面，不仅要承担立法、管理和监督的职责，还要明确政府的财政补贴责任，使政府财政补助机制制度化、稳定化。

（3）财政补助的差别化

我国幅员辽阔，地区之间差异大，在农村社会养老保险制度筹资的过程中不可能"一刀切"。表 8－3 显示，2006 年我国东、中、西和东北四个地区农民人均收入、地方财政收入和乡镇企业收入状况。从农民人均收入指标看，经济最为发达的东部地区是经济欠发达的西部地区的 1.72 倍；从乡镇企业收入水平看，东部地区是西部地区的 8.65 倍；从地方财政收入状况看，东部地区也远远高于其他地方。因此，在筹资过程中，应综合衡量各地区的经济发展水平、农民承受能力以及集体经济发展状况，建立差异化养老金待遇水平的不同筹资模式，新型农村社会养老保险的筹资主体也应承担不同的规模和比例。具体来说，农民个人的承受能力较强、集体经济较发达的地方，养老金筹集和发放的水平可以偏高，中央财政的补助责任可以有所降低，地方财政可根据本地区的具体财力，给予适当的财政补助；对于较为贫困的地方，财政应承担起更大的责任，根据我国现行的财政体制和预算体制的特点，除中央财政要积极担当资金的筹集责任外，各级地方政府也要做出相应的财政收支与预算安排。

表 8 - 3   2006 年分地区农民个人、财政及乡镇企业收入水平（亿元）

项目 \ 地区	东部地区	中部地区	西部地区	东北地区
人均总收入 *	6754	4441	3927	6181
财政收入 * *	10844	2950	3059	1450
乡镇企业利润总额 *	9035	3423	1044	1233

资料来源：*来源于《2007 年中国农业发展报告》，中华人民共和国农业部网站，http：//www. agri. gov. cn/sjzl/baipsh/2007. htm；＊＊来源于《2007 年中国统计年鉴》，中华人民共和国统计局网站，http：//www. stats. gov. cn/tjgb/。

8.2   新型农村社会养老保险制度筹资能力预测与分析

8.2.1   对"政府财力不足"理由的否定

新型农村社会养老保险制度的基础是政府财政补贴义务的强化和补助力度的加大，因此财政的经济支持能力和财政资金的筹措机制是前提保障。在我国农村社会保障制度实践中，政府责任长期缺失，其潜在的理由一直是"政府财力不足"。但从我国财政收支状况和农村社会养老保险制度建立的国内外实践看，这个理由并不充分。

（1）我国财政收入连续超速增长，政府已具备强大的财力

1994 年分税制改革以来，我国政府财政收入连续大规模增长，财政收入平均环比增长率 19.32%，财政收入总量从 1994 年的 5218.1 亿元增加到 2007 年的 51304.03 亿元，增长了近 9 倍。[1] 据国家税务总局最新统计，2008 年上半年全国税收总收入已完成 31425.75 亿元，同比增长

---

①   《2007 年中国统计年鉴》，中华人民共和国统计局网站，http：//www. stats. gov. cn/tjgb/；《关于 2007 年中央和地方预算执行情况与 2008 年中央和地方预算草案的报告》，中华人民共和国财政部网站，http：//www. mof. gov. cn/caizhengbuzhuzhan/zhengwuxinxi/caizhengshuju/200807/t20080728_ 59019. html，2008 年 3 月 5 日。

33.5%，增收 7890.94 亿元，政府的财政能力得到明显增强。[①]

在财政收入总量增加的同时，从 1994 年起财政收入增长速度连续十三年高于 GDP 的增长速度，也远高于老百姓收入的增长，在如此高的财政收入增速下，中央财政迅速集中了大部分财力。例如，2007 年中央财政收入占财政总收入的 55.4%。众所周知，经济决定税收，财政收入增长应与经济增长基本同步。财政收入的超速增长一定程度上意味着在国民收入分配领域，政府与个人的收入分配格局出现了偏差，收入分配过度倾向于政府，尤其是中央政府；这同时也意味着政府必须"还利于民"。当前，尽快建立起新型农村社会养老保险制度及其财政补贴机制，就是政府调节城乡收入差距的一项强有力的收入再分配手段，是政府"关心民生"的一项重要举措。

（2）社会保障支出规模偏小，结构仍不合理

我国政府的财政支出中一直存在社会保障支出规模偏小、城乡投入不均衡的状况。具体表现在：

①社会保障支出规模小

据国际劳工局（International Labor Organization，ILO）统计，1996 年美国社会保障支出占联邦财政支出的比重是 48.8%，占 GDP 的比重为 16.5%，德国社会保障支出占财政支出和 GDP 的比重分别为 52.1% 和 29.7%，法国为 55.3% 和 30.1%，英国为 54.9% 和 22.8%[②]。而我国社会保障支出在 2003 年之前仅有抚恤和社会福利救济费一项，其占财政支出的比重 2002 年为 1.69%，2001 年为 1.41%，2000 年为 1.34%，2003 年开始增加了社会保障补助支出项目，该项目与抚恤和社会福利救济费项目合计占当年财政支出的 7.14%，2004 年这一比重上升为 7.33%，2005 年为 7.47%，2006 年提高至 7.5%[③]，与发达国家相比差距十分明显。

②社会保障支出结构失衡

在社会保障支出中，主要部分用于城镇社会保障，用在农村社会保障

---

① 《财政部解谜：上半年全国税收总收入缘何较快增长》，《人民日报》2008 年 8 月 17 日。

② 王树和：《转型期中国农村养老保障问题研究》，山东农业大学 2006 年博士学位论文，第 115 页。

③ 根据《中国统计年鉴》（2000—2007）数据计算得出。

的部分极少。并且，在农民养老保险和医疗保险方面国家承担责任很小，其中部分用于农村社会救济。例如，2004 年农村社会救济支出仅 37.88 亿元，2007 年由于在全国普遍建立了农村最低生活保障制度，当年的低保资金支出总额为 104.1 亿元，才使农村社会救济支出总体水平有所提高。① 在社会保障资金投入量一定的情况下，这种重城轻乡的二元社会保障体制实际上是以牺牲农民的利益为代价的，有损社会公平。因此，即使在"政府财力不足"假定下，如果城乡投入比例合理，政府是能够在一定程度上承担起农村社会养老保险补贴责任的。

（3）地方政府财力不均，中央政府应承担起兜底责任

国外农村社会养老保险制度发展的经验表明，建立农村社会保险制度的时间一般是在工业化发展第二阶段向第三阶段的过渡期，也即工业反哺农业时期，在这一时期，国民经济中已有足够的财力可以用于农村的发展。其衡量指标大致可归纳为：农业 GDP 的比重在 15% 以下；人均 GDP 达到 2000 美元；农业人口占总人口的比例不超过 50%；农业劳动力份额在 20% 以下。② 如果完全以这些指标作为衡量条件，我国新型农村社会养老保险制度建立的经济条件和财力条件并不完全满足。但是，西方国家的农村养老保障是一个长期的自发性制度变迁过程，而我们是在经济发展过程中切入式的强制性制度变迁，制度建立所考虑的重点应是我国的国情。

我国地域辽阔，各地经济发展水平和地方政府的财力差异性大。2006 年，东部地区地方政府财政收入为 10844 亿元，是中部地区的 3.68 倍，西部地区的 3.55 倍，东北地区的 7.48 倍。③ 目前，我国很多地方已具备了全面建立新型农村社会养老保险的条件。以江苏省为例，2006 年省内人均 GDP 约合 3598 美元，农业人口占总人口比重为 48.1%，实际务农人口 20% 左右。从江苏省农村社会养老保险制度财政投入的经验看，政府具备了经济承受能力。江苏省按照地区经济发展水平的不同实行差别化补助，苏南地区财政补助应缴总额的 60%，苏中地区财政补助 20%，苏北

---

① 《2007 年民政事业发展统计公报》，中华人民共和国民政部网站，http://cws.mca.gov.cn/accessory/200806/1213843342410.doc，2008 年 1 月 24 日。

② 胡豹、卫新：《国外农村社会养老保障的实践比较与启示》，《商业研究》2006 年第 7 期，第 52—55 页。

③ 《2007 年中国统计年鉴》，中华人民共和国统计局网站，http://www.stats.gov.cn/tjgb/。

地区财政补助10%，则补助数额占2006年财政收入的比例分别为2.67%、3.46%和3.15%。① 江苏省的实践说明，每年财政总支出的2%—3%就能建立起与当地经济发展水平相适应的农村社会养老保险制度。再如，北京市2006年财政投入了5000万元，占财政总支出的2‰，就以参保补贴的方式全面启动了新型农村社会养老保险制度建设。②

在制度设计中，新型农村社会养老保险制度还兼有农村反贫困的重任，所设计的"最低养老金"支柱凸显了政府保证"横向公平"的公共责任。对于经济不发达的地方，中央政府应承担较大的财政补贴责任，各级地方政府对本辖区内的高于国家标准的差额部分承担财政责任。分税制改革至今，中央政府已积聚起巨大的财力，占总财政收入的一半以上，中央政府已完全有能力承担这份责任。

8.2.2 财政支持能力预测

本书在1978—2007年GDP原始数据的基础上，采用ARIMA模型首先预测2008—2052年GDP数额（见表8-4），由于经济基数的增加，GDP的增长速度逐渐下降，但平均增长速度为5.43%。然后通过1978—2007年财政收入和GDP的数据，建立财政收入与GDP的线性回归模型，并对模型参数进行调试，得出2008—2052年财政收入的预测值。从表8-4可以看出，财政收入的增长速度与GDP的增长速度基本一致。按照5.3节精算方案3下的政府财政补贴数额占财政收入的比重2008年为2.14%，以后一直递减，至2052年该比重只有0.56%。这说明如果2008年政府建立新型农村社会养老保险制度财政补贴机制，则当年财政总投入为1085.98亿元，绝对数额低于未来年份但占财政收入的份额却高于未来年份。财政补贴制度建立初年（2008），政府只要拿出财政收入的2.14%，以后的财政负担则更轻。

值得一提的是，新型农村社会养老保险制度将农村养老保险与农村

---

① 李放、陈婷：《江苏全面实行农村社会养老保险的经济可行性分析》，《南京社会科学》2008年第3期，第129—133页。

② 苏州市社会保险制度调研报告：《社会保险体系基本破除城乡分割》，《社会科学报》2007年6月14日第2版。

60 岁以上老人的最低生活保障联系起来，为每位参保农民设立了一个财政补贴的"最低养老金"。因此，新型农村社会养老保险制度一旦建立，在一段时期内将有效减少农村贫困，进而减少政府农村最低生活保障支出和社会救济支出。2007 年公布的国家贫困标准是年人均收入 693 元①，按照 7.2 节所设定的养老金领取额为上年农民人均纯收入的 30% 计算，养老金待遇（例如 2008 年养老金待遇水平为 1242 元）远高于贫困线标准，这意味着参保贫困农民将不再接受国家最低生活保障。

表 8－4　2008—2052 年财政收入及财政对新型农村社会养老保险的支持能力预测

预测 年份	GDP （亿元）	GDP 增速 （%）	财政收入 （亿元）	财政收入 增速（%）	财政补贴 （亿元）	财政补贴/ 财政收入 （%）
2008	287490.82	—	50632.35	—	1085.98	2.14
2009	324222.11	12.78	57280.71	13.13	1155.69	2.02
2010	366469.86	13.03	64927.55	13.35	1225.83	1.89
2011	412429.98	12.54	73246.33	12.81	1276.27	1.74
2012	454535.54	10.21	80867.44	10.40	1329.61	1.64
2013	494426.43	8.78	88087.69	8.93	1380.90	1.57
2014	539982.65	9.21	96333.37	9.36	1436.37	1.49
2015	584980.99	8.33	104478.10	8.45	1499.88	1.44
2016	626524.12	7.10	111997.40	7.20	1584.54	1.41
2017	669967.28	6.93	119860.60	7.02	1683.82	1.40
2018	717750.52	7.13	128509.40	7.22	1790.56	1.39
2019	762931.49	6.29	136687.10	6.36	1922.69	1.41
2020	807523.86	5.84	144758.30	5.90	2065.72	1.43
2021	855972.01	6.00	153527.40	6.06	2151.14	1.40
2022	906203.71	5.87	162619.40	5.92	2196.66	1.35
2023	953955.88	5.27	171262.50	5.31	2216.34	1.29
2024	1003924.37	5.24	180306.80	5.28	2241.83	1.24
2025	1057265.15	5.31	189961.50	5.35	2266.10	1.19

---

①　《年人均纯收入低于 693 元农民可申请低保》，腾讯财经，http://finance.qq.com，2007 年 7 月 31 日。

续表

预测年份	GDP（亿元）	GDP增速（%）	财政收入（亿元）	财政收入增速（%）	财政补贴（亿元）	财政补贴/财政收入（%）
2026	1110358.42	5.02	199571.40	5.06	2279.67	1.14
2027	1162638.76	4.71	209034.10	4.74	2302.83	1.10
2028	1218524.36	4.81	219149.40	4.84	2299.56	1.05
2029	1276073.52	4.72	229565.80	4.75	2300.88	1.00
2030	1332830.93	4.45	239838.90	4.48	2296.50	0.96
2031	1390745.73	4.35	250321.50	4.37	2307.28	0.92
2032	1452034.05	4.41	261414.70	4.43	2319.12	0.89
2033	1513443.99	4.23	272529.90	4.25	2336.71	0.86
2034	1574828.15	4.06	283640.40	4.08	2357.83	0.83
2035	1638592.50	4.05	295181.80	4.07	2386.03	0.81
2036	1704541.43	4.02	307118.50	4.04	2437.03	0.79
2037	1770037.10	3.84	318973.20	3.86	2504.15	0.79
2038	1836753.48	3.77	331048.90	3.79	2574.27	0.78
2039	1905973.73	3.77	343577.80	3.78	2653.70	0.77
2040	1976157.51	3.68	356281.00	3.70	2740.82	0.77
2041	2046290.95	3.55	368975.20	3.56	2829.33	0.77
2042	2118554.88	3.53	382054.90	3.54	2901.23	0.76
2043	2192666.85	3.50	395469.20	3.51	2980.71	0.75
2044	2267122.38	3.40	408945.70	3.41	3044.26	0.74
2045	2342396.24	3.32	422570.20	3.33	3091.69	0.73
2046	2419998.41	3.31	436616.20	3.32	3109.08	0.71
2047	2498626.03	3.25	450847.80	3.26	3097.08	0.69
2048	2577691.24	3.16	465158.60	3.17	3087.54	0.66
2049	2658317.80	3.13	479752.00	3.14	3065.21	0.64
2050	2740878.15	3.11	494695.50	3.11	3024.26	0.61
2051	2823968.87	3.03	509734.90	3.04	2990.04	0.59
2052	2908011.47	2.98	524946.60	2.98	2960.00	0.56

8.2.3 农民个人缴费能力分析

从 1998 年农村税费制度改革开始，国家对农村实行了一系列政策倾斜措施，农民收入持续增加，农村贫困状况逐渐好转（见图 8 - 1）。2007 年，农村居民人均纯收入达到 4140 元，比 2002 年增加 1664 元，年均增加 333 元。按农村绝对贫困人口标准低于 785 元测算，2007 年末农村贫困人口为 1479 万人，比上年末减少 669 万人；按低收入人口标准 786—1067 元测算，2007 年末农村低收入人口为 2841 万人，减少 709 万人。①

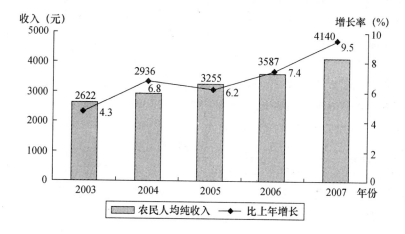

图 8 - 1 2003—2007 年中国农村人均纯收入及其增长速度

资源来源：《2007 年国民经济和社会发展统计公报》》中华人民共和国国家统计局网站，ht-tp：//www. stats. gov. cn/tjgb/ndtjgb/qgndtjgb/t20080228_ 402464933. htm，2008 年 2 月 28 日。

在农民经济状况普遍提升的基础上，绝大多数农民具有缴费能力，农民参保的能力明显增强。在精算方案 3 下，农民只要缴纳农村社会养老保险制度缴费额的 50%，即上一年度人均纯收入的 7.5%，这个缴费率并不高。按照收入五等分进行分类，2006 年农村居民家庭人均纯收入分别为低收入户 1182.46 元、中低收入户 2222.03 元、中等收入户 3148.50 元、

---

① 《2007 年国民经济和社会发展统计公报》中华人民共和国国家统计局网站，http：//www. stats. gov. cn/tjgb/ndtjgb/qgndtjgb/t20080228_ 402464933. htm；2008 年 2 月 28 日。

中高收入户 4446.59 元、高收入户 8474.79 元①。即使按 2008 年 310.5 元的年缴费额计算，其占低收入户人均纯收入的 26.26%，占中低收入户的 13.97%，占中等收入户的 9.86%，占中高收入户的 6.98%，占高收入户的 3.66%。在 2006 年国家统计局调查的 68190 户农村居民家庭中，人均纯收入 400 元以下的户数占调查户的比重为 0.97%，说明仅有约 1% 的农户完全支付不起新型农村社会养老保险制度缴费。

表 8-5 将 2000—2006 年我国城乡居民收支情况及收支比重进行对比。可以看出，伴随着城乡居民收入的增加，其支出数额也都在增加，城镇居民收入增速略大于支出增速，农村居民 2000—2004 年收支增速基本相当，人均生活消费支出占人均纯收入的比重保持在 74% 左右，2005 年有个跳跃，支出增速大于收入增速，2006 年又趋于平稳。总体看来，城乡居民可支配剩余收益的比例相当，大约为收入的 20%—30%。根据农村的实际生活水平，从剩余可支配收益中拿出一部分（现金）作为养老之用，对大多数农民而言是可以接受的。

表 8-5　　　　　2000—2006 年我国城乡居民收支比重（%）

年份	城镇居民收支情况及收支比			农村居民收支情况及收支比		
	城镇人均可支配收入	城镇人均消费性支出	支出/收入（%）	农村人均纯收入	农村人均生活消费支出	支出/收入（%）
2000	6280	4998	79.59	2253	1670	74.12
2001	6860	5309	77.39	2366	1741	73.58
2002	7703	6030	78.28	2476	1834	74.07
2003	8472	6511	76.85	2622	1943	74.10
2004	9422	7182	76.23	2936	2185	74.42
2005	10493	7943	75.70	3255	2555	78.49
2006	11760	8697	73.95	3587	2829	78.87

数据来源：根据《中国统计年鉴》（2001—2007）计算整理得出，中华人民共和国国家统计局网站，http://www.stats.gov.cn/tjgb/。

---

① 《中国统计年鉴》（2007），中华人民共和国国家统计局网站，http://www.stats.gov.cn/tjgb/。

8.2.4 集体补助能力分析

（1）集体补助现状

在资金筹集模式中，《基本方案》对集体责任的规定是："集体补助为辅"，"在以个人缴纳为主的基础上，集体可根据其经济状况予以适当补助（含国家让利部分）。具体方法，可由县或乡（镇）、村、企业制定"。该规定的政策意图是通过对集体缴纳保费部分进行免税以激励集体补助，在一定程度上降低农民的缴费负担，进而提高农民参保积极性。有关学者对集体补助与农民参保积极性之间曾做过定量分析，结果显示[①]：一方面，保费收入与集体补助相关系数为0.9947，个人缴费与集体补助相关系数为0.7893，说明集体补助与参保率的正相关程度非常高；另一方面，参保率与集体补助比重相关系数为0.2186，呈弱相关关系，这说明不管集体补助数额的多少，只要有集体补助，农民的参与积极性就会得到显著提高。

但问题是，《基本方案》的规定带有很强的弹性：第一，"集体补助为辅"的集体补助并不是一个强制性规定，从而难以对集体补助形成硬性约束。从补助规模看，集体补助的数额十分有限。从区域分布看，集体补助主要集中在少数经济较发达的地区，而全国绝大多数地区集体补助有限。据统计，北京、上海、深圳、江苏、山东五省市集体补助占全国集体补助的90%以上，其中2002年为97.81%[②]。第二，"集体可根据其经济状况予以适当补助"的规定中充分考虑到我国地区经济发展的不平衡性，但也为村镇集体逃避集体补助责任留下了制度空缺，即使在乡镇企业较发达的地方，集体补助也很难落到实处。在已提供集体补助的地方，补助形式也很不规范。例如某些村干部入保可获得几百上千或几千元的集体补助，而普通农民入保却没有享受补助，或补助很少。集体补助俨然被当做"职务补助"，具有极大的随意性和不公平性。

针对筹资模式中的现存问题，劳社部发［2007］31号文件明确了农

---

① 杨燕绥、赵建国、韩军平：《建立农村养老保障的战略意义》，《战略与管理》2004年第2期，第39页。

② 根据历年《中国劳动和社会保障年鉴》计算得出。

村社会养老保险的资金筹措实行"三方筹资",将集体补助单独作为一个筹资支柱。但在具体政策措施不明朗、我国集体经济有待长足发展的背景下,依然不能改变制度筹资的困境和问题。

（2）增强集体补助能力

农村社会养老保险制度集体补助资金来源于集体经济,具体地,主要从乡镇企业利润和集体积累中予以支付。改革开放以来,我国集体经济逐步得到发展,1998年集体工业总量1.3万多亿元,占全国工业的19.41%,到2004年,集体经济总量约占全国的22%。集体经济投资基本占全国民间投资总量的30%以上。[①] 近年来,产业结构的优化和调整,为集体经济创造了更大的获利空间。表8-6的数据说明,第二、三产业的发展,对农村经济的发展起到了很好的促进作用。通过出让集体土地控股分红、直接创办农村集体企业等方式,集体经济所积聚的资金能够成为新型农村社会养老保险制度的有力支撑。

表8-6　　　　　　产业结构优化对农村集体经济的影响

产业	收入（亿元）	增速	贡献率
第一产业	6.7	-0.5%	8.9%
第二产业	131161.1	+2.5%	73.2%
第三产业	31532	+1.1%	16.1%

资料来源:农业部经管总站信息统计处:《2006年农村集体经济统计情况分析》,《农村经营管理》2007年第6期,第44页。

值得注意的是,我国农村集体经济发展并不平衡。以乡镇企业为例,我国乡镇企业发展呈现出东部地区繁荣,其他地区落后的特征（见表8-7）。从传统农村社会养老保险制度实践看,集体补助比重较高的地方也是乡镇企业比较发达的地方。东、中、西部和东北地区的集体经济对于农民参加养老社会保险补助的能力存在很大差别。因此,积极努力壮大全国

---

① 彭嘉陵:《集体经济高层论坛提出要积极发展新型集体经济》,《人民日报》2005年9月21日第6版。

农村集体经济实力，将有助于增强新型农村社会养老保险制度的集体补助能力，为推动制度的平稳、协调和可持续发展贡献力量。

表 8 - 7　　　　　　　　　　按地区分类的乡镇企业利润　　　　　　　单位：亿元

年份	东部地区	中部地区	西部地区	东北地区
2002	4911	2049	597	—
2003	5696	2222	653	—
2004	6797	2414	721	—
2005	7478	3016	971	1053
2006	9035	3423	1044	1233

资料来源：中华人民共和国农业部：《中国农业发展报告》（2003—2007），中国农业信息网，www. agri. gov. cn/xxgktjxx。说明：2005 年以前没有将东北地区单列，故没有相应统计数据。东部地区包括北京、天津、河北、辽宁、上海、江苏、浙江、福建、山东、广东；中部地区包括山西、吉林、黑龙江、安徽、江西、河南、湖北、湖南、四川（包括重庆）、陕西；西部地区包括内蒙古、广西、海南、贵州、云南、西藏、甘肃、青海、宁夏、新疆。

9 新型农村社会养老保险
基金管理模式研究

9.1 现行农村社会养老保险基金
管理存在的制度缺陷与问题

2006 年 4 月 6 日，震惊中央的云南省红河哈尼族彝族自治州民政局局长挪用巨额农村社会养老保险基金案终于以云南省高级法院裁定为"驳回上诉，维持无期徒刑的原判"而落幕。事实上，从农村社会养老保险制度启动之后，有关农村社会养老保险基金违法违规的案件就已经频繁发生，究其原因在于传统农村社会养老保险基金管理方面存在制度缺陷，由此引发了众多地方政府的道德风险，进而导致农村社会养老保险基金违法违规案件频发几乎成为一种制度伴随物。

9.1.1 农村社会养老保险管理体制不顺

按照《基本方案》的规定，传统农村社会养老保险基金以县为单位统一管理，县（市）成立农村社会养老保险事业管理处（隶属民政局，为非营利性的事业机构）经办农村社会养老保险的具体业务，管理农村社会养老保险基金。农村社会养老保险，按人立户记账建档，实行村（企业）、乡、县三级管理。县（市）农村社会养老保险机构在指定的专业银行设立农村社会养老保险基金专户，专账专管，专款专用；乡镇设代办站或招聘代办员，负责收取、支付保费、登记建账及其他日常工作；村由会计、出纳代办，负责收取保费、发放养老金等工作。

1998 年以前，农村社会养老保险由民政部门负责，从保费的收取到基金的保管、运营和发放，由县级民政部门一家管理，没有形成良好的分权制衡机制，造成了农村社会养老保险基金管理上的诸多漏洞。1998 年九届全国人大一次会议通过国务院机构改革方案以后，农村社会养老保险工作由民政部转到新成立的劳动和社会保障部管理。但是，由于农村社会养老保险工作的复杂性和存在诸多历史遗留问题，其管理体制一直没有完全理顺，直到 2007 年年底才基本上实现了农村社会养老保险管理工作从民政部门向劳动和社会保障部门的全面移交。即使是由劳动和社会保障部门管理，也依然存在县级机构从收到支的一条龙服务，仍然没有改变单一机构管理与监督的格局。同时，地方机构受制于地方政府，管理机构的经费、人员编制等受地方政府限制，不可避免地使农村社会养老保险的管理工作带有明显的官僚色彩。

同时，按照《基本方案》的规定，农村社会养老保险机构属于独立经济核算、自负盈亏的事业单位，其管理服务费按国家的规定可以从其管理的农村社会养老保险基金中提取并分级使用，目前的管理服务费提取比例为 3%。由于近几年农村社会养老保险保费收入不断下降，基层农村社会养老保险机构按 3% 提取的管理费越来越少，管理经费常处于无着落的状况，而地方财政又不提供补贴支持，致使农村社会养老保险机构面临生存危机，挤占、挪用以及非法占用农村社会养老保险基金应付日常开支的违规现象普遍存在，一些地方农村社会养老保险的管理费用已经占到实收保费的 30% 以上。

9.1.2 农村社会养老保险基金保值增值渠道有限

按照养老金经济理论，基金积累制养老金制度的理论前提是：养老基金投资收益率大于通货膨胀率（或工资增长率）。也就是说，当该条件成立时，基金积累制养老金制度是财务可持续的。基金积累制养老金制度一方面要求保障养老金受益标准，另一方面又不可避免地面临着贬值风险，因此，只要选择了基金积累制就必须有相应的投资手段，基金积累制养老金制度内在地要求养老基金投资运营，实现保值增值。

传统农村社会养老保险制度采取基金积累制个人账户模式。但是，《基本方案》规定，农村社会养老保险基金的运营方式主要是购买国家财政发行的高利率债券和存入银行，不直接用于投资；农村社会养老保险基金除预留需现时支付部分外，原则上应及时转为国家债券，国家以偿还债务的形式返回养老金，现金通过银行收付；养老保险基金用于地方建设，原则上不由地方直接用于投资，而是存入银行，地方通过向银行贷款，用于建设。这种严格的农村社会养老保险基金投资管理模式显然不符合基金积累制养老金制度的本质要求，忽视了基金积累制个人账户养老基金的保值增值问题。随着银行利率不断下调，再加上通货膨胀等因素的影响，较低的收益率已经造成传统农村社会养老保险基金的隐性损失。

与此同时，政策规定农村社会养老保险基金的给付利率应高于银行存款利率，出现了利率倒挂现象，结果是农村社会养老保险费征收的越多，农村社会养老保险基金收支赤字就越大。因此，传统农村社会养老保险基金缺乏投资渠道，收不抵支的现象，成为各地违规投资农村社会养老保险基金的"借口"，一些农村社会养老保险管理部门为自行寻求增值渠道，违规投资、担保、挤占、挪用基金的情况时有发生。1997 年 2 月和 3 月，辽宁锦州市两家农村社会养老保险事业管理处为了赚取高利息，委托银行将其存入银行的 2000 万元"农保金"放贷，结果被一海南商人先后用变造的两张银行存单骗走。[1] 2007 年江苏常州存入农业银行的 100 万元农村社会养老保险基金，被人承诺给予高利息而以贷款的方式骗走[2]。

9.1.3 农村社会养老保险基金监管制度缺失

按照《基本方案》的规定，县级以上人民政府要设立农村社会养老保险基金管理委员会，实施对农村社会养老保险基金管理的指导和监督。农村社会养老保险基金管理委员会由政府主管领导同志任主任，其成员由民政、财政、税务、计划、乡镇企业、审计、银行等部门的负责同志和投保人代表组成；乡（镇）、村两级群众性的社会保障委员会要协助工作，并发挥监督作用。事实上，在当前农村社会养老保险管理过程中，基金管理委员会形同虚设，很多地方的社会保障委员会根本不存在，农村社会养老保险基金监管职能已经变相地转由农村社会养老保险机构代为行使，这

---

① 李欣：《辽宁首例金融凭证犯罪主犯诈骗两千万判死刑》，原载《辽沈晚报》，转引自东方网，http://news.eastday.com/epublish/gb/paper148/20020925/class014800003/hwz779712.htm，2002 年 9 月 25 日。

② 楚木：《江苏常州：农行员工内外勾结诈骗社会保险金》，《江南时报》，2007 年 2 月 5 日。

种集基金管理权、使用权和监管权为一体的管理体制已经成为了农村社会养老保险基金违法违规使用的主要制度原因。

农村社会养老保险机构自己出管理政策、自己执行、自己监管，这种多重身份既不利于管理政策的执行，也不利于监管政策的客观公正，其根本缺陷是缺乏有效的问责机制，妨碍了效率的改进。因此，在寻求新的监管方式的时候，要改变监管机构自己出政策、自己监管、自己评估的格局，拆分"多重身份"。

9.2 部分地区农村社会养老保险基金管理模式探索

9.2.1 农村社会养老保险基金银行质押贷款方式——新疆呼图壁模式与四川通江模式的比较

农村社会养老保险证（农村社会养老保险参保缴费凭证，简称"农保证"）银行质押贷款方式是指参加农村社会养老保险的农户使用自己的或借用他人的农保证作为质押物，依据相关的规定和程序，向指定的银行或金融机构申请贷款，用于农业生产活动或解决生活急需问题的农村社会养老保险基金管理模式。农村社会养老保险证质押贷款方式是当前新型农村社会养老保险制度试点过程中部分地区实施的农村社会养老保险基金管理模式的有益探索。

（1）新疆呼图壁模式

1998 年以来，全国的农村社会养老保险工作基本处于停滞或倒退状态。与其他地方一样，新疆呼图壁县农村社会养老保险事业管理办公室（简称"农保办"）也被迫暂停吸收农民投保，开始艰难探索存量农村社会养老保险资金保值增值的途径。1998 年 7 月 29 日，首批 20 户农保证质押贷款工作在呼图壁县大丰镇高桥村四组产生，共质押农保证 117 本，贷款 84500 元，农保证质押贷款工作开始试运行。2001 年，呼图壁县农保办正式与农村信用社、工商银行、农业银行签订了委托贷款协议，使此项工作置于金融机构的监管之下。2002 年年初，呼图壁县委县政府又以文件的形式肯定了用农保证质押贷款的做法。

呼图壁县农保证银行质押贷款方式是，允许农民直接用自己持有的或借用他人的农保证（农村社会养老保险缴费证）作为抵押物，依据一定程序和规定办理贷款，将贷款用于发展生产、子女教育、基本医疗等生产生活中急需解决的重大事项。贷款利率与银行同期贷款利率相同，贷款额度目前为农保证基金积累的 90%，贷款期限一般为 1 年。农保证质押贷款款项系农村社会养老保险机构存入银行的农村社会养老保险基金，这种质押贷款所得资金属于农村社会养老保险基金，并完全进入农村社会养老保险个人账户。农村社会养老保险机构每年年末按委托贷款利息收入的 1.5% 向委托银行一次性付清手续费，受托银行不承担风险。

截至 2007 年 7 月 7 日，五年多累计共有 1937 户农民用农保证进行质押贷款，累计质押农保证 6764 本，占参保总人数 8695 的 77.79%，农保证质押贷款金额占到全部 1252.81 万元农村社会养老保险基金的 86.25%。因农户使用自己或借用亲友邻居的农保证作为质押物贷款，如不能还贷，损失将是自己或借证人的农村社会养老保险基金资产，所以，五年来 99% 的贷款户均能按期还本付息。这种银行质押贷款方式使呼图壁县农村社会养老保险基金 12 年的平均收益率达到 8.14%，远高于当地政府对农民承诺的养老金复利 5% 的个人账户计账利率和 3.14% 的计发率。①

（2）四川通江模式

四川通江县农保证（农村社会养老保险手册）质押贷款，就是已参加农村社会养老保险的对象在缴费期间因特殊原因急需资金的，可以直接用自己的农保证作为质押物，到户籍所在地的农村信用合作社依据一定程序和规定办理贷款。贷款金额和期限由农村信用合作社按照贷款农户农保证的个人缴费积累总额确定，到期不还贷款者，农村信用合作社可到农村社会养老保险机构依法办理农村社会养老保险退保手续，收回贷款本息。

通江县从 1996 年开始启动实施新型农村社会养老保险工作以来，累计参保 3.8 万人，基金积累 840 万元，其中个人参保金额在 1000 元以上的有 4490 人，占参保总人数的 12%。2006 年，对已参保对象申请农保证质押贷款进行的一次调查显示，全县自愿申请农保证质押贷款的有 425

---

① 郭新才：《呼图壁县农民社保证质押贷款的探索与思考》，2007 年《"中国农村养老保障与农户资产建设研讨会"论文集》，第 45 页。

人，申请贷款金额为 87.6 万元，经过农村信用合作社按照程序审批已办理农保证质押贷款的有 56 人，发放贷款金额 26.5 万元。①

（3）新疆呼图壁模式与四川通江模式比较研究

新疆呼图壁县和四川通江县都采取了农保证银行质押贷款的方式管理农村社会养老保险基金，但是在具体的制度设计和风险责任方面，两类方式又存在许多不同。

①管理制度比较研究

从管理制度方面来看，呼图壁县的农保证质押贷款的方式是一种"委托质押贷款"，也即县农保办委托银行发放的质押贷款方式；四川通江县的农保证质押贷款的方式是一种"质押物担保的贷款"，也即以县农保办对参保农户出具的质押物——农保证担保为基础的银行质押贷款方式。这两种农保证质押贷款模式存在非常不同的制度差异。

从县农保办与银行的关系来看，呼图壁模式中县农保办与银行之间是委托与被委托关系，是一种委托贷款方式，即县农保办将农村社会养老保险资金委托银行发放质押贷款，受托银行根据与农保办确定的贷款对象、用途、额度、期限、利率和质押物等代为发放、监督使用和协助收回贷款，并收取一定的手续费；农保办则对贷款对象向银行出具的农保证进行担保。通江模式中县农保办与银行之间是担保与被担保关系，是一种中介服务方式，即县农保办对参保农户向银行申请贷款时出具的质押物——农保证进行担保，并根据与银行之间签订的协议，在参保农户不能按时偿还贷款的时候由农保办对质押物——农保证进行价值实现，不涉及农村社会养老保险基金的委托管理。

从农村社会养老保险基金管理目的来看，呼图壁模式不仅解决了参保农户的资金需求，而且通过委托贷款业务实现了农村社会养老保险基金的运营管理目的；通江模式只是解决了参保农户的资金需求，并没有通过农保证质押贷款的方式实现农村社会养老保险基金的运营管理目的。

②贷款程序比较研究

从出质人来看，虽然两种模式都要求贷款者必须是当地农村社会养老

---

① 四川通江县农村社会保险局：《通江县农村养老保险手册质押贷款的探索与思考》，《2007 年"中国农村养老保障与农户资产建设研讨会"论文集》，第 50 页。

保险的参保农户，但是呼图壁模式中规定出质人不一定是贷款人，贷款人既可以用自己持有的农保证申请质押贷款，也可以借用他人的农保证申请质押贷款，作为质押物的农保证可以在参保农户之间相互借用；而在通江模式中，贷款人和出质人必须是同一人，也即贷款人必须使用自己的农保证申请质押贷款。

从贷款期限上看，呼图壁模式规定农保证质押贷款期限一般为三个月到三年，最长不超过三年，当年利息当年结清；通江模式则规定农保证质押贷款的期限不超过一年。在贷款利率方面，两类模式都规定农保证质押贷款的利率按银行同期基准贷款利率保持平衡，逾期还贷按银行规定标准罚息。

从贷款金额来看，两种模式都要求参保农户的贷款额度与其出质的农保证的养老基金累积额挂钩，并按一定比例贷款。但呼图壁模式规定参保农户的实际贷款比例不得超过农保证的养老基金累积额的90%，并且核定的农保证的养老基金累积额为参保农户的个人缴费部分，不包括村集体的补助部分；通江模式规定的参保农户实际贷款比例为农保证的养老基金累积额的70%—80%，核定的农保证的养老基金累积额不仅包括个人缴费部分，而且包括了村集体补助和地方财政对村干部和计划生育户的补贴部分。

③收益性与风险性比较研究

从形式上看，两类模式都是农保证质押贷款方式，但是实质上两类模式在收益性和风险性方面存在非常大的差异。

从收益性角度来看，呼图壁的"委托质押贷款"方式不仅解决了参保农户资金需求问题，更重要的是实现了农村社会养老保险基金管理目的，通过委托贷款获得了养老基金运营收益。通江的"质押物担保的贷款"方式只是解决了参保农户资金需求问题，没有实现农村社会养老保险基金管理目的，当然也不可能从农保证质押贷款中获得运营收益。呼图壁县的做法是：养老保险证质押贷款的利息收入全部归呼图壁县农村社会养老保险办公室（县农保办）所有，受托银行仅是依据相关协议，享受当年利息收入的1.5%的手续费。事实上，农保证质押贷款利息收入已经成为了该县农村社会养老保险基金增值收益的重要来源。据呼图壁县农保办统计，截至2006年底，全县农保基金由1998年上半年的1200.85万元增加到 2567.93 万元，其中仅农保基金利息收入累计达到 1307.93 万元，年增值率为 7% 。[①]

从贷款责任方面来看，呼图壁县规定，在贷款农户无法归还贷款的情况下，县农保办和受托银行可以用被质押的农保证的余额核销顶账；通江县则规定，农保证质押贷款逾期一个月，银行有权到县农保办办理退保，实现债权，偿还贷款本息。两类模式虽然都要求用农保证进行质押，但是对于参保农户的农村社会养老保险关系的处理却截然不同。呼图壁模式以核销农保证养老保险基金积累的方式冲抵贷款，仍然保留参保农户的农村社会养老保险关系；而通江模式则以解除参保农户的农村社会养老保险关系作为冲抵贷款的前提与结果。

从风险性角度来看，两类模式的风险责任是一样的。呼图壁模式中贷款资金是农村社会养老保险基金，受托银行只收取 1.5% 的手续费，不承担贷款风险，但是由于有农保证作为质押物且贷款金额限定在农保证的养老基金累积额的 90% 以内，基本上不存在农村社会养老保险基金损失风险。通江模式中农保证质押贷款的资金源于银行而非农村社会养老保险基金，且利息收入全部归贷款银行（农村信用合作社）所有，那么贷款违约风险也由银行承担，也不存在农村社会养老保险基金损失风险。

④农村社会养老保险基金银行质押贷款管理方式总结

综合上述对呼图壁模式和通江模式的比较研究，我们可以看出，呼图壁模式比通江模式要更优越：第一，在二者的风险相同的情况下，呼图壁模式真正实现了农村社会养老保险基金保值增值目的；第二，呼图壁模式的贷款期限更长、出质人更多、贷款金额更大、发放贷款的金融机构更多，因此更有利于参保农户解决资金短缺的问题。

9.2.2 农村社会养老保险银行方式——河南社旗县"以储带保"模式研究

（1）河南社旗县"以储带保"模式

河南省南阳市于 1992 年开始启动农村社会养老保险工作，逐步建立

---

① 需要说明的是，养老保险证质押贷款利息收入仅是呼图壁县农保基金利息收入的一部分。参见《农村养老保险证质押贷款：现行模式与理想设计》，《2007 年"中国农村养老保障与农户资产建设研讨会"论文集》，第 37 页。

了市、县、乡、村四级联动、完整有效的服务体系；1995 年，各县市区开始探索储蓄积累型的农村社会养老保险模式，各地结合农村实际情况，在全市农村社会养老保险事业管理部门成立农村社会养老保险事业服务中心，开创了以储蓄带动群众参保的新模式；到 1997 年，全市农村社会养老保险服务中心共吸收储蓄存款总额达到 6000 多万元，其中桐柏、唐河、新野等县市存款余额均在千万元以上；1998 年，随着金融制度的改革，非金融机构不得从事储蓄、放贷等金融业务，全市除社旗县仍保留农村社会养老保险收缴服务中心外，均将此项业务移交给当地相关银行，由银行负责此后的承兑及退付工作，农村社会养老保险机构不再从事储蓄及放贷业务。

1996 年 10 月，南阳市社旗县农村社会养老保险机构在县委县政府的支持下，成立了社旗县农村社会养老保险收缴服务中心，同时开展农村社会养老保险业务和办理储蓄业务。该中心探索开展小额质押贷款业务，明确规定参保农户在缴费期间急需资金时，可以用农保证作为质押，向县农村社会养老保险储蓄所申请贷款。县农村社会养老保险储蓄所具体办理质押贷款手续，贷款额度不超过农保证上农村社会养老保险基金积累总额的70%；到期不偿还贷款的，县农村社会养老保险储蓄所可依法办理退保手续，收回贷款本息。此项业务开办近十年来，参加储蓄积累养老保险的参保对象达到万余人，截至 2007 年 11 月，积累储蓄金额达到 1319 万元，其中农村社会养老保险基金达到 200 余万元。[①]

（2）河南省社旗县"以储带保"模式分析

河南省社旗县"以储带保"模式是典型的农村社会养老保险银行的做法，仅从农村社会养老保险基金管理的角度来看，这种模式一方面实现了基金积累制农村社会养老保险基金的管理运营目的，另一方面有效地解决了参保农户生产生活资金短缺的问题。但是，单从管理的角度来看，特别是在管理层次较低的情况下，农村社会养老保险银行模式的风险性非常大。

---

① 河南省南阳市农村社会养老保险管理处：《南阳市农保机构办理"以储带保"业务的探索与思考》，《2007 年"中国农村养老保障与农户资产建设研讨会"论文集》，第 59 页。

9.2.3　农村社会养老保险基金委托投资模式分析

农村社会养老保险基金委托投资模式是当前我国农村社会养老保险基金管理过程中普遍存在的一种模式。这种模式事实上是农村社会养老保险机构将农村社会养老保险基金委托外部投资管理机构进行商业化运营的方式，农村社会养老保险机构作为农村社会养老保险基金的委托人，对投资管理的管理行为进行监督，并代表农村社会养老保险基金享有投资收益。这也是当前我国全国社会保障基金和企业年金基金的管理模式。

农村社会养老保险基金委托投资管理模式的优点是：第一，农村社会养老保险机构作为受托人将农村社会养老保险基金委托专业投资管理人进行管理，双方之间的职责分工明确，实现专业化理财，可以提高农村社会养老保险基金运营效率。第二，农村社会养老保险基金通过竞争性方式委托给专业性投资管理人可以有效提高投资管理服务水平和投资收益，降低管理费用，增加管理的透明度，也便于农村社会养老保险机构从外部进行监督。第三，农村社会养老保险机构作为委托资产所有权的代表，能够对投资管理人的投资行为形成有效约束。

当前部分地方实行的农村社会养老保险基金委托投资管理模式也存在许多制度性缺陷和问题：首先是从理论上看，这种管理模式的委托—代理链比较长，委托—代理关系比较复杂，可能存在严重的信息不对称问题。其次，当前几乎所有地方在实施这种管理模式中没有引入外部托管的制度安排，这是非常致命的制度缺陷，事实上是将农村社会养老保险基金置于投资管理人违法违规操作、挪用和转移基金资产、盗窃基金资产的严重风险之下，也使投资管理行为不透明和农村社会养老保险机构监管不便。第三，这种模式需要一个自律程度和规范程度较高的外部竞争性投资管理人市场，但是当前几乎所有地方的农村社会养老保险基金委托投资管理人的程序和方式都非常简单和不透明，这极有可能为未来农村社会养老保险基金投资管理隐藏巨大的委托—代理风险。第四，这种模式还要求有一个强有力的监管主体和完善的监管体制，但是在当前农村社会养老保险制度还处于探索阶段，农村社会养老保险基金投资管理政策还未出台之际，县级农村社会养老保险机构不仅承担了委托人职责，而且承担了监管主体的职能，无论是从能力方面还是从管理体制方面看显然都是不合适的。

9.2.4 三种农村社会养老保险基金管理模式比较研究

前面采取案例分析的方法分别研究了农村社会养老保险基金银行质押贷款管理模式、农村社会养老保险银行模式和农村社会养老保险基金委托投资模式，本部分将对这三种模式进行比较研究。

表 9-1　　　　　　三种农村社会养老保险基金管理模式比较

	特征	委托质押贷款模式	农保银行模式	委托投资模式
治理结构	管理主体	农保机构	农保机构	农保机构
	运营主体	商业银行	农保机构	商业机构
	监管主体	农保机构、金融监管机构	农保机构	农保机构、金融监管机构
收益性	收益来源	贷款利息（扣除手续费）	存贷款利差	投资收益（扣除管理费）
	收益波动	确定	较小	较大
	农村社会效应	解决农户资金短缺、促进农业发展	解决农户资金短缺、促进农业发展	无
风险性	主要风险来源	贷款	治理结构与管理体制	委托代理风险与投资风险
	承担主体	出质农户	农保机构	投资管理人、托管人与农保机构
	风险大小	小	非常大	较大（可以有担保收益）
	可控性	完全可控	不可控	可控
综合评估	收益性与风险性	收益确定、风险完全可控	收益有限、风险极大且不可控	风险与收益匹配、风险可控
	农村社会效应	有	有	无

从表9-1对三种农村社会养老保险基金管理模式的比较可以看出，从治理结构来看，委托质押贷款模式的管理主体是农村社会养老保险机构（农保机构），运营主体是商业银行，监管主体是农保机构和人民银行、银监会，这种模式的治理结构相对比较完善，三者的责权关系比较明确，但不足之处是农保机构作为主要监管主体从体制上看不合适；农村社会养老保险银行模式的管理主体、运营主体和监管主体都是农保机构，这显然是非常不合理的制度安排；委托投资管理模式的管理主体是农保机构，运营主体是作为投资管理人的外部商业机构，监管主体是农保机构和金融监管机构，三者的责权关系也比较明确，但不足之处是没有引入外部托管人，并且农保机构作为主要监管主体也是不合适的。因此，从治理结构的比较可以看出，当前农村社会养老保险基金管理过程中，监管主体缺失是一个普遍现象。

从收益性角度来看，委托质押贷款模式的收益来自扣除银行手续费之后的贷款利息收入，收益相对比较稳定，并且通过向参保农户提供质押贷款可以有效地解决农业生产和农户生活的资金需求问题，产生较好的农村社会经济效应；农保银行模式的收益源于农村社会养老保险资金存贷款利差，收益不高但相对比较稳定，也通过向参保农户融资的方式促进农业生产和解决农民生活需求；委托投资管理模式的收益则取决于农村社会养老保险基金在金融市场上的投资表现，收益不确定，对农村社会没有效应甚至导致农村资金外流。因此，从收益性的比较可以看出，委托质押贷款模式和农保银行模式的收益较低但比较稳定，而委托投资管理模式收益具有不确定性，并且对农村社会经济不产生积极效应，甚至会导致农村资金外流。

从风险性角度来看，委托质押贷款模式的风险承担主体是质押贷款的出质人，因此农村社会养老保险基金和农保机构不承担风险；农保银行模式的风险主要源自农保银行的管理体制和治理结构，且风险不具可控性，一旦发生风险将对农村社会养老保险基金和地方财政产生巨大打击；委托投资管理模式的风险源于农村社会养老保险基金委托给投资管理人所产生的委托—代理风险和金融市场上的投资风险，这些风险可以通过不断完善治理结构和监管体制进行控制，并且委托投资的风险与收益是匹配的，高收益伴随着高风险。因此，从风险性的比较可以看出，委托质押贷款模式和委托投资模式的风险相对较小且具有可控性，而当前的农保银行模式的风险将非常巨大。

需要特别强调的是，当前在部分地方还存在由农村社会养老保险机构自行投资的管理模式，这种模式使农村社会养老保险机构不仅是农村社会养老保险管理机构和监管机构，还是农村社会养老保险基金投资管理人，也就是说农村社会养老保险机构承担了经办管理、基金监管和投资管理的三类职责，类似于上海社会保险基金案事发之前的上海企业年金中心的管理模式。

9.3　新型农村社会养老保险基金管理模式创新研究

按照第7部分的制度安排，新型农村社会养老保险基金可以分为最低养老金基金和个人账户养老基金，前者是采取阶段式平衡的现收现付制模式，后者是采取个人账户管理方式的基金积累制模式。最低养老金制度是新型农村社会养老保险制度的基础支柱，提供最基本的老年生活保障，各级财政提供补贴和承担兜底责任；个人账户养老金制度是新型农村社会养老保险制度的第二支柱，是强制性个人储蓄制度，财政不提供补贴，也不承担兜底责任，养老金水平取决于缴费积累和投资收益。因此，新型农村社会养老保险的两种制度安排的不同属性决定了两类农村社会养老保险基金应采取不同的基金管理模式。

9.3.1　新型农村社会养老保险最低养老金基金管理模式：公共管理

（1）部分积累制制度特征决定了最低养老金基金必须投资运营

按照第5部分对阶段式平衡的现收现付制模式的新型农村社会养老保险最低养老金制度的测算，2008—2052年间，最低养老金基金缴费积累和投资收益的现值高达19000亿元。从图9-1可以看出，按照7.55%的缴费率标准和7.55%的财政补贴标准，如果最低养老金基金不进行投资运营，最低养老金基金积累在2026年达到最大规模，但到2036年时全部支付完；如果最低养老金基金积累实行投资运营，那么按照7.55%的缴费率标准和7.55%的财政补贴标准，最低养老金制度累积的缴费积累和投资收益可以实现整个精算周期（2008—2052）财务平衡。

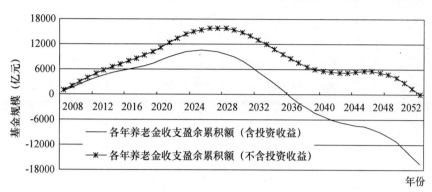

图9-1 新型农村社会养老保险最低养老金基金积累规模测算

说明：图9-1中数据为第5部分现收现付制应用于新型农村社会养老保险制度的可行性研究中精算方案3的测算结论，即新型农村社会养老保险最低养老金制度（采取缴费补贴的阶段式平衡模式下现收现付制养老金制度）的缴费累积现值和含投资收益的基金积累现值。

因此，可以说，正是由于现值约为10200亿元缴费积累产生的约8800亿元投资收益，才使缴费补贴型现收现付制养老金制度比待遇补贴型现收现付制养老金制度的缴费率（含补贴缴费率）下降1.2%。最低养老金制度的阶段式平衡特征决定了最低养老金基金必须进行投资运营，并获取稳定的投资收益。

（2）新型农村社会养老保险最低养老金基金应采取公共管理模式

新型农村社会养老保险最低养老金制度是农村社会养老保障体系的基础支柱，与城镇基本养老保险制度中的基础养老金一样是国家基本保障项目，采取现收现付制筹资方式，并由国家财政提供担保，因此，最低养老金基金的治理结构应采取政府公共部门管理的方式，即由社会保险经办机构统一征收、基金纳入财政专户，社会保障基金信托管理委员会管理运营，银行社会化发放，基金缺口由财政补足。

9.3.2 新型农村社会养老保险个人账户养老基金管理模式：准市场化运营

选择了基金积累制就必须有相应的投资手段，治理结构与管理模式是确保基金安全的基础保障，也是基金运营监管的前提和基础。实行以个人账户为主的基金积累制模式与基金投资是一对"孪生兄弟"。从城镇基本养老保险"统账结合"的制度模式改革的过程来看，建立"实账"运行的农村社会养老保险个人账户基金在未来也将面临巨大的通货膨胀风险与经济增长风险，实现基金的保值增值是建立个人账户的应有之义。当前我国城镇基本养老保险个人账户养老基金进行投资运营已经成为了理论界与实际部门的共识，相关的政策规定不久将出台。针对当前农村金融体系发展滞后，地方农村社会养老保险行政管理机构缺乏科学的决策手段的情况，选择合理科学的基金治理结构与管理模式对于新型农村社会养老保险个人账户养老基金的保值增值显得尤为重要。

（1）大力推行委托投资管理型农村社会养老保险基金管理模式

根据国际上养老保险基金投资管理的主流趋势和我国农村社会养老保险个人账户养老基金的性质，结合农村金融市场发展的现状，农村社会养老保险个人账户基金应首选委托投资管理型基金管理方式：

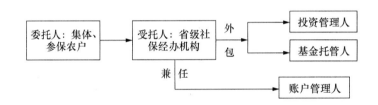

图 9 - 2 农村社会养老保险个人账户养老基金治理结构

新型农村社会养老保险个人账户养老基金属于基本保障项目，但采取基金积累制筹资方式，各级财政不提供担保。因此，新型农村社会养老保险个人账户养老基金的治理结构应采取省级社会保险经办机构作为受托人和（或）账户管理人，实行农村养老保险个人账户养老基金的投资管理权和托管权分别委托外部竞争性商业机构的准市场化管理模式；省级社会保险经办机构在不具备能力的前提下，可以将个人账户养老基金的账户管理权委托给商业机构。省级社会保险经办机构、基金管理服务机构在从事个人账户养老基金管理服务过程中必须接受社会保障基金监管机构和金融监管机构的监督检查。

（2）积极探索银行质押贷款型农村社会养老保险基金管理方式

新型农村社会养老保险个人账户养老基金委托商业银行进行质押贷款

的方式是当前我国新型农村社会养老保险试点过程中部分地区采取的一种探索性措施。在当前我国农村金融市场发展相对迟缓，农民生产资金需求不断增长，而政府财政支持与金融机构小额信贷相对有限的条件下，积极探索新型农村社会养老保险个人账户养老基金银行质押贷款的基金管理方式既有效解决了新型农村社会养老保险基金保值增值问题，也有利于繁荣农村金融市场、促进农业生产。

①新型农村社会养老保险基金银行质押贷款模式的应用前景分析

农村金融服务的需求具有多样性和多层次的特征，且不同农村金融服务的管理成本、风险与收益特征千差万别，因此，现实中正规金融体系很难全部满足这些需求。特别地，由于基础条件导致我国农村地区有效抵押或担保缺失、利息成本过高、信用状况差等原因和农村金融服务供给存在制度性缺陷，农村金融服务的可及性很低。因此，探索实行新型农村社会养老保险个人账户养老基金银行质押贷款模式具有较好的应用前景。

其一，实行新型农村社会养老保险基金银行质押贷款模式，可以有效解决农村金融供给不足的问题。从 1997 年起，为降低成本、精简机构和提高效率，国有金融机构开始逐步退出农村市场，四大国有商业银行撤销了 31000 个县级以下营业网点，目前在农村金融供给方面呈现出中国农业银行、中国农业发展银行、农村信用合作社三足鼎立的格局。其中，中国农业银行面临向商业化转型的战略调整，对农村经济发展支持力度明显减弱，具有撤出农村的强大的利益动机；中国农业发展银行作为政策性金融机构的定位存在自身问题，目前只针对承担粮棉油的购销环节贷款，难以对"三农"发挥资金支持作用，造成政策性金融供给的缺失；农村信用合作社作为农村金融的主力军，目前信贷资金的非农化现象也很严重，加之体制弊端、历史包袱沉重和资金来源有限，为"三农"提供金融服务的能力非常有限。而邮政储蓄等机构业务集中在特定领域，只存不贷，业务面狭窄。因此，当前农村金融服务有效供给严重不足，不能满足农村市场多层次的融资需要。

实施新型农村社会养老保险基金银行质押贷款模式可以有效解决当前农村金融供给不足的问题。新型农村社会养老保险基金银行质押贷款面向的对象是具有资金需求的参保农户，资金来源于参保农户缴费，通过农村社会养老保险证质押贷款，一方面将通过新型农村社会养老保险基金向金融机构委托贷款的方式解决农村金融服务的资金来源问题；另一方面将通过确定新型农村社会养老保险基金贷款对象和使用方向解决农村资金外流的问题。

其二，实行新型农村社会养老保险基金银行质押贷款模式，可以丰富农村信贷产品类型和满足农户信贷需求。目前，由于农户贷款抵押难、担保难和风险分散机制不健全，农户获得抵押贷款的难度很高；另一方面，当前针对农户的小额信贷，还款期限较短，贷款额度较小，信贷产品单一，办理贷款手续烦琐，利率违规的现象比较普遍。通过实施新型农村社会养老保险基金银行质押贷款模式将有利于进一步丰富农村信贷产品类型，满足农户信贷需求：第一，通过新型农村社会养老保险基金委托银行贷款的方式，可以向广大参保农户推出农村社会养老保险证质押贷款品种。第二，通过与银行协议农村社会养老保险证质押贷款的期限、利率以及贷款程序，可以有效解决当前小额信贷面临的期限短、手续烦琐和利率违规的问题。第三，通过将质押贷款的额度与农村社会养老保险证基金积累挂钩的方式，可以在刺激农户积极参保和缴费的同时，增加参保农户贷款额度的弹性。

其三，实行新型农村社会养老保险基金银行质押贷款模式，可以赋予农户贷款抵押权。当前农村金融市场上虽然存在抵押贷款服务，但是，一方面，由于没有专门的农业担保机构和农业担保体系建设严重滞后，商业银行和信用社等金融机构为了规避不良贷款的发生，很少开展抵押贷款业务；另一方面，由于农民的资产难以按照市场方式进行评估，且大多属于生活必备资料，不适合作为抵押、担保。结果是，广大农户获得抵押贷款的可能性非常小。通过实施新型农村社会养老保险基金银行质押贷款的方式，可以赋予农户贷款抵押权。新型农村社会养老保险个人账户养老基金积累属于参保农户个人产权所有，通过新型农村社会养老保险基金银行质押贷款的方式，农户可以将农村社会养老保险证作为质押物从银行获得贷款，银行可以从新型农村社会养老保险管理机构获得农村社会养老保险证质押物担保，从而有效地解决了农户质押物缺乏的问题和省略了质押物估值与价值实现的程序。

②实施新型农村社会养老保险基金银行质押贷款模式的意义

其一，新型农村社会养老保险基金银行质押贷款模式，实现了农户个人养老金资产的跨时配置。基金积累制养老金制度的政策功能是个人收入的跨时再分配，也即将个人工作时期的收入的一部分储存到个人退休无收入时期使用，以平滑个人一生收入与消费支出的分布；银行质押贷款的目标是通过资金融通，解决资金短缺的参保农户参保时期生产生活的资金需要。按照养老金制度规定，养老保险基金在参保农户退休事实发生之前被依法锁定，不得提前支取和使用，导致参保农户养老保险基金资产成为一笔"死钱"；另一方面，又有部分参保农户在参保期间可能因为农业生产扩大或子女教育、建设住房、疾病治疗等家庭生活需要，出现紧急的或临时性的资金需求。其结果是出现了本属于自己产权所有的资金在自己资金短缺的时候却不能使用的矛盾。实施新型农村社会养老保险基金银行质押贷款模式将很好地将新型农村社会养老保险的跨时收入再分配功能与银行质押贷款的资金融通功能结合在一起，实现了参保农户个人养老金资产的跨时配置。

其二，新型农村社会养老保险基金银行质押贷款模式，实现了个人账户养老保险基金个人产权所有。基金积累制个人账户养老基金资产个人产权所有是基金积累制养老金制度最重要的特征，但是个人账户养老基金资产长达30年左右的存续期事实上使参保者丧失了对个人账户养老基金资产的控制权，并有可能导致个人账户变为名义账户。在2006年开始实施的《国务院关于完善企业职工基本养老保险制度的决定》（国发〔2005〕38号）之前的中国城镇基本养老保险个人账户事实上就演变成了一个名义账户，沦为"空账"。

新型农村社会养老保险制度的个人账户养老基金资产也是参保农户个人产权所有，但在退休事实发生之前，个人账户养老基金资产被依法锁定，参保农户不得提前支取和使用，其结果是参保农户对其个人账户养老基金资产的控制权丧失。实施新型农村社会养老保险基金银行质押贷款模式后，参保农户可以根据需要随时使用自己个人的账户养老金资产，从而明晰了参保农户对个人账户养老金资产的产权，强化了参保农户对个人账户养老金资产的控制权。

其三，新型农村社会养老保险基金银行质押贷款模式，实现了养老保险基金保值增值目的。基金积累制的理论前提是通过养老基金投资运营获得高于工资增长率或通货膨胀率的投资收益。新型农村社会养老保险基金银行质押贷款模式可以通过委托贷款的方式使农村社会养老保险基金实现投资运营，获取贷款利息，达到保值增值的目的，实现农村社会养老保险制度财务可持续性。

其四，新型农村社会养老保险基金银行质押贷款模式，实现了农村剩余资金本地循环。当前农村金融市场存在的最严重问题是农村剩余资金大量外流。金融机构是经营货币和金融资产的企业，追求资金盈利性和收益最大化是其目标，而农业弱质性特点、农村城镇化水平严重滞后、城乡"二元"分割等状态的存在，导致农村地区的盈利性投资十分稀缺。在此背景下，理性的正式金融机构必然会按照价值规律将资金投入到更具盈利性的城市和工商业经济活动中，其结果是将原本稀缺的资金资源从农村地区转移到城镇地区，导致农村剩余资金外流。虽然中国人民银行以部分转贷给中国农业发展银行和对农村金融机构再贷款的方式将部分资金返还给了农村地区，但数量还是非常有限。农村金融资源大规模、持续的流出，导致农村金融抑制，严重制约着农村经济社会的可持续发展。

新型农村社会养老保险基金银行质押贷款模式，将参保农户缴纳的农村社会养老保险基金通过委托银行向参保农户贷款的方式，形成了农村剩余资金的本地循环机制，在实现了农村社会养老保险基金保值增值的同时，避免了农村剩余资金外流，对于促进农村社会经济发展起到了重要作用。

③新型农村社会养老保险基金银行质押贷款的管理体制

依据当前部分地区已实施的新型农村社会养老保险基金银行质押贷款模式和委托贷款与质押贷款程序，我国新型农村社会养老保险个人账户养老基金银行质押贷款模式事实上是农村社会养老保险基金通过银行委托贷款方式、农村社会养老保险证（农村社会养老保险基金）银行质押贷款方式和社会保险经办机构对农村社会养老保险证（农村社会养老保险基金）质押物担保方式的组合，其管理体制和方式见图9－3。

从图9－3新型农村社会养老保险基金银行质押贷款管理体制与方式可以看出，申请贷款的参保农户一方面向社会保险经办机构指定的商业银行或金融机构申请农保证质押贷款，另一方面向社会保险经办机构办理农保证担保；然后是社会保险经办机构在向指定商业银行或金融机构提供农保资金的同时，对申请贷款的参保农户的农保证向指定商业银行或金融机构出具担保。其后，指定商业银行或金融机构依据其与社会保险经办机构

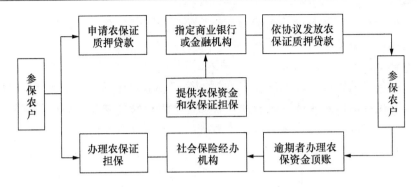

图 9－3 新型农村社会养老保险基金银行质押贷款管理体制与方式

签订的农保证质押委托贷款协议规定的程序、期限、金额、利率等向参保农户提供农保证质押贷款。最后，当获得贷款的参保农户无力或逾期偿还贷款本息时，由社会保险经办机构根据该农户农保证基金积累向贷款发放银行或金融机构冲抵贷款本息，并扣减该农户农保证上的基金积累额。

9.4 新型农村社会养老保险基金监管模式研究

9.4.1 建立独立的社会保障基金监管机构

按照劳社部发［2007］31 号文件的规定，"2007 年 12 月底之前完成各级农保职能、机构、人员、档案、基金由民政部门向劳动保障部门的整体移交工作。劳动保障部门、民政部门要加强协调，共同指导、督促各地做好农保移交工作，切实加强农保机构建设，提高经办能力。"这也就意味着，从 2008 年开始，农村社会养老保险工作将全部移交人力资源和劳动保障部管理，农村社会养老保险基金监管权也由人力资源和劳动保障部执行。但是，我们也应该看到，当前社会保障基金违法、违规和犯罪现象日益增多，而现有的原劳动和社会保障部社保基金监督司，无论在自身独立性、职责定位上，还是在执法手段、人员配备上，都远远不能胜任对社会保障基金收支和运营的有效监督，因此必须将社会保障基金的监管权从当前的行政建构中独立出来。

拆分社会保障基金的投资管理权与监管权，建立独立、高效、统一的社会保障基金监督与管理委员会，改变政府既是"运动员"又是"裁判员"的双重身份，既可以规避一系列的管理风险，又有利于降低组建成本和避免制度不统一导致的诸多问题。为了防止政府权力的入侵与干预，社会保障基金监管委员会必须独立于政治压力；监管委员会的执行官的任命或选举程序必须是科学的、高度透明的，其直属国务院领导；监管委员会由劳动和社会保障部、财政部以及企业、职工和专业人士代表共同组成，实行委员会制，委员会的执行人员需聘请高素质的工作人员；监管委员会按城市设立地方监管办事处（类似于银监会、证监会和保监会的管理体制），实行垂直管理。

社会保障基金监督与管理委员会内部按照不同的基金种类设置不同的监管部门，如图 9 - 4 所示。

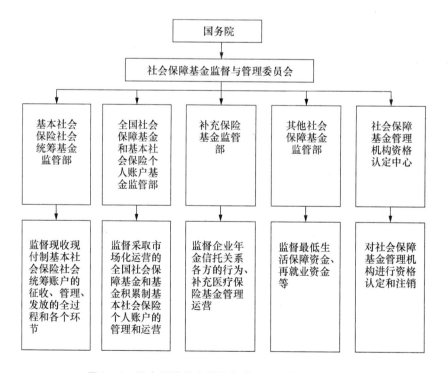

图 9 - 4　社会保障基金监督与管理委员会内部结构图

基本社会保险社会统筹账户基金监管部负责监管采取现收现付制的基本社会保险社会统筹账户基金的征缴、运营管理、支付的各个环节与全部过程。采取现收现付制的基本社会保险包括国民养老金、事业单位养老保险社会统筹账户、城镇基本医疗保险社会统筹账户、居民医疗保险、失业保险、生育保险、工伤保险、新型农村社会养老保险最低养老金（社会统筹账户）等。

全国社会保障基金和基本社会保险个人账户基金监管部负责监管采取基金积累制的基本社会保险个人账户基金的征缴、运营管理、支付的各个环节与全部过程，以及全国社会保障基金的投资运营。采取基金积累制的基本社会保险包括强制性企业年金、城镇基本医疗保险个人账户、新型农村社会养老保险个人账户、事业单位社会保险个人账户等。

补充保险基金监管部负责监管企业年金信托关系中的各行为主体、补充医疗保险制度等。

其他社会保障基金监管部负责监管城乡最低生活保障制度、再就业、扶贫开发等财政性资金的管理。

社会保障基金管理机构资格认定中心负责按照监管法律法规对拟申请管理运营采取市场化管理的社会保障基金的商业机构进行资格准入与注销监管。

9.4.2 完善社会保障基金监管立法

社会保障基金是社会保障制度的核心内容与物质基础，社会保障基金监管法在整个社会保障法中也处于非常重要的地位，肩负着规范基金监管工作的重任。为强化社会保障基金的监管，首先，监管立法应该定位在全国人民代表大会或是人大常委会立法的层面上，要将监管法的制定置身在社会保障法或是社会保险法的情境下加以考虑。其次，在监管法中，要明确社保基金监管工作中涉及的所有责任主体的权利与义务，而且也要清楚的界定各责任主体之间的法律关系，例如征缴主体之间的关系、委托人和受托人之间的关系，以及受托人与各管理人之间的关系，等等。另外，还要在监管法中明确给予社会保障基金监督与管理委员会独立机构的地位，保护基金的监管工作不受外部诱因的干扰。最后，完善监管的立法也需要其他法律的配合，才可以使监管法发挥更好的功效。完善社会保障基金的专项审计制度，以便及时发现基金征缴、投资营运、支付等过程中存在的问题，为监管机构及时纠正、惩戒违规行为提供信息；完善社会保障基金的投资监控制度，强化投资管理机构的自律概念，从而降低投资运营的风险，促进监管目的的达成。

9.4.3 建立规范的新型农村社会养老保险基金监管体系

由于新型农村社会养老保险制度是基本保障项目，在当前我国金融市场不够成熟，监管体系不够完善，监管能力有待提高的现实条件下，对于新型农村社会养老保险基金应采取严格定量限制式监管模式，建立起规范的新型农村社会养老保险基金监管体系。

（1）建立协同监管体系

人力资源和劳动保障部、银监会、证监会和保监会是农村社会养老保险基金市场的主要监管机构，对养老保险基金管理服务机构实行严格的二次准入和监管，共同建立一个完善的协同监管体系，实现监管职能的专业化分工与协作。通过设立准入标准、限定独立托管机构、强调内部治理和风险控制等限制性措施，将那些极有可能出现经营思想不端正、经营行为不正当、经营管理不规范等危害参保农户利益、社会公众利益以及整个金融体系安全性的不合格养老保险基金管理申请机构拒之门外。鼓励银行、基金、证券、信托、保险等金融机构参与养老保险基金市场服务，实现专业化分工和管理效率改进。只有经过中国银监会、证监会或保监会批准，并经劳动保障部认定的合法金融机构，才有资格成为养老保险基金市场的投资管理机构和托管机构。

（2）建立全程监管制度

其一，建立报告和信息披露制度。社会保险经办机构、托管机构和投资管理机构应当按照规定向有关监管部门报告农村社会养老保险基金管理情况，并对所披露信息内容的真实性、完整性负责。

其二，设置限制性条款。农村社会养老保险基金财产应独立于管理机构的固有财产，不属于其清算财产，非因农村社会养老保险基金财产本身承担的债务，不得对基金财产强制执行。管理机构不得利用农村社会养老保险基金财产为其谋取利益，或为他人谋取不正当利益。

其三，建立风险分散机制。基于中国金融市场现状和职工控制投资风险的能力，由省级社会保险经办机构掌握个人账户基金投资自主权，投资管理机构应按照规定的金融工具类型和投资比例做出投资决策，托管机构应按照规定监督投资管理机构投资行为的合规性和合法性。

其四，建立市场退出机制。任何管理机构在获得农村社会养老保险基金管理服务资格之后，仍需经常性地接受专门监督、社会监督和政府监督，一旦因各种原因丧失继续管理农村社会养老保险基金的资格条件，必须按照有关规定退出养老保险基金管理市场。

（3）建立实时监控系统

建立完善的养老保险基金监管信息管理技术系统，实现从过去简单的以查账为主要手段的现场监督向以合规监督为主要手段的非现场监督转变，实现从事后监管为主向事前和事中监管为主的转变，实行以非现场实时监控为主导的监管方式和年金反欺诈监管规程；逐步构建覆盖全国的养老基金监管网络，保障现场检查的及时性、经常性和案件处理的及时性；建立养老基金监管的非现场监督制度，科学评估养老基金管理服务的绩效，查找有问题征兆的养老基金管理机构，将问题处理在萌芽状态。通过实时监控系统，实现现场检查与非现场检查方式的结合，事前监督、日常监督与事后监督方法的统一。

（4）建立反欺诈机制

为严格防范养老基金征缴、支付过程中的内部和外部欺诈行为，应抓紧研究制定《社会保险反欺诈办法》，界定社会保险欺诈行为，明确主要侦察方式和手段，确定处罚原则和标准。通过《社会保险反欺诈办法》的实施，加强基金收支、管理的事前和事中监督，加大社会保险政策的宣传力度，增强广大职工的责任意识，提高企业和职工按时足额缴纳社会保险费的自觉性；要发动社会各方和广大群众参与监督管理，加大对冒领欺诈行为的打击力度，协同有关部门打击少缴漏缴行为，建立防范冒领的反欺诈机制。

（5）建立行业自律和社会监督机制

行业自律和社会监督机制是养老基金管理市场形成公开、公平、公正市场环境的必要因素。要充分发挥律师、会计师、资产评估等行业协会的自律管理作用。要引导和加强新闻媒体对养老基金管理市场的宣传和监督。为个人账户基金提供专业服务的中介机构，必须是经劳动保障部认可的，具有合法经营资格的投资顾问公司、律师事务所、会计师事务所等。中介服务机构从事个人账户基金管理中介服务应严格遵守相关职业准则和道德标准。鉴于我国目前尚无高信誉的独立社会中介机构，社会中介机构很不发达，离独立、客观、公正的标准还有很大的差距，应加强对会计师事务所、律师事务所和资产评估机构的管理，提高中介机构的专业化服务水平、执业队伍整体素质和整个行业的组织化程度。

附表1 农村人口生命表

（1）农村人口生命表（男性）

x	l_x	q_x	d_x	L_x	T_x	e_x
0	1000000	0.01313874	13139	993431	70019666	70.02
1	986861	0.00298876	2949	985387	69026236	69.95
2	983912	0.00196935	1938	982943	68040849	69.15
3	981974	0.00144053	1415	981267	67057906	68.29
4	980560	0.00109667	1075	980022	66076639	67.39
5	979484	0.00091845	900	979034	65096617	66.46
6	978585	0.00078531	768	978200	64117583	65.52
7	977816	0.00073660	720	977456	63139383	64.57
8	977096	0.00070488	689	976751	62161927	63.62
9	976407	0.00060034	586	976114	61185175	62.66
10	975821	0.00059574	581	975530	60209061	61.70
11	975240	0.00055647	543	974968	59233531	60.74
12	974697	0.00052299	510	974442	58258563	59.77
13	974187	0.00052312	510	973932	57284121	58.80
14	973678	0.00058849	573	973391	56310188	57.83
15	973105	0.00070662	688	972761	55336797	56.87
16	972417	0.00083381	811	972011	54364037	55.91
17	971606	0.00102031	991	971110	53392025	54.95
18	970615	0.00122844	1192	970019	52420915	54.01
19	969422	0.00136522	1323	968761	51450896	53.07
20	968099	0.00156130	1511	967343	50482136	52.15
21	966587	0.00149433	1444	965865	49514792	51.23
22	965143	0.00155783	1504	964391	48548927	50.30
23	963640	0.00153508	1479	962900	47584536	49.38

续表

x	l_x	q_x	d_x	L_x	T_x	e_x
24	962160	0.00160903	1548	961386	46621636	48.46
25	960612	0.00163772	1573	959826	45660250	47.53
26	959039	0.00161666	1550	958264	44700424	46.61
27	957488	0.00168500	1613	956682	43742161	45.68
28	955875	0.00170219	1627	955062	42785479	44.76
29	954248	0.00177302	1692	953402	41830417	43.84
30	952556	0.00189024	1801	951656	40877015	42.91
31	950756	0.00189535	1802	949855	39925359	41.99
32	948954	0.00200104	1899	948004	38975505	41.07
33	947055	0.00199983	1894	946108	38027501	40.15
34	945161	0.00215990	2041	944140	37081393	39.23
35	943119	0.00239094	2255	941992	36137253	38.32
36	940864	0.00240411	2262	939733	35195261	37.41
37	938602	0.00261110	2451	937377	34255528	36.50
38	936152	0.00271688	2543	934880	33318151	35.59
39	933608	0.00287340	2683	932267	32383271	34.69
40	930926	0.00325903	3034	929409	31451004	33.78
41	927892	0.00326181	3027	926378	30521596	32.89
42	924865	0.00348998	3228	923251	29595218	32.00
43	921637	0.00354437	3267	920004	28671966	31.11
44	918371	0.00378712	3478	916632	27751962	30.22
45	914893	0.00423293	3873	912956	26835331	29.33
46	911020	0.00437455	3985	909027	25922375	28.45
47	907035	0.00478660	4342	904864	25013347	27.58
48	902693	0.00506780	4575	900406	24108483	26.71

x	l_x	q_x	d_x	L_x	T_x	e_x
49	898118	0.00568644	5107	895565	23208078	25.84
50	893011	0.00660383	5897	890063	22312513	24.99
51	887114	0.00653465	5797	884216	21422450	24.15
52	881317	0.00738270	6506	878064	20538235	23.30
53	874811	0.00780630	6829	871396	19660171	22.47
54	867981	0.00888013	7708	864128	18788775	21.65
55	860274	0.00951544	8186	856181	17924647	20.84
56	852088	0.01000904	8529	847824	17068467	20.03
57	843559	0.01143018	9642	838738	16220643	19.23
58	833917	0.01237714	10322	828756	15381905	18.45
59	823596	0.01434601	11815	817688	14553148	17.67
60	811780	0.01729634	14041	804760	13735460	16.92
61	797740	0.01729169	13794	790842	12930700	16.21
62	783945	0.01947372	15266	776312	12139858	15.49
63	768679	0.02032368	15622	760868	11363546	14.78
64	753057	0.02358531	17761	744176	10602678	14.08
65	735295	0.02644127	19442	725574	9858502	13.41
66	715853	0.02721627	19483	706112	9132928	12.76
67	696370	0.03077022	21427	685657	8426816	12.10
68	674943	0.03522204	23773	663057	7741159	11.47
69	651170	0.04084205	26595	637873	7078103	10.87
70	624575	0.04698829	29348	609901	6440230	10.31
71	595227	0.04832242	28763	580846	5830329	9.80
72	566464	0.05543769	31403	550763	5249483	9.27
73	535061	0.05831007	31199	519461	4698720	8.78
74	503862	0.06308498	31786	487969	4179259	8.29

续表

x	l_x	q_x	d_x	L_x	T_x	e_x
75	472075	0.06865029	32408	455871	3691290	7.82
76	439667	0.07461031	32804	423265	3235419	7.36
77	406864	0.08059558	32791	390468	2812154	6.91
78	374072	0.09110718	34081	357032	2421686	6.47
79	339992	0.10563897	35916	322033	2064654	6.07
80	304075	0.12070790	36704	285723	1742620	5.73
81	267371	0.12340568	32995	250873	1456897	5.45
82	234376	0.13627651	31940	218406	1206024	5.15
83	202436	0.14532278	29419	187727	987618	4.88
84	173017	0.15603071	26996	159519	799892	4.62
85	146021	0.16627612	24280	133881	640372	4.39
86	121741	0.17371722	21149	111167	506491	4.16
87	100593	0.18977399	19090	91048	395324	3.93
88	81503	0.20427723	16649	73178	304276	3.73
89	64854	0.21725319	14090	57809	231097	3.56
90	50764	0.23805415	12085	44722	173288	3.41
91	38679	0.24415562	9444	33958	128567	3.32
92	29236	0.26237350	7671	25400	94609	3.24
93	21565	0.27098125	5844	18643	69209	3.21
94	15721	0.27268962	4287	13578	50566	3.22
95	11434	0.27439799	3138	9865	36988	3.23
96	8297	0.27610635	2291	7151	27122	3.27
97	6006	0.27781472	1669	5172	19971	3.33
98	4337	0.27952309	1212	3731	14799	3.41
99	3125	0.28123146	879	2686	11068	3.54
100	2246	1.00000000	2246	8382	8382	3.73

（2）农村人口生命表（女性）

x	l_x	q_x	d_x	L_x	T_x	e_x
0	1000000	0.01901484	19015	990493	73949033	73.95
1	980985	0.00343976	3374	979298	72958540	74.37
2	977611	0.00204358	1998	976612	71979242	73.63
3	975613	0.00142528	1391	974918	71002630	72.78
4	974222	0.00098963	964	973740	70027712	71.88
5	973258	0.00076048	740	972888	69053972	70.95
6	972518	0.00058681	571	972233	68081084	70.00
7	971948	0.00048911	475	971710	67108851	69.05
8	971472	0.00043538	423	971261	66137141	68.08
9	971049	0.00037758	367	970866	65165880	67.11
10	970683	0.00038614	375	970495	64195015	66.13
11	970308	0.00035639	346	970135	63224520	65.16
12	969962	0.00036929	358	969783	62254385	64.18
13	969604	0.00038296	371	969418	61284602	63.21
14	969232	0.00041036	398	969033	60315184	62.23
15	968835	0.00051306	497	968586	59346151	61.26
16	968338	0.00055488	537	968069	58377564	60.29
17	967800	0.00066124	640	967480	57409496	59.32
18	967160	0.00079530	769	966776	56442015	58.36
19	966391	0.00080793	781	966001	55475240	57.40
20	965610	0.00092955	898	965162	54509239	56.45
21	964713	0.00095526	922	964252	53544077	55.50
22	963791	0.00099213	956	963313	52579825	54.56
23	962835	0.00103681	998	962336	51616512	53.61
24	961837	0.00108924	1048	961313	50654176	52.66

续表

x	l_x	q_x	d_x	L_x	T_x	e_x
25	960789	0.00113747	1093	960243	49692864	51.72
26	959696	0.00108185	1038	959177	48732621	50.78
27	958658	0.00113183	1085	958115	47773444	49.83
28	957573	0.00110721	1060	957043	46815328	48.89
29	956513	0.00117872	1127	955949	45858286	47.94
30	955385	0.00123403	1179	954796	44902337	47.00
31	954206	0.00120792	1153	953630	43947541	46.06
32	953054	0.00125164	1193	952457	42993911	45.11
33	951861	0.00120977	1152	951285	42041454	44.17
34	950709	0.00129301	1229	950095	41090169	43.22
35	949480	0.00142379	1352	948804	40140074	42.28
36	948128	0.00135828	1288	947484	39191270	41.34
37	946840	0.00147149	1393	946144	38243786	40.39
38	945447	0.00151529	1433	944731	37297643	39.45
39	944014	0.00169643	1601	943214	36352912	38.51
40	942413	0.00187769	1770	941528	35409698	37.57
41	940643	0.00183214	1723	939782	34468170	36.64
42	938920	0.00202785	1904	937968	33528389	35.71
43	937016	0.00207601	1945	936043	32590421	34.78
44	935071	0.00227250	2125	934008	31654377	33.85
45	932946	0.00256490	2393	931749	30720369	32.93
46	930553	0.00270145	2514	929296	29788620	32.01
47	928039	0.00292993	2719	926679	28859324	31.10
48	925320	0.00317606	2939	923850	27932644	30.19
49	922381	0.00362335	3342	920710	27008794	29.28

续表

x	l_x	q_x	d_x	L_x	T_x	e_x
50	919039	0.00418680	3848	917115	26088084	28.39
51	915191	0.00415910	3806	913288	25170969	27.50
52	911385	0.00476916	4347	909211	24257681	26.62
53	907038	0.00511200	4637	904720	23348469	25.74
54	902401	0.00575277	5191	899806	22443750	24.87
55	897210	0.00626988	5625	894397	21543944	24.01
56	891585	0.00649876	5794	888688	20649546	23.16
57	885791	0.00744627	6596	882493	19760859	22.31
58	879195	0.00809502	7117	875636	18878366	21.47
59	872078	0.00936844	8170	867993	18002730	20.64
60	863908	0.01126277	9730	859043	17134737	19.83
61	854178	0.01131848	9668	849344	16275695	19.05
62	844510	0.01273559	10755	839132	15426351	18.27
63	833754	0.01349374	11250	828129	14587219	17.50
64	822504	0.01541558	12679	816164	13759090	16.73
65	809824	0.01712815	13871	802889	12942926	15.98
66	795954	0.01744147	13883	789012	12140037	15.25
67	782071	0.02024056	15830	774156	11351025	14.51
68	766241	0.02327978	17838	757323	10576868	13.80
69	748404	0.02698065	20192	738307	9819546	13.12
70	728211	0.03121683	22732	716845	9081239	12.47
71	705479	0.03233608	22812	694072	8364394	11.86
72	682666	0.03787188	25854	669739	7670321	11.24
73	656812	0.03963478	26033	643796	7000582	10.66
74	630780	0.04339682	27374	617093	6356786	10.08

x	l_x	q_x	d_x	L_x	T_x	e_x
75	603406	0.04789720	28901	588955	5739693	9.51
76	574505	0.05248472	30153	559428	5150738	8.97
77	544352	0.05676096	30898	528903	4591309	8.43
78	513454	0.06513702	33445	496731	4062407	7.91
79	480009	0.07552330	36252	461883	3565675	7.43
80	443757	0.08800287	39052	424231	3103792	6.99
81	404705	0.09228353	37348	386031	2679561	6.62
82	367358	0.10122939	37187	348764	2293529	6.24
83	330170	0.10894404	35970	312185	1944766	5.89
84	294200	0.11847354	34855	276773	1632580	5.55
85	259345	0.12629102	32753	242969	1355808	5.23
86	226592	0.13543403	30688	211248	1112839	4.91
87	195904	0.14833591	29060	181374	901591	4.60
88	166844	0.16267238	27141	153274	720217	4.32
89	139703	0.17637889	24641	127383	566943	4.06
90	115063	0.19964956	22972	103577	439560	3.82
91	92090	0.21696962	19981	82100	335983	3.65
92	72110	0.23000065	16585	63817	253883	3.52
93	55524	0.24310470	13498	48775	190066	3.42
94	42026	0.24544476	10315	36869	141291	3.36
95	31711	0.26271883	8331	27545	104422	3.29
96	23380	0.27656773	6466	20147	76877	3.29
97	16914	0.27759260	4695	14566	56730	3.35
98	12219	0.29149881	3562	10438	42164	3.45
99	8657	0.30384390	2630	7342	31726	3.66
100	6027	1.00000000	6027	24384	24384	4.05

生命表函数及其编制过程的简要步骤

一、生命表函数

（1）x：年龄；表示从 x 岁到 $x+1$ 岁的一个年龄区间。

（2）l_x：尚存人数；表示进入 x 岁这一年龄的初始人数。

（3）d_x：表上死亡人数；指生命表上 x 岁年龄组的死亡人数。

（4）q_x：死亡概率；表示存活到 x 岁的人在下一个年龄段死亡的可能性，完全生命表中为 1 岁间隔。

（5）L_x：平均生存人年数；表示 x 岁年龄组的人平均存活的时间长度。

（6）T_x：平均生存人年数累积；表示进入 x 岁这一年龄的初始人数在未来可能存活的时间总长。

（7）e_x：平均预期余命；表示进入 x 岁这一年龄的初始人数在未来可能存活的平均时间长度。

二、生命表编制过程

本书以 2000 年第五次人口普查中分年龄死亡率为依据，在对异常年龄的死亡率进行修正以及对死亡率曲线进行平滑处理的基础上编制完全生命表。

（1）计算 1 岁间隔的分年龄死亡率 m_x。其计算公式为：

$$m_x = \frac{D_x}{P_x}$$

其中，D_x 为 x 岁人口在 x 岁年龄区间的实际死亡人数；P_x 为 x 岁人口的实际平均人口数。

（2）计算死亡概率 q_x。根据法尔（Farlle）死亡概率公式：

$$q_x = \frac{2m_x}{2+m_x}$$

上式是基于死亡水平在年龄组中的平均分布假设做出的，而婴儿死亡率却随着出生时间的延长迅速降低，因此本书采用根据实际统计数据直接计算婴儿死亡率。在最高年龄组，定义 $q_x = 1$。

（3）确定人口基数 l_0。本书确定 $l_0 = 1000000$。

（4）计算表上死亡人数 d_x。$d_x = l_x \cdot q_x$。

（5）计算尚存人数 l_{x+1}。$l_{x+1} = l_x - d_x$。

（6）计算平均生存人年数 L_x。$L_x = \dfrac{l_x + l_{x+1}}{2}$。

（7）计算平均生存人年数累积 T_x。$T_x = \sum\limits_{x}^{\omega} L_x$，其中 ω 为最高死亡年龄。

（8）计算平均预期余命 e_x。$e_x = \dfrac{T_x}{l_x}$。

附表2

迁移前后农村人口特征指标

年份	不含迁移（万人）				含迁移（万人）			
	农村 0—14 岁 人口数	农村 15—59 岁 人口数	农村 60 岁及以上人口数	老年人口抚养比（%）	农村 0—14 岁 人口数	农村 15—59 岁 人口数	农村 60 岁及以上人口数	老年人口抚养比（%）
2001	19259	50749	8765	17.27	19151	50014	8710	17.42
2002	18288	51920	8950	17.24	18069	50527	8845	17.51
2003	17450	52960	9122	17.22	17107	50919	8965	17.61
2004	16567	53994	9335	17.29	16091	51342	9307	18.13
2005	15581	55114	9549	17.33	14960	51809	9451	18.24
2006	15325	55729	9788	17.56	14527	51767	9618	18.58
2007	15230	56184	10062	17.91	14240	51543	9817	19.05
2008	15277	56540	10342	18.29	14082	51191	10016	19.57
2009	15510	56675	10706	18.89	14096	50585	10295	20.35
2010	15760	56810	11093	19.53	14113	49951	10592	21.21
2011	16173	56837	11440	20.13	14276	49203	10836	22.02
2012	16646	56636	11941	21.08	14486	48232	11220	23.26
2013	17132	56445	12378	21.93	14732	47251	11524	24.39
2014	17777	55973	12876	23.00	15034	46110	11874	25.75
2015	18220	55649	13358	24.00	15195	45075	12192	27.05
2016	18605	55414	13735	24.79	15274	44179	12390	28.05
2017	18919	55116	14168	25.71	15294	43239	12627	29.20
2018	19166	54955	14454	26.30	15258	42457	12701	29.91
2019	19326	55045	14493	26.33	15154	41943	12519	29.85
2020	19443	55036	14600	26.53	15021	41357	12385	29.95
2021	19247	55442	14534	26.22	14601	41020	12053	29.38
2022	18952	55367	14985	27.07	14120	40239	12184	30.28
2023	18559	55032	15741	28.60	13578	39233	12568	32.03
2024	18079	54938	16302	29.67	12988	38458	12758	33.17
2025	17534	54831	16911	30.84	12359	37671	12964	34.41
2026	16959	54726	17531	32.03	11725	36891	13153	35.65

续表

年份	不含迁移（万人）				含迁移（万人）			
	农村 0—14 岁 人口数	农村 15—59 岁 人口数	农村 60 岁及以 上人口数	老年人口 抚养比 （%）	农村 0—14 岁 人口数	农村 15—59 岁 人口数	农村 60 岁及以 上人口数	老年人口 抚养比 （%）
2027	16400	54789	17964	32.79	11124	36268	13167	36.30
2028	15895	54550	18654	34.20	10578	35404	13369	37.76
2029	15471	54442	19151	35.18	10100	34656	13390	38.64
2030	15146	54130	19779	36.54	9703	33767	13496	39.97
2031	14923	53936	20211	37.47	9379	32982	13429	40.72
2032	14802	53708	20597	38.35	9122	32181	13312	41.37
2033	14778	53491	20887	39.05	8928	31412	13119	41.76
2034	14842	53246	21125	39.67	8785	30646	12884	42.04
2035	14984	53041	21241	40.05	8683	29934	12563	41.97
2036	15187	52818	21301	40.33	8583	29222	12204	41.76
2037	15430	52693	21201	40.23	8512	28579	11739	41.08
2038	15694	52499	21120	40.23	8441	27906	11297	40.48
2039	15958	52304	21003	40.15	8367	27257	10850	39.81
2040	16207	52119	20853	40.01	8279	26625	10400	39.06
2041	16424	51924	20702	39.87	8168	25995	9954	38.29
2042	16592	51555	20727	40.20	8037	25272	9646	38.17
2043	16698	51320	20633	40.21	7871	24626	9273	37.65
2044	16733	51006	20644	40.47	7674	23939	8975	37.49
2045	16692	50634	20743	40.97	7446	23224	8742	37.64
2046	16579	50097	21044	42.01	7189	22415	8627	38.49
2047	16401	49399	21539	43.60	6914	21533	8628	40.07
2048	16171	48852	21913	44.86	6622	20733	8565	41.31
2049	15906	48293	22319	46.22	6326	19937	8521	42.74
2050	15623	47669	22805	47.84	6034	19120	8527	44.59
2051	15340	47457	22881	48.21	5770	18484	8332	45.08
2052	15074	47341	22858	48.28	5502	17912	8102	45.23

注：在参考目前我国城镇职工退休政策的基础上，本书假定本研究第 5 部分测算中参保农民男女"退休年龄"统一为 60 岁，同时基于本研究所构建的农村最低养老金的特征，假定制度覆盖率为 100%，则农村最低养老金制度的参保人数即为年龄在 15—59 岁的迁移后农村总人口数，退休人数为年龄在 60 岁及以上的迁移后农村总人口数。

附表 3

三种精算方案下的农村现收现付制模型缴费率与政府补贴规模

年份	方案 1		方案 2		方案 3	
	自然缴费率（%）	政府补贴规模现值（亿元）	厘定缴费率（%）	政府补贴规模现值（亿元）	厘定缴费率（%）	政府补贴规模现值（亿元）
2008	9.21	663	16.32	152	15.09	1086
2009	9.62	715	16.32	218	15.09	1122
2010	10.09	773	16.32	296	15.09	1155
2011	10.52	814	16.32	366	15.09	1168
2012	11.10	869	16.32	460	15.09	1181
2013	11.64	919	16.32	550	15.09	1191
2014	12.24	975	16.32	650	15.09	1203
2015	12.76	1031	16.32	744	15.09	1220
2016	13.02	1079	16.32	806	15.09	1251
2017	13.25	1133	16.32	870	15.09	1291
2018	13.29	1173	16.32	906	15.09	1332
2019	12.93	1190	16.32	879	15.09	1389
2020	12.63	1212	16.32	858	15.09	1449
2021	12.28	1191	16.32	799	15.09	1465
2022	12.64	1217	16.32	863	15.09	1452
2023	13.45	1267	16.32	997	15.09	1423
2024	14.04	1299	16.32	1089	15.09	1397
2025	14.68	1334	16.32	1185	15.09	1371
2026	15.40	1367	16.32	1286	15.09	1339
2027	15.88	1382	16.32	1344	15.09	1313
2028	16.79	1417	16.32	1457	15.09	1273
2029	17.49	1433	16.32	1529	15.09	1237

续表

年份	方案1		方案2		方案3	
	自然缴费率（%）	政府补贴规模现值（亿元）	厘定缴费率（%）	政府补贴规模现值（亿元）	厘定缴费率（%）	政府补贴规模现值（亿元）
2030	18.37	1458	16.32	1621	15.09	1199
2031	18.92	1466	16.32	1667	15.09	1169
2032	19.41	1467	16.32	1701	15.09	1141
2033	19.74	1460	16.32	1713	15.09	1116
2034	19.99	1448	16.32	1714	15.09	1093
2035	20.03	1426	16.32	1690	15.09	1074
2036	19.81	1398	16.32	1645	15.09	1065
2037	19.29	1358	16.32	1568	15.09	1063
2038	18.78	1320	16.32	1493	15.09	1061
2039	18.20	1280	16.32	1413	15.09	1061
2040	17.57	1239	16.32	1327	15.09	1064
2041	16.94	1197	16.32	1241	15.09	1067
2042	16.65	1172	16.32	1195	15.09	1062
2043	16.20	1137	16.32	1129	15.09	1059
2044	15.97	1111	16.32	1088	15.09	1050
2045	15.93	1093	16.32	1067	15.09	1036
2046	16.26	1089	16.32	1086	15.09	1011
2047	16.98	1100	16.32	1143	15.09	978
2048	17.58	1103	16.32	1182	15.09	947
2049	18.33	1108	16.32	1229	15.09	912
2050	19.33	1119	16.32	1294	15.09	874
2051	19.68	1094	16.32	1281	15.09	839
2052	19.91	1064	16.32	1256	15.09	806

附表 4

精算方案 2 和精算方案 3 下基金积累相关指标

年份	方案 3（亿元）				方案 2（亿元）	
	各年基金收支盈余	各年基金积累剩余	各年基金投资收益	各年基金收支盈余累积额	各年基金收支盈余	各年基金积累剩余
2008	846	846	0	846	1022	1022
2009	838	1718	34	1684	1025	2047
2010	812	2599	69	2497	1011	3058
2011	773	3476	104	3270	980	4038
2012	704	4319	139	3974	919	4957
2013	631	5123	173	4605	855	5811
2014	544	5872	205	5148	776	6588
2015	463	6570	235	5611	706	7294
2016	435	7267	263	6046	691	7985
2017	412	7970	291	6458	685	8670
2018	429	8717	319	6887	719	9388
2019	550	9617	349	7437	862	10250
2020	675	10676	385	8112	1009	11259
2021	803	11906	427	8915	1151	12410
2022	713	13096	476	9629	1069	13479
2023	483	14103	524	10112	842	14321
2024	313	14980	564	10425	676	14997
2025	124	15703	599	10548	490	15488
2026	− 94	16237	628	10455	276	15763
2027	− 240	16647	649	10215	133	15897
2028	− 518	16795	666	9697	− 146	15751
2029	− 729	16737	672	8968	− 357	15394

续表

年份	方案3（亿元）				方案2（亿元）	
	各年基金收支盈余	各年基金积累剩余	各年基金投资收益	各年基金收支盈余累积额	各年基金收支盈余	各年基金积累剩余
2030	−996	16411	669	7972	−624	14770
2031	−1170	15897	656	6802	−797	13973
2032	−1326	15207	636	5476	−950	13023
2033	−1440	14376	608	4036	−1062	11961
2034	−1529	13422	575	2507	−1147	10814
2035	−1561	12398	537	946	−1175	9640
2036	−1525	11369	496	−578	−1130	8510
2037	−1393	10431	455	−1971	−987	7522
2038	−1258	9590	417	−3230	−842	6680
2039	−1093	8881	384	−4322	−663	6017
2040	−898	8338	355	−5220	−455	5563
2041	−692	7979	334	−5913	−234	5328
2042	−599	7699	319	−6512	−129	5199
2043	−438	7569	308	−6950	44	5244
2044	−354	7518	303	−7304	139	5382
2045	−343	7476	301	−7647	158	5540
2046	−480	7294	299	−8127	23	5563
2047	−774	6812	292	−8901	−272	5291
2048	−1019	6066	272	−9920	−519	4772
2049	−1313	4995	243	−11233	−817	3955
2050	−1698	3497	200	−12931	−1208	2746
2051	−1819	1818	140	−14750	−1335	1412
2052	−1891	0	73	−16641	−1412	0

附录1

民政部关于印发《县级农村社会养老保险基本方案（试行）》的通知

（民办发［1992］2号，1992年1月3日）

各省、自治区、直辖市民政厅（局）、各计划单列市民政局：

根据国务院《关于企业职工养老保险制度改革的决定》（国发［1991］33号）中关于农村（含乡镇企业）的养老保险制度改革，由民政部负责，具体办法另行制定的决定，民政部制定了《县级农村社会养老保险基本方案（试行）》。方案草案几经征求意见，并在几十个试点县（市）试行了一个阶段。实践表明，《方案》比较符合农村的实际，是可行的。现将《县级农村社会养老保险基本方案（试行）》印发给你们，请各地向党委和政府汇报，并在工作中，结合实际情况，认真贯彻执行。在执行中，总结经验，使之不断完善。

县级农村社会养老保险基本方案（试行）

一、指导思想和基本原则

农村社会养老保险是国家保障全体农民老年基本生活的制度，是政府的一项重要社会政策。建立农村社会养老保险制度，要从我国农村的实际出发，以保障老年人基本生活为目的；坚持资金以个人交纳为主，集体补助为辅，国家予以政策扶持；坚持自助为主、互济为辅；坚持社会养老保险与家庭养老相结合；坚持农村务农、务工、经商等各类人员社会养老保险制度一体化的方向。由点到面，逐步发展。

二、保险对象及交纳、领取保险费的年龄

1. 保险对象：市城镇户口、不由国家供应商品粮的农村人口。一般

以村为单位确认（包括村办企业职工、私营企业、个体户、外出人员等），组织投保。乡镇企业职工、民办教师、乡镇招聘干部、职工等，可以以乡镇或企业为单位确认，组织投保。少数乡镇因经济或地域等原因，也可以先搞乡镇企业职工的养老保险。外来劳务人员，原则上在其户口所在地参加养老保险。

2. 交纳保险年龄不分性别、职业为 20 周岁至 60 周岁。领取养老保险金的年龄一般在 60 周岁以后。

三、保险资金的筹集

资金筹集坚持以个人交纳为主，集体补助为辅，国家给予政策扶持的原则。个人交纳要占一定比例；集体补助主要从乡镇企业利润和集体积累中支付；国家予以政策扶持，主要是通过对乡镇企业支付集体补助予以税前列支体现。

1. 在以个人交纳为主的基础上，集体可根据其经济状况予以适当补助（含国家让利部分）。具体方法，可由县或乡（镇）、村、企业制定。

2. 个人的交费和集体的补助（含国家让利），分别记账在个人名下。

3. 同一投保单位，投保对象平等享受集体补助。

按计划生育有关政策，在没有实行独生子女补助的地区，独生子女父母参加养老保险，集体补助可高于其他对象。具体办法由地方政府制定。

4. 乡镇企业职工的个人交费、企业补助分别记账在个人名下，建立职工个人账户，企业补助的比例，可同地方或企业根据情况决定。企业对职工及其他人员的集体补助，应予按工资总额的一定比例税前列支。具体办法由地方政府制定。

四、交费标准、支付及变动

1. 多档次，月交费标准设 2、4、6、8、10、12、14、16、18、20 元十个档次，供不同的地区以及乡镇、村、企业和投保人选择。各业人员的交费档次可以有所区别。交费标准范围的选择以及按月交费还是按年交费，均由县（市）政府决定。

2. 养老保险费可以补交和预交。个人补交或预交保险费，集体可视情况决定是否给予补助。补交后，总交费年数不得超过 40 年。预交年数一般不超过三年。

3. 个人或集体根据收入的提高或下降，经社会养老保险管理部门批准，可按规定调整交纳档次。

4. 当遇到各种自然灾害或其他原因，个人或集体无能力交纳养老保险金，经社会养老保险管理部门批准，在规定的时间内可暂时停交保费。恢复交费后，对于停交期的保费，有条件也可以自愿补齐。服刑者停交保险费，刑满回原籍者，原保险关系可以恢复，继续投保。

5. 投保人在交费期间身亡者，个人交纳全部本息，退给其法定继承人或指定受益人。

6. 领取养老金从60周岁以后开始，根据交费的标准、年限，确定支付标准（具体标准，另行下发）。调整交费标准或中断交费者，其领取养老金标准，需待交费终止时，将各档次，各时期积累的保险金额合并，重新计算。

投保人领取养老金，保证期为10年。领取养老金不足十年身亡者，保证期内的养老金余额可以继承。无继承人或指定受益人者，按农村社会养老保险管理机构的有关规定支付丧葬费用。

领取养老金超过10年的长寿者，支付养老金直至身亡为止。

7. 投保对象从本县（市）迁往外地，若迁入地已建立农村社会养老保险制度，需将其保险关系（含资金）转入迁入地农村社会养老保险管理机构。若迁入地尚未建立养老保险制度，可将其个人交纳全部本息退发本人。

8. 投保人招工、提干、考学等农转非，可将保险关系（含资金）转入新的保险轨道，或将个人交纳全部本息退还本人。

五、基金的管理与保值增值

基金以县为单位统一管理。保值增值主要是购买国家财政发行的高利率债券和存入银行，不直接用于投资。基金使用，必须兼顾当前利益和长远利益，国家利益和地方利益，同时要建立监督保障机制。

1. 县（市）农村社会养老保险机构，在指定的专业银行设立农村社会养老保险基金专户，专账专管，专款专用。民政部门和其他部门都不能动用资金。

2. 各乡镇缴纳的养老保险基金直接入银行的专户。

3. 养老保险基金除需现支付部分外，原则上应及时转为国家债券。国家以偿还债务的形式返回养老金。现金通过银行收付。

4. 养老保险基金用于地方建设，原则上不由地方直接用于投资，而是存入银行，地方通过向银行贷款，用于建设。具体做法，另行规定。

5. 农村社会养老基金和按规定提取的管理服务费以及个人领取的养老金，都不计征税、费。

六、立法、机构、管理和经费

1. 根据《基本方案》，由县（市）政府制定《农村社会养老保险暂行管理办法》。通过实践，补充完善后，由政府发布决定或命令，依法建立农村社会养老保险制度。

2. 县级以上人民政府要设立农村社会养老保险基金管理委员会，实施对养老保险基金管理的指导和监督。委员会由政府主管领导同志任主任，其成员由民政、财政、税务、计划、乡镇企业、审计、银行等部门的负责同志和投保人代表组成。乡（镇）、村两级群众性的社会保障委员会要协助工作，并发挥监督作用。

3. 县（市）成立农村社会养老保险事业管理处（隶属民政局），为非营利性的事业机构，经办农村社会养老保险的具体业务，管理养老保险基金。

4. 乡镇设代办站或招聘代办员，负责收取、支付保费、登记建账及其他日常工作。

5. 村由会计、出纳代办，负责收取保费、发放养老金等工作。

6. 农村社会养老保险，按人立户记账建档，实行村（企业）、乡、县三级管理。保险费必须按期缴纳，按规定进入银行专用账户。逾期可罚交滞纳金。发给投保人保险费交费凭证，到领取年龄后，换发支付凭证。随着条件的成熟，逐步建立个人社会保障号码，运用计算机管理，提高效率。

7. 县（市）成立的事业性质农村社会养老保险机构，地方财政可一次性拨给开办费，逐步过渡到全部费用由管理服务费支出。管理服务费按国家的规定提取并分级使用。

七、理顺关系，稳妥处理与部分现行养老办法的衔接

农民的社会养老保险，是国家在农村建立的基本养老保障制度，标准较低，覆盖面大。除此之外，乡村（含乡镇企业）还可根据其经济力量，自办各种形式的补充养老保障，鼓励发展个人的养老储蓄。同时应充分发挥农村已有的各种基层社会保障形式的功能，形成更为完善、具有中国特色的农村社会保障体系。

1. 由保险公司开办的各种保险，可暂时维持现状，但不能再扩大，避免给建立农村社会养老保险制度造成困难。

2. 对于目前一些部门已搞的养老保险和乡（镇）、村或乡镇企业的退休办法等，要慎重对待。一些以集体经济为基础的现收现支养老办法和其他形式的做法，有的可作为社会养老保险的补充层次而保留。有的待工作开展后，逐步调整。

3. 对于优抚对象、社会救济对象、五保户、贫困户，现行保障政策不变。

关于印发《农村社会养老保险养老金
计发办法》(试行)的通知

民政部文件　民办函〔1994〕22 号

各省、自治区、直辖市民政厅(局),各计划单列市民政局:

农村社会养老保险养老金给付标准的确定,是一项政策性很强的工作,必须按统一规定的方法进行计算,执行统一的标准。现将《农村社会养老保险养老金计发办法》(试行) 印发给你们,请予以贯彻执行。

1994 年 7 月 21 日

农村社会养老保险养老金计发办法 (试行)

根据《县级农村社会养老保险基本方案》确定的原则,农村社会养老保险建立个人基金账户,个人缴费及集体补助记在个人名下,保险基金按一定的增值率增值。保险对象开始领取养老金,需先计算出个人积累总额,再由积累总额确定其领取标准,具体计发采用以下办法:

一、个人积累总额的计算

参加养老保险者开始缴费到保险对象开始领取养老金 (60 周岁) 止为积累期,个人积累总额为其各次缴费 (含集体补助) 的本息总和。

1. 计息方法,年内以单利计息,逐年以复利计息。

2. 计息期精确到月,各次缴费的计息期为缴费记录卡上记录月份的次月至开始领取养老金月份的前月。

3. 管理服务费按规定比例提取。

4. 计息利率,以规定的基金增值要求为个人基金账户积累的计息利率。积累期内,当基金增值要求调整时,个人基金的积累分段计息。分段计息利率起止时间与会计年度一致。当年基金增值要求调整 (不论调高调低），个人积累的计息利率则从次年年初起变动。若一年内基金增值要求多次调整，次年个人积累的计息，届时按民政部通知统一规定的利率执行。

5. 个人积累总额的计算公式：

$$
\text{积累总额} = \Big[\sum_{j=1}^{n-1} \sum_{p=1}^{12} R_{jp}\Big(1 + \frac{12-p}{12}i_j\Big)\prod_{k=j+1}^{n-1}(1+i_k)\Big(1 + \frac{m-1}{12}i_n\Big)
$$
$$
+ \sum_{p=1}^{m-1} R_{np}\Big(1 + \frac{m-p-1}{12}i_n\Big)\Big](1-a)
$$

注：R_{jp} 为第 j 年第 p 月缴纳的保险费额，$R_{jp} \geq 0$；i_j 为第 j 年的计息利率；m 为保险对象开始领取养老金的月份；n 为缴费积累年数；a 为管理服务费的提取比例。

二、领取标准的计算

保险对象开始领取养老金时间一般为其满 60 周岁月份的次月，计算月领取标准的公式如下：

月领取标准 = 0.008631526 × 积累总额

附

有关计发办法的说明

1. 1992 年民政部印发的《农村社会养老保险交费、领取计算表》（民办函〔1992〕41 号、民社险函〔1992〕1 号和 3 号），是在假定缴费时间、缴费标准和基金增值率都不变且各次缴费的计息期为整年的条件下作出的测算。而在实际工作中，缴费时间、缴费金额和基金增值状况都是经常变动的，各次缴费的计息期也不一定是整年。因此，计算个人基金账户的积累总额，确定其领取标准，需要有一套可实际操作的计发办法。

2. 农村养老保险基金增值要求，从 1991—1993 年 7 月为年增值率 8.8%，1993 年 7 月至目前（1994 年 7 月）为年增值率 12%。因此，个人基金账户积累的计息利率，按《计发办法》的规定，从 1991—1993 年 12 月 31 日按 8.8% 计息；从 1994 年 1 月 1 日起按 12% 计息。若 1996 年年内基金增值要求又调低为年增值率的 8.8%，个人基金账户积累则从 1997 年 1 月 1 日起改按 8.8% 计息。

3. 为了便于实际计算，现分别编制出年利率为 8.8% 和 12% 的复利终值表〔见后表（一）、（二）〕，根据各次缴费的积累年月分别查出相应数据与对应缴费金额相乘，再将所得的积相加，扣除 3% 的管理业务费（乘以 0.97）后，即得积累总额。然后由积累总额计算出领取标准。现就个人积累总额及领取标准的实际计算举例如下：

例 1：某人 1940 年 5 月 6 日出生，1991 年 7 月 12 日缴费 1000 元，1992 年 9 月 10 日缴费 2000 元，1993 年 1 月 3 日缴费 2500 元，1994 年 5 月 7 日缴费 3000 元，此人 2000 年 5 月满 60 周岁，要求领取养老金，若现行年增值要求 12% 不变，试求其积累总额和月领取标准。

解：前三笔缴费时间在 1994 年 1 月 1 日以前，此段应以年利率 8.8% 计息，由题意，前三笔缴费到 1993 年 12 月底积累期分别为 2 年 5 个月、1 年 3 个月、11 个月，查 8.8% 复利终值表分别得数据 1.227、1.112、1.081；从 1994 年 1 月 1 日起，计息利率为 12%，1994 年 1 月到 2000 年 5 月时间为 6 年 5 个月，查 12% 复利终值表，得数据 2.073。

第四笔缴费时间在 1994 年 1 月 1 日后，应以年利率 12% 计息，此笔缴费积累期为 6 年，查 12% 复利终值得数据 1.974，则

积累总额 = 0.97〔（1000 × 1.227 + 2000 × 1.112 + 2500 × 1.081）× 2.073 + 3000 × 1.974〕

= 18117.86（元）

月领取标准 = 0.008631526 × 18117.86 = 156.4（元）

例 2：在例 1 中，若 1996 年 6 月基金增值要求又调低为 8.8%，试求其积累总额和月领取标准。

解：根据题意，个人基金账户积累的计息利率应分为三段，从第一次缴费至 1993 年 12 月 31 日按 8.8% 计息，从 1994 年 1 月 1 日至 1996 年 12 月 31 日按 12% 计息，从 1997 年 1 月 1 日起按 8.8% 计息。

前三笔缴费在 8.8% 计息期（前期加后期）积累时间分别是 5 年 10 个月、4 年 8 个月、4 年 4 个月，查 8.8% 复利终值表分别得数据 1.636、

1.483、1.442；这三笔缴费在 12% 计息期积累时间为 3 年，查 12% 复利终值表得数据 1.405。

第四笔缴费在 8.8% 和 12% 计息期内积累时间分别为 3 年 5 个月、2 年 7 个月，分别查表得数据 1.335、1.342，则

$$积累总额 = 0.97〔（1000 \times 1.636 + 2000 \times 1.483 + 2500 \times$$
$$1.442）\times 1.405 + 3000 \times 1.335 \times 1.342〕$$
$$= 16398.38（元）$$
$$月领取标准 = 16398.38 \times 0.008631526 = 141.5（元）$$

复利终值表（一）　　　　　　年利率8.8%

积累年数 \ 积累月数	0	1	2	3	4	5	6	7	8	9	10	11
0	1.000	1.007	1.015	1.022	1.029	1.037	1.044	1.051	1.059	1.066	1.073	1.081
1	1.088	1.096	1.104	1.112	1.120	1.128	1.136	1.144	1.152	1.160	1.168	1.176
2	1.184	1.192	1.201	1.210	1.218	1.227	1.236	1.245	1.253	1.262	1.271	1.279
3	1.288	1.297	1.307	1.316	1.326	1.335	1.345	1.354	1.363	1.373	1.382	1.392
4	1.401	1.412	1.422	1.432	1.442	1.453	1.463	1.473	1.483	1.494	1.504	1.514
5	1.525	1.536	1.547	1.558	1.569	1.580	1.592	1.603	1.614	1.625	1.636	1.648
6	1.659	1.671	1.683	1.695	1.707	1.720	1.732	1.744	1.756	1.768	1.780	1.793
7	1.805	1.818	1.831	1.844	1.858	1.871	1.884	1.897	1.911	1.924	1.937	1.950
8	1.964	1.978	1.992	2.007	2.021	2.035	2.050	2.064	2.079	2.093	2.107	2.122
9	2.136	2.152	2.168	2.183	2.199	2.215	2.230	2.246	2.262	2.277	2.293	2.309
10	2.324	2.341	2.358	2.375	2.392	2.410	2.427	2.444	2.461	2.478	2.495	2.512
11	2.529	2.547	2.566	2.584	2.603	2.622	2.640	2.659	2.677	2.696	2.714	2.733
12	2.751	2.772	2.792	2.812	2.832	2.852	2.872	2.893	2.913	2.933	2.953	2.973
13	2.993	3.015	3.037	3.059	3.081	3.103	3.125	3.147	3.169	3.191	3.213	3.235
14	3.257	3.281	3.305	3.329	3.352	3.376	3.400	3.424	3.448	3.472	3.496	3.520
15	3.544	3.569	3.595	3.621	3.647	3.673	3.699	3.725	3.751	3.777	3.803	3.829
16	3.855	3.884	3.912	3.940	3.968	3.997	4.025	4.053	4.082	4.110	4.138	4.166
17	4.195	4.225	4.256	4.287	4.318	4.348	4.379	4.410	4.441	4.471	4.502	4.533
18	4.564	4.597	4.631	4.664	4.698	4.731	4.765	4.798	4.831	4.865	4.898	4.932
19	4.965	5.002	5.038	5.075	5.111	5.147	5.184	5.220	5.257	5.293	5.329	5.366
20	5.402	5.442	5.482	5.521	5.561	5.600	5.640	5.680	5.719	5.759	5.798	5.838

复利终值表（二）　　　　　　　　　　　　　　年利率 12%

积累年数 \ 复利终点 \ 积累月数	0	1	2	3	4	5	6	7	8	9	10	11
0	1.000	1.010	1.020	1.030	1.040	1.050	1.060	1.070	1.080	1.090	1.100	1.110
1	1.120	1.131	1.142	1.154	1.165	1.176	1.187	1.198	1.210	1.221	1.232	1.243
2	1.254	1.267	1.279	1.292	1.305	1.317	1.330	1.342	1.355	1.367	1.380	1.392
3	1.405	1.419	1.433	1.447	1.461	1.475	1.489	1.503	1.517	1.531	1.545	1.559
4	1.574	1.589	1.605	1.621	1.636	1.652	1.668	1.684	1.699	1.715	1.731	1.747
5	1.762	1.780	1.789	1.815	1.833	1.850	1.868	1.886	1.903	1.921	1.939	1.956
6	1.974	1.994	2.013	2.033	2.053	2.073	2.092	2.112	2.132	2.151	2.171	2.191
7	2.211	2.233	2.255	2.277	2.299	2.321	2.343	2.365	2.388	2.410	2.432	2.454
8	2.476	2.501	2.525	2.550	2.575	2.600	2.625	2.649	2.674	2.699	2.724	2.748
9	2.773	2.801	2.829	2.856	2.884	2.912	2.939	2.967	2.995	3.023	3.050	3.078
10	3.106	3.137	3.168	3.199	3.230	3.261	3.292	3.323	3.354	3.385	3.416	3.447
11	3.479	3.513	3.548	3.583	3.618	3.652	3.687	3.722	3.757	3.792	3.826	3.861
12	3.896	3.935	3.974	4.013	4.052	4.091	4.130	4.169	4.208	4.247	4.286	4.325
13	4.363	4.407	4.451	4.494	4.538	4.582	4.625	4.669	4.713	4.756	4.800	4.843
14	4.887	4.936	4.985	5.034	5.083	5.131	5.180	5.229	5.278	5.327	5.376	5.425
15	5.474	5.528	5.583	5.638	5.693	5.747	5.802	5.857	5.911	5.966	6.021	6.076

附录 3

国务院关于在全国建立农村
最低生活保障制度的通知

国发〔2007〕19 号

各省、自治区、直辖市人民政府，国务院各部委、各直属机构：

为贯彻落实党的十六届六中全会精神，切实解决农村贫困人口的生活困难，国务院决定，2007 年在全国建立农村最低生活保障制度。现就有关问题通知如下：

一、充分认识建立农村最低生活保障制度的重要意义

改革开放以来，我国经济持续快速健康发展，党和政府高度重视"三农"工作，不断加大扶贫开发和社会救助工作力度，农村贫困人口数量大幅减少。但是，仍有部分贫困人口尚未解决温饱问题，需要政府给予必要的救助，以保障其基本生活，并帮助其中有劳动能力的人积极劳动脱贫致富。党的十六大以来，部分地区根据中央部署，积极探索建立农村最低生活保障制度，为全面解决农村贫困人口的基本生活问题打下了良好基础。在全国建立农村最低生活保障制度，是践行"三个代表"重要思想、落实科学发展观和构建社会主义和谐社会的必然要求，是解决农村贫困人口温饱问题的重要举措，也是建立覆盖城乡的社会保障体系的重要内容。做好这一工作，对于促进农村经济社会发展，逐步缩小城乡差距，维护社会公平具有重要意义。各地区、各部门要充分认识建立农村最低生活保障制度的重要性，将其作为社会主义新农村建设的一项重要任务，高度重视，扎实推进。

二、明确建立农村最低生活保障制度的目标和总体要求

建立农村最低生活保障制度的目标是：通过在全国范围建立农村最低生活保障制度，将符合条件的农村贫困人口全部纳入保障范围，稳定、持久、有效地解决全国农村贫困人口的温饱问题。

206

建立农村最低生活保障制度，实行地方人民政府负责制，按属地进行管理。各地要从当地农村经济社会发展水平和财力状况的实际出发，合理确定保障标准和对象范围。同时，要做到制度完善、程序明确、操作规范、方法简便，保证公开、公平、公正。要实行动态管理，做到保障对象有进有出，补助水平有升有降。要与扶贫开发、促进就业以及其他农村社会保障政策、生活性补助措施相衔接，坚持政府救济与家庭赡养扶养、社会互助、个人自立相结合，鼓励和支持有劳动能力的贫困人口生产自救，脱贫致富。

三、合理确定农村最低生活保障标准和对象范围

农村最低生活保障标准由县级以上地方人民政府按照能够维持当地农村居民全年基本生活所必需的吃饭、穿衣、用水、用电等费用确定，并报上一级地方人民政府备案后公布执行。农村最低生活保障标准要随着当地生活必需品价格变化和人民生活水平提高适时进行调整。

农村最低生活保障对象是家庭年人均纯收入低于当地最低生活保障标准的农村居民，主要是因病残、年老体弱、丧失劳动能力以及生存条件恶劣等原因造成生活常年困难的农村居民。

四、规范农村最低生活保障管理

农村最低生活保障的管理既要严格规范，又要从农村实际出发，采取简便易行的方法。

（一）申请、审核和审批。申请农村最低生活保障，一般由户主本人向户籍所在地的乡（镇）人民政府提出申请；村民委员会受乡（镇）人民政府委托，也可受理申请。受乡（镇）人民政府委托，在村党组织的领导下，村民委员会对申请人开展家庭经济状况调查、组织村民会议或村民代表会议民主评议后提出初步意见，报乡（镇）人民政府；乡（镇）人民政府审核后，报县级人民政府民政部门审批。乡（镇）人民政府和县级人民政府民政部门要核查申请人的家庭收入，了解其家庭财产、劳动力状况和实际生活水平，并结合村民民主评议，提出审核、审批意见。在核算申请人家庭收入时，申请人家庭按国家规定所获得的优待抚恤金、计划生育奖励与扶助金以及教育、见义勇为等方面的奖励性补助，一般不计

入家庭收入，具体核算办法由地方人民政府确定。

（二）民主公示。村民委员会、乡（镇）人民政府以及县级人民政府民政部门要及时向社会公布有关信息，接受群众监督。公示的内容重点为：最低生活保障对象的申请情况和对最低生活保障对象的民主评议意见，审核、审批意见，实际补助水平等情况。对公示没有异议的，要按程序及时落实申请人的最低生活保障待遇；对公示有异议的，要进行调查核实，认真处理。

（三）资金发放。最低生活保障金原则上按照申请人家庭年人均纯收入与保障标准的差额发放，也可以在核查申请人家庭收入的基础上，按照其家庭的困难程度和类别，分档发放。要加快推行国库集中支付方式，通过代理金融机构直接、及时地将最低生活保障金支付到最低生活保障对象账户。

（四）动态管理。乡（镇）人民政府和县级人民政府民政部门要采取多种形式，定期或不定期调查了解农村困难群众的生活状况，及时将符合条件的困难群众纳入保障范围；并根据其家庭经济状况的变化，及时按程序办理停发、减发或增发最低生活保障金的手续。保障对象和补助水平变动情况都要及时向社会公示。

五、落实农村最低生活保障资金

农村最低生活保障资金的筹集以地方为主，地方各级人民政府要将农村最低生活保障资金列入财政预算，省级人民政府要加大投入。地方各级人民政府民政部门要根据保障对象人数等提出资金需求，经同级财政部门审核后列入预算。中央财政对财政困难地区给予适当补助。

地方各级人民政府及其相关部门要统筹考虑农村各项社会救助制度，合理安排农村最低生活保障资金，提高资金使用效益。同时，鼓励和引导社会力量为农村最低生活保障提供捐赠和资助。农村最低生活保障资金实行专项管理，专账核算，专款专用，严禁挤占挪用。

六、加强领导，确保农村最低生活保障制度的顺利实施

在全国建立农村最低生活保障制度，是一项重大而又复杂的系统性工作。地方各级人民政府要高度重视，将其纳入政府工作的重要议事日程，加强领导，明确责任，统筹协调，抓好落实。

要精心设计制度方案，周密组织实施。各省、自治区、直辖市人民政府制定和修订的方案，要报民政部、财政部备案。已建立农村最低生活保障制度的，要进一步完善制度，规范操作，努力提高管理水平；尚未建立农村最低生活保障制度的，要抓紧建章立制，在今年内把最低生活保障制度建立起来并组织实施。要加大政策宣传力度，利用广播、电视、报刊、互联网等媒体，做好宣传普及工作，使农村最低生活保障政策进村入户、家喻户晓。要加强协调与配合，各级民政部门要发挥职能部门作用，建立健全各项规章制度，推进信息化建设，不断提高规范化、制度化、科学化管理水平；财政部门要落实资金，加强对资金使用和管理的监督；扶贫部门要密切配合、搞好衔接，在最低生活保障制度实施后，仍要坚持开发式扶贫的方针，扶持有劳动能力的贫困人口脱贫致富。要做好新型农村合作医疗和农村医疗救助工作，防止因病致贫或返贫。要加强监督检查，县级以上地方人民政府及其相关部门要定期组织检查或抽查，对违法违纪行为及时纠正处理，对工作成绩突出的予以表彰，并定期向上一级人民政府及其相关部门报告工作进展情况。各省、自治区、直辖市人民政府要于每年年底前，将农村最低生活保障制度实施情况报告国务院。

农村最低生活保障工作涉及面广、政策性强、工作量大，地方各级人民政府在推进农村综合改革，加强农村公共服务能力建设的过程中，要统筹考虑建立农村最低生活保障制度的需要，科学整合县乡管理机构及人力资源，合理安排工作人员和工作经费，切实加强工作力量，提供必要的工作条件，逐步实现低保信息化管理，努力提高管理和服务质量，确保农村最低生活保障制度顺利实施和不断完善。

国　务　院

2007 年 7 月 11 日

附录 **4**

劳动和社会保障部民政部审计署
关于做好农村社会养老保险和被征地农民
社会保障工作有关问题的通知

（劳社部发〔2007〕31号，2007年8月17日）

各省、自治区、直辖市劳动保障厅（局）民政厅（局）：

经请示国务院领导同志同意，今年要对农村社会养老保险（以下简称农保）基金进行全面审计、摸清底数；对农保工作进行清理，理顺管理体制，妥善处理被处置金融机构中的农保基金债权；研究提出推进农保工作的意见。为贯彻落实国务院要求，现就有关事项通知如下：

一、积极配合审计部门做好农保基金全面审计工作

（一）高度重视农保基金审计工作。目前，国家审计署对农保基金的全面审计工作已经开始，将于今年第四季度完成。各级劳动保障和尚未完成职能划转和工作移交的民政部门要充分认识做好农保基金审计工作对确保基金安全、推进农保工作的重要性，积极配合审计部门开展工作，确保审计工作顺利完成。

（二）认真做好自查自纠工作。各级农保主管部门要立即组织农保经办机构对农保基金管理使用情况进行全面检查，认真纠正违规问题。要把自查自纠工作作为配合审计工作的一项重要内容，抓实抓细，做好接受全面审计检查的工作准备。

（三）做好基金审计后的整改工作。各地要认真落实审计部门的审计意见和审计决定，对审计中发现的问题，进行认真梳理，采取经济、行政和法律的手段，按要求坚决回收违规基金。劳动和社会保障部将对重点地区整改工作进行督察。

二、尽快理顺农保管理体制

（一）及时完成职能化转和工作移交。没有完成职能化转和工作移交的地方，要按照《关于省级政府劳动和社会保障以及药品监督管理工作机构有关问题的通知》（中编办发［1998］8 号）和《关于构建市县劳动和社会保障机构有关问题的通知》（中编办发［2000］18 号）要求，在全面审计、摸清底数的基础上，于 2007 年 12 月底之前完成各级农保职能、机构、人员、档案、基金由民政部门向劳动保障部门的整体移交工作。劳动保障部门、民政部门要加强协调，共同指导、督促各地做好农保移交工作，切实加强农保机构建设，提高经办能力。

（二）妥善解决农保机构设置和乡镇农保的管理问题。在整体移交工作中，要按照统筹城乡社会保险事业发展的要求，妥善解决农保机构、编制和职能设置问题。各级劳动保障部门要商同级财政部门，将农保机构的工作和人员经费纳入财政预算。同时取消从收取的农保基金中提取管理费的做法，杜绝挤占挪用基金工资等现象。

（三）建立和健全农保基金管理和监督制度。各地要进一步加强农保基金的财务管理，规范会计核算。各级农保经办机构要按照《社会保险经办机构内部控制暂行办法》（劳社部发［2007］2 号）的要求，加强内控制度建设，建立健全内部规章制度和基金内审稽核制度，规范经办行为，控制经办风险，提高管理水平，保证基金安全。各级社会保险基金监督机构要落实《关于进一步防范农村社会养老保险基金风险的紧急通知》（劳社部函［2004］240）的要求，将农保基金纳入日常监督管理业务范围，切实履行监督职责，对农保基金的管理使用情况进行定期检查。

三、积极推进新型农保试点工作

（一）试点原则。要按照保基本、广覆盖、能转移、可持续的原则，以多种方式推进新型农保制度建设。要根据党的十六届六中全会关于"建立覆盖城乡居民的社会保障体系"和"加大公共财政对农村社会保障制度建设的投入"的要求，以缴费补贴、老人直补、基金贴息、待遇调整等多种方式，建立农民参保提高待遇水平。

（二）试点办法。要在深入调研、认真总结已有工作经验的基础上，坚持从当地实际出发，研究制定新型农保试点办法。以农村有缴费能力的各类从业人员为主要对象，完善个人缴费、集体（或用人单位）补助、政府补贴的多元化筹资机制，建立以个人账户为主、保障水平适度、缴费方式灵活、账户可随人转移的新型农保制度和参保补贴机制。有条件的地区也可建立个人账户为主、统筹调剂为辅的养老保险制度。要引导部分乡镇、村组已建立的各种养老补助制度逐步向社会养老保险制度过渡，实现可持续发展。

（三）试点选择。要选择城镇化进程较快、地方财政状况较好、政府和集体经济有能力对农民参保给予一定财政支持的地方开展农保试点，为其他具备条件地方建立农保制度积累经验。东部经济较发达的地级市可选择1—2个县级单位开展试点工作，中西部各省（自治区、直辖市）可选择3—5个县级单位开展试点。各试点县市名单和试点方案报劳动和社会保障部备案。

四、切实做好被征地农民社会保障工作

（一）高度重视被征地农民社会保障工作。各地要根据国务院关于做好被征地农民社会保障实施办法，全面开展被征地农民社会保障工作。要明确工作责任，加强被征地农民社会保障经办工作，建立被征地农民社会保障工作统计报告制度，加强对工作进展的调度和督促检查。要认真研究解决工作中出现的新情况和新问题，及时总结交流经验。今年下半年有关部门将进行专项检查，督促各地做好被征地农民社会保障工作。

（二）明确被征地农民社会保障工作机构和职责。各级劳动保障部门作为被征地农民社会保障工作的主管部门，负责被征地农民社会保障政策的制定和实施。劳动保障行政部门负责拟定被征地农民社会保障对象、项目、标准以及费用筹集等政策办法，具体经办工作由负责被征地农民社会保障工作的社会保险经办机构办理。要严格按《国务院办公厅转发劳动保障部关于做好被征地农民就业培训和社会保障工作指导意见的通知》（国〔2006〕29号）和《国务院办公厅关于规范国有土地使用权出让收支管理的通知》（国发〔2006〕100号）关于保障项目、标准和资金安排的要求，搞好被征地农民社会保障测算工作，足额筹集被征地农民社会保障资金，确保被征地农民原有生活水平不降低，长远生计有保障，确保制度的可持续发展。

（三）规范被征地农民社会保障审核工作。需报国务院批准征地的，由省、自治区、直辖市劳动和社会保障厅（局）根据《关于切实做好被征地农民社会保障工作有关问题的通知》（劳社部发［2007］14 号）的规定，对被征地农民社会保障项目、标准、资金安排和落实措施提出审核意见；需报省级政府批准征的，由省辖市（州、盟）劳动和社会保障局提出审核意见。

劳 动 和 社 会 保 障 部

民　　　政　　　部

审　　　计　　　署

2007 年 8 月 17 日

参 考 文 献

1. 安徽省政协农村社会保障调研组：《农村社会养老保险和最低生活保障制度的情况和建议》，《江淮论坛》1997 年第 6 期。

2. 蔡昉：《我国人口总量增长与人口结构变化的趋势》，《中国经贸导刊》2004 年第 13 期。

3. 蔡昉、王美艳：《"未富先老"对经济增长可持续性的挑战》，《宏观经济研究》2006 年第 6 期。

4. 陈功：《我国养老方式研究》，北京大学出版社 2003 年版。

5. 陈桂华、毛翠英：《德、日农民养老保险制度的比较与借鉴》，《理论探讨》2005 年第 1 期。

6. 陈志国：《发展中国家农村养老保障构架与我国选择》，《社会保障制度》2005 年第 5 期。

7. 翟庆朝、张旖诺：《农村养老保险制度的缺陷及其改进》，《经济论坛》2003 年第 6 期。

8. D. 盖尔·约翰逊：《中国农村老年人的社会保障》，《中国人口科学》1999 年第 5 期。

9. 邓大松、刘昌平：《中国养老社会保险基金敏感性实证研究》，《经济科学》2001 年第 6 期。

10. 邓大松、刘昌平：《受益年金化：养老金给付的有效形式》，《财经科学》2002 年第 5 期。

11. 邓曲恒、古斯塔夫森：《中国的永久移民》，《经济研究》2007 年第 4 期。

12. 董文胜：《劳动保障部官员：农村社会养老保险问题突出》，《中国证券报》2006 年 11 月 27 日第 A06 版。

13. 段家喜：《农村养老保障：国际经验及改革建议》，《中国金融》

2007 年第 19 期。

14. 费孝通：《论中国家庭结构的变动》，《天津社会科学》1982 年第 3 期。

15. 郭新才：《呼图壁县农民社保证质押贷款的探索与思考》，2007 年"中国农村养老保障与农户资产建设研讨会"论文集。

16. 国务院发展研究中心"推进社会主义新农村建设"课题组，秦中春执笔：《农村社会养老保险制度建设的紧迫性、发展现状与政策建议》，《中国经济时报》2007 年 4 月 13 日第 004 版。

17. 河南省南阳市农村社会养老保险管理处：《南阳市农保机构办理"以储带保"业务的探索与思考》，2007 年"中国农村养老保障与农户资产建设研讨会"论文集。

18. 何文炯、金皓、尹海鹏：《农村社会养老保险：进与退》，《浙江大学学报》（人文社会科学版）2001 年第 3 期。

19. 胡豹、卫新：《国外农村社会养老保障的实践比较与启示》，《商业研究》2006 年第 7 期。

20. 加里·S. 贝克尔：《家庭经济分析》，华夏出版社 1987 年版。

21. 劳动和社会保障部：《1999 年劳动和社会保障统计公报》，《劳动保障通讯》2000 年 7 月 29 日。

22. 劳动保障部法制司、社会保险研究所、博时基金管理有限公司：《中国养老社会保险基金测算与管理》，经济科学出版社 2001 年版。

23. 李放、陈婷：《江苏全面实行农村社会养老保险的经济可行性分析》，《南京社会科学》2008 年第 3 期。

24. 李强、薛兴利、魏欣芝：《关于新型农村社会养老保险筹资机制的构建》，《金融经济》2007 年第 3 期。

25. 李迎生：《立足现实、面向未来：农村养老保障制度改革的"过渡模式"设计》，《毛泽东邓小平理论研究》2005 年第 10 期。

26. 李珍、刘昌平：《论养老保险基金分权式管理和制衡式监督的制度安排》，《中国软科学》2002 年第 3 期。

27. 林晨蕾：《浅析我国农村养老社会保险的筹资模式》，《当代经济》2007 年第 6 期（下）。

28. 林义：《农村社会保障的国际比较及启示研究》，中国劳动社会保障出版社 2006 年版。

29. 刘翠霄：《中国农民的社会保障问题》，《法学研究》2001 年第 6 期。

30. 刘峰：《农村养老保障制度建设路径探索》，《求索》2007 年第 2 期。

31. 刘庚常：《我国农村新"空巢"家庭》，《人口研究》2004 年第 1 期。

32. 刘贵平：《现行农村养老保险方案的优势与不足》，《人口与经济》1998 年第 2 期。

33. 李绍光：《养老金制度与资本市场》，中国发展出版社 1998 年版。

34. 刘万：《农村社会养老保险的财政可行性研究》，《当代财经》2007 年第 12 期。

35. 刘卫国：《农村社会养老保险制度创新构想——以青岛市为例》，《山东社会科学》2007 年第 7 期。

36. 刘学侠：《我国农村社会养老保险制度探讨》，《中共中央党校学报》2008 年第 2 期。

37. 卢海元：《建立全覆盖的新型农村社会养老保险制度》，《农村工作通讯》2008 年第 2 期。

38. 卢海元、米红、王丽郦、耿代、盛馨莲、李利群、李传宗：《建立新型农村社会养老保险制度可行性的实证研究——基于新型农保制度试点地区的农户抽样调查分析》，2007 年 10 月 31 日，中国社会保障网，http://www.cnss.cn/xyzx/jcbw/200710/t20071031_164266.htm。

39. 卢仿先、曾庆五：《寿险精算数学》，南开大学出版社 2001 年版。

40. 卢向虎、王永刚：《中国"乡—城"人口迁移规模的测算与分析（1979—2003）》，《西北人口》2006 年第 1 期。

41. 卢现祥：《新制度经济学》，武汉大学出版社 2004 年版。

42. 马斌：《农村社会养老保险的现状、问题及对策》，《中国农村经济》2001 年第 8 期。

43. 迈克尔·米特罗尔、雷因哈德·西德尔著，赵世玲、赵世瑜、周尚意译：《欧洲家庭史》，华夏出版社 1987 年版。

44. 米红、刘力丰、邱婷婷、耿代：《基于 UML 的农村社会养老保险精算系统设计》，《计算机与数字工程》2007 年第 2 期。

45. 《莫迪利亚尼论文选》，商务印书馆 1993 年版。

46. 穆光宗：《家庭养老制度的传统与变革——基于东亚和东南亚地区的一项比较研究》，华龄出版社 2002 年版。

47. 宁业高、宁业泉、宁业龙：《中国孝文化漫谈》中《孝经·纪孝行章》，中央民族大学出版社 1995 年版。

48. 农业部经管总站信息统计处：《2006 年农村集体经济统计情况分析》，《农村经营管理》2007 年第 6 期。

49. 彭嘉陵：《集体经济高层论坛提出要积极发展新型集体经济》，《人民日报》2005 年 9 月 21 日第 6 版。

50. 乔晓春：《农村社会养老保险问题研究》，《中国人口科学》1998 年第 6 期。

51. 石秀和：《中国农村社会保障问题研究》，人民出版社 2006 年版。

52. 石宏伟：《关于我国农村社会养老保险的思考》，《中国农业大学学报》（社会科学版）2002 年第 3 期。

53. 四川通江县农村社会保险局：《通江县农村养老保险手册质押贷款的探索与思考》，《2007 年"中国农村养老保障与农户资产建设研讨会"论文集》。

54. 申策：《中国农村老年人最低社会养老金制度的必要性、可行性和可能的社会效益》，《中国农村经济》2006 年第 8 期。

55. 史伯年：《中国社会养老保险制度研究》，经济管理出版社 1999 年版。

56. 苏州市社会保险制度调研报告：《社会保险体系基本破除城乡分隔》，《社会科学报》2007 年 6 月 14 日第 2 版。

57. 田凯：《当前中国农村社会养老保险的制度分析》，《社会科学辑刊》2000 年第 6 期。

58. 万克德：《农村社会养老保险在执行中亟待规范的几个问题》，《市场与人口分析》1999 年第 6 期。

59. 王国军：《现行农村社会养老保险制度的缺陷与改革思路》，《上海社会科学院学术季刊》2000 年第 1 期。

60. 王广州：《对第五次人口普查数据重报问题的分析》，《中国人口科学》2003 年第 1 期。

61. 王军、杨礼琼：《我国新型农村养老保险制度的构建与政策分析》，《当代经济管理》2007 年第 1 期。

62. 吴云高等：《苏州农村基本养老保险情况的调查》，《上海农村经济》1998 年第 5 期。

63. 亚洲开发银行小型技术援助项目 ［（PRC－3607）］：《中国农村老年保障：从土改中的土地到全球化时的养老金》，2001 年。

64. 亚洲开发银行小型技术援助项日 （PHC－3607）：《中国农村老年保障：从土改中的土地到全球化时的养老金》，马尼拉，ADB，2002。

65. 姚从容、余沪荣：《论人口乡城迁移对我国农村养老保障体系的影响》，《市场与人口分析》2005 年第 2 期。

66. 杨德清、董克用：《普惠制养老金——中国农村养老保障的一种尝试》，《中国行政管理》2008 年第 3 期。

67. 杨立雄：《建立非缴费的老年津贴——农村养老保障的一个选择性方案》，《中国软科学》2006 年第 2 期。

68. 杨靳：《人口迁移如何影响农村贫困》，《中国人口科学》2006 年第 4 期。

69. 杨文忠：《社会转型时期我国城市家庭养老模式初探》，《武汉大学学报》（哲学社会科学版）1998 年第 5 期。

70. 杨燕绥、赵建国、韩军平：《建立农村养老保障的战略意义》，《战略与管理》2004 年第 2 期。

71. 杨云彦：《中国人口迁移的规模测算与强度分析》，《中国社会科学》2003 年第 6 期。

72. 于学军：《中国 90 年代以来生育水平研究》，翟振武：《中国人口迁移流动与人口分布研究》，载《转型期的中国人口》（国务院人口普查办公室、国家统计局人口和社会科技统计司编），中国统计出版社 2005 年版。

73. 张国平：《新型农村基本养老保险制度模式可持续发展的机制建设》，《经济研究参考》2006 年第 55 期。

74. 张怀承：《中国的家庭与伦理》，中国人民大学出版社 1993 年版。

75. 张俊良：《关于农村社会养老保险制度创新的探讨》，《经济体制改革》2002 年第 6 期。

76. 张朴：《关于农村社会养老保险有关理论和政策问题的思考》，《农村社会养老保险基本方案论证报告》，民政部，1995 年 12 月。

77. 郑泽金、梅德英：《农村社会养老保障方式的重新建构及推进思路》，《社会主义研究》2007 年第 4 期。

78. 中国农业年鉴编辑委员会：《中国农业统计年鉴》，中国农业出版社 2005 年版。

79. 中国社会科学院"农村社会保障制度研究"课题组：《积极稳妥地推进农村社会养老保险》，《人民论坛》2000 年第 6 期。

80. 《中国 2000 年人口普查资料》，中国统计出版社 2002 年版。

81. 《2005 年全国 1% 人口抽样调查资料》，中国统计出版社 2006 年版。

82. 《中国人口统计年鉴》，中国统计出版社，历年。

83. Aaron J. Henry J. , 1966, "The Social Insurance Paradox", *Canadian Journal of Economic and Politic Science* 32.

84. Feldstein, M. and Liebman J. , 2001, "Social Security", NBER Working Paper 8451.

85. Michele Boldrin, Larry E. Jones, 2002, "Mortality, Fertility, and Saving in a Malthusian Economy", *Review of Economic Dynamics*, 5.

86. Samuelson, P. , 1958, "An Exact Consumption Loan Model of Interest With or Without the Social Contrivance of Money", *Journal of Political Economy* 66.

87. Samuelson, P. , 1975, "Optimum Social Security in a Life – Cycle Growth Model", *International Economic Review* 16.

88. United Nations. 1955 Method of Appraisal of Quality of Basic Data for Population Estimates, Manual II, ST/SOA/Series A/23.

89. Yvonne Sin："China Pension Liabilities and Reform Options for Old Age Insurance", The World Bank, Paper No. 2005 – 1, May 2005.